作妖

张云 著

北京联合出版公司

图书在版编目（CIP）数据

作妖 / 张云著 .-- 北京：北京联合出版公司，2021.8
ISBN 978-7-5596-5236-2

Ⅰ.①作… Ⅱ.①张… Ⅲ.①故事—作品集—中国—当代 Ⅳ.①I247.81

中国版本图书馆CIP数据核字（2021）第070365号

Copyright © 2021 by Beijing United Publishing Co., Ltd.
All rights reserved.
本作品版权由北京联合出版有限责任公司所有

作 妖

作　　者：张　云
出 品 人：赵红仕
出版监制：刘　凯　马春华
选题策划：联合低音
特约编辑：唐乃馨
责任编辑：闻　静
封面设计：何　睦
内文排版：黄　婷

关注联合低音

北京联合出版公司出版
（北京市西城区德外大街83号楼9层　100088）
北京联合天畅文化传播公司发行
北京华联印刷有限公司印刷　新华书店经销
字数291千字　710毫米×1000毫米　1/16　25印张
2021年8月第1版　2021年8月第1次印刷
ISBN 978-7-5596-5236-2
定价：68.00元

版权所有，侵权必究
未经许可，不得以任何方式复制或抄袭本书部分或全部内容
本书若有质量问题，请与本公司图书销售中心联系调换。电话：（010）64258472-800

推荐序

小高道长的酒和韦无极的刀

去年，好兄弟张云准备出一本《中国妖怪故事（全集）》，当时我很惊讶，没想到张云这些年来做了这么多扎扎实实的研究工作，还搞出了一本前无古人的妖怪大百科全书，书中对于妖怪的态度让我特别长见识，不是恐惧，而是充满温情，甚至带着欣赏。人与妖怪和睦相处，这种观念是我从未有过的，特别现代。

我后来给《中国妖怪故事（全集）》写了序，写的时候我就想，中国人素来有写作志怪小说的传统，如果张云能写成一部有趣的志怪小说就好了，于是，我把这个愿望顺手写进了序中。

谁想，一年之后，张云就拿出了这部《十字坡怪谈》，这真的让我十分惊喜。

我知道这些年张云很不容易，忙于本职工作，只能抽出零星时间进行创作，压力之大可想而知，这本书能完成，中间的酸甜苦辣也只有他自己清楚。

认真读了《十字坡怪谈》，我有一个鲜明的感受：如果说《中国妖怪故事（全集）》是拿到了全天下最丰富的志怪材料，《十字坡怪谈》就是用这些材料建立了一个生动的"十字坡"世界，那个世界花样翻新，复杂有趣。在《十字坡怪谈》里，《中国妖怪故事（全集）》中那些新奇的玩偶"活了"，他们如同真人一般动了起来，不仅有属于自己的故事，相互之间也有各种各样的联系。

读的时候我想，其实这就是人生，传说和现实，虚幻以及想象，全都完美地混搭在一起。小高道长每次渡过桃花溪去和水鬼喝得烂醉，韦无极总是和自己的刀聊天——这就是生活中的日常，和我们普通人每天出去买菜没什么不同，他们就在那里踏踏实实过自己的日子，大部分时间相安无事，互相吹牛，偶尔互相帮忙。

罗马不是一天建成的，这回我就再提一个愿望吧。我觉得《十字坡怪谈》只是一个起步，张云搭建一个奇妙世界的工作才刚刚开始，一个完美的世界从来不会一蹴而就。对于志怪小说，《聊斋志异》无疑是一个高峰，张云应该有能力也有愿望把十字坡的世界做成另一个高峰。因此，他需要向《聊斋志异》学习，把每一个故事写得更精细、更引人入胜、更出人意料。这是一部优秀小说的必然任务，要在刻意中显得云淡风轻。单纯写故事不太有这种压力，它更随性一点儿，小说则需要更尖锐的观点。

我想，按照张云的韧性，他还会不断地往上爬。一个人不越过山丘，很难心如止水，无论如何，搞出一部超越《聊斋》的小说，这个疯狂的想法怎么都值得一试。兄弟，写下去吧，让那个叫作十字坡的世界飞腾起来！

不多说了，看故事吧，故事是未曾发现的历史，故事中每一个惊喜时刻都是我们从庸常生活中跳起来的瞬间——你有多老了？试过自己现在能跳多高吗？

2020 年 9 月 12 日

自 序

我自小喜欢奇谈怪论，尤好那些好玩的人、好玩的事。

中国志人志怪历史源远流长，是优秀的民族文化成果。从一则则生动有趣的小故事中，我看到了满满的人间烟火气，看到了不同时代人们生活的烟尘。

那些文字，和一本正经的正史截然不同，或温暖，或狡邪，或激昂，或幽默，掺杂着奇人、异闻、妖怪、闲谈，勾画了大社会背景下的芸芸众生。

因为兴趣，我花费了十年时间，写了《中国妖怪故事（全集）》一书，并得以顺利出版，不料得到专家、学者的肯定和广大读者的喜爱。这让我备感振奋。著名作家、第四届鲁迅文学奖获得者晓航先生在这本书的序里给我提出了一个新的命题——"我期待的是，在这本标新立异、研究极为扎实的'中国妖怪大百科全书'之后，张云能创作一些新的'笔记小说'，在那里，人们与妖怪不再争斗，而是在一起玩耍嬉戏，共生于天地之间。"

晓航先生的这个期待，点燃了埋藏在我心里已久的一团火焰。

于是就有了这本小书。

这本书难以称得上小说，准确地说，"杂记"可能更恰当一些。

十字坡，是唐代一个距离长安不远、只存在于我想象中的地方，一个藏在我内心深处的诗意、有趣的世界，那里有我爱的人和事。很多年里，它们都于我的脑海里酝酿。

我用一种中国传统志人志怪的笔调和写法，让他们聚于一处，闪亮登台；讲述他们的悲欢离合，讲述他们的为人处世，讲述他们看待世界、看待人生的角度和态度，以此反观我们如今的生活。

这本书的100个怪谈，很多曾长久地萦绕在我的脑海里，最终陆陆续续地写完。它们的根子，在中国的志人志怪，是中华民族几千年来优秀文化成果的一种新的延续。而我也希望，这些可爱的人、可爱的事，可当饭后茶余的一点儿谈资，让您重新发现这世界的美。

有时候我觉得，人生真是太短暂了，若是设法让其变得丰腴、有趣一些，倒是很好。

是为序。

张云

2020年9月1日于北京搜神馆

目　录

第一　　清凉观道长　001
第二　　高道长（一）　003
第三　　小高道长（一）　005
第四　　破头和尚（一）　008
第五　　岑世远　010
第六　　王不愁（一）　013
第七　　方相云（一）　016
第八　　春四娘（一）　018
第九　　春四娘（二）　020
第十　　韦无极（一）　023
第十一　崔眉州（一）　026
第十二　刘拐子（一）　029
第十三　刘拐子（二）　032
第十四　韦无极（二）　034

第十五　　刘万川（一）　036
第十六　　刘万川（二）　038
第十七　　刘长寿（一）　040
第十八　　刘长寿（二）　042
第十九　　张青花（一）　045
第二十　　顶杠和尚（一）　047
第二十一　破头和尚（二）　051
第二十二　陈二奎（一）　053
第二十三　陈二奎（二）　056
第二十四　鬼子尤（一）　058
第二十五　鬼子尤（二）　060
第二十六　张道士（一）　062
第二十七　张道士（二）　067
第二十八　金花婆婆（一）　071

第二十九　金花婆婆（二）　074

第三十　贾老六（一）　077

第三十一　贾老六（二）　079

第三十二　白铁匠（一）　082

第三十三　白铁匠（二）　087

第三十四　白敬福（一）　090

第三十五　白敬福（二）　094

第三十六　毛不收（一）　099

第三十七　毛不收（二）　103

第三十八　花不如（一）　108

第三十九　花不如（二）　115

第四十　顶赞（一）　119

第四十一　顶赞（二）　126

第四十二　沈三娘（一）　130

第四十三　沈三娘（二）　135

第四十四　康昆仑（一）　140

第四十五　康昆仑（二）　145

第四十六　方相云（二）　148

第四十七　小高道长（二）　154

第四十八　张青花（二）　159

第四十九　高道长（二）　162

第五十　王不愁（二）　164

第五十一　崔眉州（二）　170

第五十二　顶杠和尚（二）　174

第五十三　刘算述（一）　178

第五十四　刘算述（二）　183

第五十五　高天赐（一）　188

第五十六　高天赐（二）　194

第五十七　韦无极（三）　199

第五十八　韦无极（四）　202

第五十九　张道士（三）　207

第六十　张道士（四）　213

第六十一　张青花（三）　217

第六十二　贾老六（三）　224

第六十三　张青花（四）　231

第六十四　贾老六（四）　235

第六十五　刘算述（三）　239

第六十六　刘算述（四）　245

第六十七　顶赞（三）　249

第六十八　顶赞（四）　254

第六十九　顶杠和尚（三）　260

第七十　顶杠和尚（四）　266

第七十一　王无忧（三）　269

第七十二　王无忧（四）　274

第七十三	康昆仑（三）	279
第七十四	康昆仑（四）	283
第七十五	白铁匠（三）	287
第七十六	白铁匠（四）	292
第七十七	白敬福（三）	296
第七十八	白敬福（四）	298
第七十九	花不如（三）	302
第八十	花不如（四）	306
第八十一	金花婆婆（三）	313
第八十二	金花婆婆（四）	318
第八十三	崔眉州（三）	323
第八十四	崔眉州（四）	330
第八十五	刘长寿（三）	333
第八十六	刘长寿（四）	337
第八十七	陈二奎（三）	343
第八十八	陈二奎（四）	346
第八十九	鬼子尤（三）	349
第九十	鬼子尤（四）	352
第九十一	陆无双（一）	358
第九十二	陆无双（二）	360
第九十三	春四娘（三）	363
第九十四	春四娘（四）	370
第九十五	方相云（三）	373
第九十六	方相云（四）	376
第九十七	小高道长（三）	378
第九十八	小高道长（四）	382
第九十九	高道长（三）	385
第一百	高道长（四）	386

第一

清凉观道长

十字坡的山，横着长，呼呼啦啦一片。

山长在云里，云长在树里，树长在草里。

不知从哪儿来的两个道士，也不知几时在十字坡的茅草中落了脚，更不知何时开始修建的道观。两个人，一老一小，挖土、垒石、架木，风里来雨里去，十年才建成，取名"清凉观"。

道观建成这天，老道士背着双手抬头看云。

十字坡上的云，压着山头升腾、铺展，光影翕合。

小道士见师父看得入神，也站在旁边看。

"好看不？"老道士问。

"好看。就是离咱们的观太远，看不真切。"小道士答。

老道士点了点头，转身一把火烧了道观。

翌日，十字坡人发现师徒两个光着膀子往山顶运木石。

又十年，道观落成于峰顶。俩人又在门前并排看云。

"好看不？"老道士问小道士。

"好看。"

"真切不?"

"真切。"

"看够了?"

"看够了。"

老道士点了点头,转身,又点了一把火。

山下原址,两人埋头修观。

再十年,观成。

依然取名"清凉观"。

一对师徒,和普通人没什么区别,一样地吃饭睡觉、耕地种菜、拉屎放屁。

也看云。

云还是那样的云。

和之前,没什么两样。

第二

高道长（一）

　　清凉观高道长最喜欢的事，就是每年十月去青木川看荻花。

　　青木川是十字坡附近诸多河流之一，水甚小，人迹罕至，藏在山谷里，一副怯生生的样子。

　　高道长却喜欢得紧。

　　每年天气凉下来，草木黄了、红了，斑斓一片，他就摇摇晃晃从观里出来，骑着驴子去河边。一身青衣道袍，头戴五老冠，足踩皂云鞋，长髯垂胸，仙风道骨，谁看了都说好。

　　青木川的荻花，不知生长了多少年，丰茂的时候，放眼望去，如同散了一地的白月光。

　　高道长每次都会在那里待上一个多月。荻花最繁盛的时候去，等风吹花散，再骑驴回来。起先大家都搞不清楚缘由，后来被往河里撒鱼的王不愁撞破了。

　　王不愁说，有月光的晚上，看到高道长和一个女子言谈甚欢。那女子白衣似雪，比长安城的花魁都漂亮。

事情传开，十字坡有些人义愤填膺——修行那么高深的道长，怎么能谈情说爱呢？！

几个清凉观的香客委托王不愁，找机会跟高道长好好说说。

荻花再开的时候，王不愁在路上拦住了高道长。高道长安安静静听王不愁说完，倒是不气不恼。

"是有这么回事儿。的确是我的女朋友。"高道长说。

女朋友这词，有歧义。

"那到底是女性朋友呢，还是女朋友呢？"王不愁问。

"都算。"高道长笑着说。

王不愁没辙了。

他不甘心，去清凉观找高道长的徒弟小高道长。小高道长竟然也知道这事儿。

"不是什么大事儿，每年师父都去，开开心心见一面，开开心心谈笑风生，等时候一到，她就消失了，把事情忘得一干二净，忘记师父是谁，忘记每年的这些开开心心。"小高道长说，"第二年，再从头开始。"

王不愁听得有些糊涂。

"就是荻花精啦。"小高道长说，"她记性不太好。"

哦。

王不愁回来，把事情一讲，十字坡人都没意见。想不到高道长还是这么专情的人。不愧是咱们十字坡最受尊敬的道长。

只王不愁有点儿不服气。

"那么美的女子，咋就看上了一个道士呢？可惜了。"

为这事儿，王不愁郁闷了好几天。

第三

小高道长（一）

小高道长和他师父不一样。

也可能和年龄有关系，据说高道长快七十了，小高道长才十八。年轻人嘛，精力旺盛，喜欢到处乱跑，爱打抱不平，私底下也经常偷酒喝。

小高道长酒量很好，据说在春四娘的酒肆里，有人亲眼见他喝光了八坛陈年"春风酿"，喝遍十字坡无敌手。

那时候，只要小高道长一出现，春风酒肆就热闹非凡。

可后来，小高道长不来了。

刚开始大家以为肯定是被高道长发现了，受了罚。但随后有人发现，小高道长酒照样喝，只不过去了桃花溪。

春四娘问过他，一个人跑那么个地方喝酒有啥意思？

小高道长说那地方的确没意思，可有个酒友，酒逢知己，也谈得来，每次都很尽兴，就觉得好。可桃花溪方圆几里都没人烟呀。春四娘觉得不可能。

"是个溪里的溺死鬼啦。"小高道长说。

道士应该专门降妖除鬼的呀,咋还成了朋友?春四娘疑惑。

"胡扯八道,道士咋就不能和鬼做朋友?我师父的女朋友还是个荻花精呢。"小高道长满不在乎。

得知这件事后,十字坡再没人敢过桃花溪。

溺死鬼嘛,总是要拖人下水当替身,自己才能解脱的。

刚开春,王不愁儿子王无忧贪玩,一个人划船去捞鱼,掉进溪里。那家伙不会游泳,自以为必死无疑,不料被什么东西给推上了岸。

王不愁七代单传,老伴儿死得早,就这么一根独苗,拉着儿子对着桃花溪一连磕了几十个响头。

金花婆婆夏天去采菱角,陷进水里,也被推了上来。

还有春四娘。有一次她和人比武,对方使阴招,放了软骨散,她掉进溪里,迷迷糊糊地被救上了岸。

……

十字坡人都说那溺死鬼不错。

大家一合计,找小高道长,让他有机会把溺死鬼带来,好好喝一场,也算是答谢。不能让人,不,不能让鬼说咱们十字坡人没礼数。

小高道长还真给带来了。

挺好的一个鬼。文文弱弱的,爱笑,一笑脸上就露出俩酒窝。酒量也好,跟小高道长一样,能一口气喝光八坛"春风酿"。

这样过了好几年,所有人都习惯把他当成十字坡一分子的时候,他突然不来了。

那天,小高道长喝了很多酒。第一次喝醉了。唉声叹气,可又看着挺高兴。

春四娘就问怎么了。

小高道长说,那个溺死鬼因为心肠好,被河伯选去当书吏了。

"好事呀,也算是脱离苦海。"春四娘说。

"的确是好事。"小高道长顿了顿,说,"不过,他走了,我好寂寞。"

自那以后,小高道长戒酒了。

第四

破头和尚（一）

十字坡金刚寺的师父们闻名天下。即便与长安城青龙寺的僧人相比，也丝毫不逊色。

一个个的，说法时地若泉涌、天花乱坠，宝相庄严。活得也雅趣，穿着雪花禅衣，捧着白玉拂尘，持着沉香佛珠，端的是云里罗汉、尘世大德。

闲事亦讲究，养最好的终南兰花，戏最好的花翎仙鹤，玩最好的玄潭铁龟，如此，才能配得上高僧的面儿。

可破头和尚竟然也养！

他怎么能养呢？！他只不过是寺里头的看门和尚，长得又矮又糙，邋里邋遢！不管是念经说法，还是观想修行，啥都不会，连字都不认得，他怎么能养？！

而且，竟在那么大的破水缸里养一条上不得台面的黑鱼！那玩意儿，也能叫个雅？

大德们很生气，路过时无不对着破头和尚翻白眼，背地里吐口水。

也有人看不过，半夜搬起石头，咣当一声，砸了那缸。

破头和尚不羞也不恼，听见声音，便爬起来弄个新缸，继续养。

时间长了，大家便随他去。没工夫和一个看门和尚一般见识。

就让他装风雅吧。

过了几年，一天晚上，破头和尚吃完斋饭，来到院中，双腿一盘，圆寂了。

一个看门和尚，死了，就挖坑埋了。谁也不关心。

但是，夜里，院里咣当一声巨响。

大家跑出去，见那水缸支离破碎，一条黑龙从中腾云而去。

第五

岑世远

要说十字坡人里官做得最大的，恐怕就是岑世远岑老爷子了。

年轻时就号称神童，博览群书，过目不忘。后来当了官，因为不愿阿谀奉承，被排挤打压，在吏部干了一辈子，最后从书令史的位子上退休，回到老宅，如今年近七十。

老爷子这辈子一身傲骨，两袖清风，好不容易闲下来，除了读书，便是礼佛，别无他好。

一次，从金刚寺听法回来，见一座砖塔倒在路旁。不知是什么年月修建的塔，青砖垒砌，不高，也不华丽，更没有雕刻神像图案。

老爷子觉得可惜，就掏出银子，雇来工匠，将那塔修建起来。自此以后，除了经过时在下面歇歇脚，并没放在心上。

这天晚上，老爷子做了一个梦，梦见一个身穿青衣的彪形大汉对着自己叩拜，说："承蒙岑公大恩，见你有难，特来相告。三日之后，十字坡将被马贼所破，当死者，共八十九口，你虽不在其中，但也有被俘虏流离之苦。"

十字坡那几年，马贼的确闹得厉害。

不知道从哪里来的一伙儿人，数量足有五六百，穷凶极恶，来去如风，攻破村寨、屠戮抢劫一空后，往往再放上一把火，吹着口哨消失于夜色之中，无影无踪。

官府多次围剿，屡屡失败，无可奈何，村民只能结堡自保。

所谓的堡，也不过是在村子外面修上土围子，高一丈，昼夜值守而已。但若马贼真发起狠，便是如此，也无济于事。

老爷子听了，于心不忍："堡里的都是乡里乡亲，还有不少老弱妇孺，怎能眼睁睁看着他们死于贼手？"

那大汉见老爷子十分难过，犹豫再三，跟老爷子说了一席话。

老爷子听了，哈哈大笑："当如此！"

醒来，发现是一个梦。老爷子辗转反侧，思虑再三，第二天让老仆叫来里正贾老六，逼着大家躲入山中，自己反而单独留下。所有人都被他搞得莫名其妙。

直到那天晚上，马贼席卷而来，十字坡火光冲天、浓烟滚滚，大家才惊叹于老爷子的"神机妙算"。

马贼在堡里待了整整一晚，天明时才呼啸而去。大家战战兢兢回来，在村里的十字街口发现了老爷子的尸体。

老爷子一身官袍穿得整整齐齐，端坐在一方大椅之上，抬头挺胸，即便是双目被挖、鼻子舌头被割，尸身依然不倒。

入殓时，数一数伤口，足足有八十九道。

老仆跪在尸体旁，哭得死去活来，经他之口，大家才知道老爷子的那个梦。

十字坡人给老爷子披麻戴孝,送葬队伍经过那塔时,才发现曾经好好的塔,已四分五裂,倒伏于地。人们都说,老爷子是天上的星宿,用自己的命和那塔一起换了十字坡八十九口的性命。

后来,十字坡人重修了那塔,取名"岑公塔",世代祭祀,至今犹然。

第六

王不愁（一）

十字坡家家户户有神龛供桌，要么供奉的是佛祖、老君，要么就是祖先的牌位。

王不愁家特殊，供奉的是一张驴皮。

王不愁儿子王无忧从小到大，逢年过节，都会被他爹摁着跪在驴皮下面磕头上香。

这是你干爹。王不愁跟王无忧说。

为这事儿，王无忧老被同伴嘲笑，说他是"驴儿子"。

王无忧十五岁时，跟王不愁郑重地谈了一次，说能不能不要让自己对着一张驴皮喊干爹。

听了这话，王不愁差点儿没把儿子打死。打了之后，王不愁说了这张驴皮的由来。

王不愁本来不是十字坡人，他老家在长安西市。据说王家打隋炀帝那时候，就住在长安城了，不是什么达官显贵，平头老百姓而已。

王家有个小小的榨油铺，手艺好，讲诚信，不掺水，所以养家糊口不成问题。铺子里的劳力，除了王不愁他爹王老愁，就是一头老驴。

那头驴自打王不愁出生时就有了，吃苦耐劳却老而不死，等到王不愁快二十岁的时候，它毛都泛红了，虽瘦骨嶙峋，却能把石碾拉得呼呼生风。

那一年，天下突然动荡，闹起了叛军，洛阳陷了，潼关也破了，连圣人都跑了。长安人惊慌失措，拖家带口往外逃。

王老愁已经病入膏肓，拉着王不愁的手，说："不愁呀，咱家七代单传，你妈死得早，我也活不成了，你赶紧逃吧，得为我们王家留点儿香火。"

王不愁直掉眼泪。

王老愁也哭："别的我不愁，我就愁你二十岁了还是个光棍，咱家又没钱给你娶媳妇，可如何是好？"

王不愁安慰他爹咽了气，连夜往外逃。穷家破院，也没啥可收拾的，除了那头老驴。

一人一驴出了城，吃了不少苦，又碰上了强盗，慌里慌张躲进了一座破庙。晚上，王不愁挨着老驴躺下，愁眉不展，突然被驴踢了一下。

"不愁呀，有件事儿，我跟你商量商量。"老驴突然口吐人言。

王不愁吓得差点儿尿裤子。

"你莫怕。我在你们家待好多年了，你爹对我好，我得知恩图报。"老驴说，"今晚，我这日子也到头儿了。我死之后，你把我的皮扒下来，然后按照我说的做，就能得个如花似玉的小媳妇儿。"

王不愁哪里信，不过见老驴说得头头是道，也只能照办。

半夜，老驴果然闭了眼。王不愁剥了皮，把老驴的尸骨埋了，又将那驴皮揣进怀里，偷偷摸进了强盗窝。

百十来人的一伙儿强盗，打家劫舍，趁着兵荒马乱，抢了不少金银，更掠获了不少女子。

王不愁摸进去，救出个姑娘，转身就走。哪料到被强盗发现了，死追不放。强盗骑马，王不愁光靠两只脚，还背着个姑娘，眼见着就要被追上了。

姑娘是个好姑娘，让王不愁自己逃。王不愁却不慌不忙掏出那驴皮，披在身上，顷刻之间只觉腾云驾雾，等明白过来，早已和那姑娘来到了几十里之外。

王不愁觉得这地方不错，就安了家。那姑娘，自然就成了王无忧的娘。

"你说，这老驴，你该不该磕头？该不该叫它一声干爹？"讲完这个故事，王不愁拎着藤条向王无忧。

王无忧哇哇直哭："爹，你早跟我说不就得了嘛！害我白白挨了一通打！"

第七

方相云（一）

方相云，应该是十字坡最为奇怪的一个人。

这人年近四十，官拜太仆令，却很少去长安当值，整日窝在那间破旧的大宅之中，也未婚娶，身边只一个老仆、一个壮汉服侍。

那宅子是一栋木楼，摇摇欲坠，梁柱腐朽，爬满藤蔓，院子里更是杂草丛生，若不是他住在里面，谁看了都会说是个荒宅。

但十字坡人常常听到里面传来女子的嬉笑之声、吹拉弹唱的丝竹之声、酒宴的觥筹交错之声，而且夜晚经过那一带，也经常会看到各种奇形怪状的东西出入他的宅门。

十字坡人不知道太仆令是干啥的，只知道方相云法术高超，人长得帅，脾气也好，从来都是笑容满面，说话柔声细语。

可有一次，方相云打人了，而且打得天翻地覆。人们看见他在十字路口狠揍一个道士，打得对方鼻青脸肿、哭爹喊娘。道士满口是血，让大家评理。

"那只狐狸是妖怪，已经有好几百年的道行，晚上头戴骷髅拜了北斗，变化成人，我追了好几年，才在长安发现。"道士指着方相云怀里一只漂亮的白狐，又指了指旁边一个抹眼泪的书生，"这妖孽魅惑世人，还与这书生结成了夫妻，实在是该死，一定得诛杀！"

道士还没说完，就被方相云薅着衣领子又胖揍了一顿。

"谁跟你说凡是妖怪就是坏的？谁跟你说妖怪生来就得被诛杀？老子最看不惯你们这帮混账东西！狐妖怎么了？狐妖就不配有爱情了？你们这些狗东西破坏了多少人间幸福？老子不打你打谁！"方相云打得道士满地找牙，将其法器一件件全给毁了，又看着那书生问，"喂，你，喜不喜欢她？"

书生望着白狐，目光温存，使劲点头。

"那不就行了！人家郎有情妾有意，关你屁事！该打！"

要不是清凉观高道长说情，那道士十有八九得被方相云打死。

过了大概两年吧，书生拖家带口前来拜谢。那狐妖长得真漂亮，生下的大胖小子也眉目清秀，可爱得很。

人们都说那道士该打，纯粹吃饱了撑的！

第八

春四娘（一）

十字坡春风酒肆的掌柜春四娘，据说原是个闻名江湖的女飞贼，手中一对梅花刺，凌厉刁钻，迅如雷霆，出鞘必饮人血，又擅长用毒，谈笑之间取人性命，易如反掌。

后来不知什么原因，春四娘突然金盆洗手，在十字坡开了一处酒肆，泯然于众人。

十字坡人不管她以前如何，只知春四娘貌美如花，前凸后翘，一颦一笑间，倾国倾城。

所以，春风酒肆每日从早到晚，人声嘈杂。三教九流的混汉们，挤破头也要去喝壶酒，只为瞄上一眼春四娘的绝代芳华。可即便客人再多，哪怕翘首等待，也没人敢坐临窗的那方桌子。

那桌子，是酒肆观风景最好的地方。抬头就能看到十字坡的连绵群山，看到从山谷中延伸而来的蜿蜒官道，还有道路两旁成片的蔷薇。尤其是花开时节，白色蔷薇漫山遍野，大风吹拂，飞花如雪。

曾有个不长眼的人坐过那桌，好像还是某派的掌门，被春四娘当场格杀，死相极为难看。所有人都认定这里面肯定有故事，但没人敢问，春四娘也从来不说。

直到白蔷薇盛放的那晚，春四娘喝得大醉，大伙儿才明白。

"七年前，我师父湘灵散人为人所杀，我花费三年时间才打听清楚对方的底细，又花两年才约他在此处了断。

"师父将我从小养大，恩重如山，如同再生父母，此仇不报，死不瞑目。

"我等了七天七夜，黄昏时，那人才从官道遥遥出现，一袭白衣，清新俊逸。

"在此之前，我从未对任何一个男子动过情，世间的臭男人，皆是腌臜之辈，没有一个是好东西。但当他坐于窗前，风吹斗篷露出容貌的那一刻，我，江湖人称'辣手无情毒西施'的春四娘，第一次心里如同撞进来个鹿儿……"

后来呢？

"我杀了他。用最狠的招式，最毒的毒药，将他挫骨扬灰。

"报仇之后，我就金盆洗手，退出江湖，盘下了这间酒肆。"

在场的男人们听得瞠目结舌。

春四娘坐在那方桌旁，娇颜酡红，望着清风白花，美目迷离。

可又为何不辞辛苦在坡前种满了白蔷薇？

"他胸口文了一朵蔷薇。他姓风，叫风慕白。"

据说，那一晚，所有人都喝醉了。

第九

春四娘（二）

后来，春四娘喜欢上了小高道长。

这事儿，十字坡所有人都看得出来。只要小高道长到酒肆，春四娘一准儿盛装打扮，还会化妆。

一个曾经心狠手辣的女杀手，竟然化妆欸！

都说一物降一物，平时目高于顶、冷酷如霜的十字坡女王，在小高道长跟前，陡然变成了一只柔情似水的小绵羊。大家都说小高道长简直走了狗屎运，一朵鲜花插在牛粪上。

可小高道长不知是揣着明白装糊涂，还是根本就是个榆木疙瘩，不管春四娘使出何种手段，就是不接招儿。

十字坡人很恼火。春四娘更甚。

有一天，春四娘终于忍不住，当众拦住了小高道长，说要做他女朋友。

"咱俩不可能有结果，我是个道士呀。"小高道长说。

"那就还俗。我跟你师父说。"

"师父可能不答应。"

"那我就杀了他。"

"这样不好吧。"

"那你就是不喜欢我?"

"说不好。你之前不是喜欢风慕白吗?"

"他死了……"

"还种了一坡的白蔷薇,专门留个桌子,不让别人坐……"

"你吃醋了?!"

"不至于,都是以前的事儿了。不过,咱俩不合适。"

"为什么不合适?!"

"性格不合。"

"你喜欢什么性格,我改!"

"何必难为自己呢?喜欢一个人,没必要这么卑微。"

"哪那么多废话!两个选择,一个,我做你女朋友;另一个,我杀了你,用最狠的招式,最毒的毒药,挫骨扬灰。"

"不至于吧,我能不能回去想一想。毕竟这么大的事儿。"

"行,多长时间?"

"七天吧。"

"不,就三天!"

随后,小高道长在一道道羡慕嫉妒恨的目光中回去了。

十字坡所有人都在等第三天的结果。可小高道长再来酒肆的时候,春四娘不见了。

"被一个游方和尚抓走了。那和尚不知是什么来头,看到四娘在河边舞剑，说四娘是个妖精，手里紫金钵盂一抖，收了四娘。"外出归来的韦无极说。

小高道长嗷了一声，就暴走了。

半个月后，十字坡的官道上来了辆马车。春四娘一身红装，还是那么火辣，那么风姿卓绝。车上躺着小高道长，脸色苍白，似乎受伤不轻。

大家围上去，忍不住八卦。

"让各位见笑。跟和尚打了一架，回来了。"小高道长倒是云淡风轻。

"那恭喜你们二位了！"

有情人终成眷属嘛。可喜可贺。

"闪一边儿去！"春四娘闻言暴怒，跳下马车，叉着腰，看着小高道长，"说！让我做你女朋友，还是杀了你？"

小高道长揉着太阳穴："你……让我想一想。"

"就三天！"春四娘进了酒肆，咣当一声关上门。

"道长，四娘……到底是个什么妖呀？"

"蝎子。"

"哦！"大家不约而同地张开嘴巴，"怪不得！"

第十

韦无极（一）

十字坡韦无极，虽目不识丁，但为人豪爽侠义，早年游历各地，杀人无数，绰号"韦千屠"。后归隐乡里，以屠狗为生，手中一领横刀，寒光四射，纵是再凶的恶狗，百步外见了他，也夹起尾巴鼠窜。

韦无极最好的一个朋友，也是他的结拜兄弟，乃是十字坡的书生崔眉州。眉州性格懦弱老实，以教书为业，谦谦君子一个，鬼知道这两人怎会尿到一个壶里，简直比亲兄弟还亲。

崔眉州的书塾在金刚寺后，临山藏林，清幽雅致，院中有一口深井，年代古远，井水清甜，故用水皆赖之。

一日，书童打水，从中打出一尾大鲤鱼来，通体赤色，嘴边长有四根胡须，肥硕异常。

崔眉州向来喜欢吃鱼，便吩咐书童将那鱼去鳞破肚，收拾干净，做成生鱼片，蘸上金齑，大快朵颐。

怎料到当晚，崔眉州便做了一个梦，梦见一紫衣老头，头戴冠冕，来到近前，破口大骂："你不过人间一凡夫俗子，竟然吃我龙子，定让你好看！"

　　崔眉州醒来，吓得两股战战，将事情告诉书童，又修书一封送给韦无极，将身后事托付于他，接着端坐大堂，焚香静坐，一炷香还未烧完，就吐血而亡。

　　韦无极得了书信，匆匆赶来，见兄弟死得凄惨，又听闻梦中之事，气得哇哇大叫，叫来手下一帮无赖子，提着竹篮，从那井中一连淘出十几尾赤色大鲤来，接着用自己的横刀将那十几尾鲤鱼一一切开，一边吃肉，一边喝酒。

　　众人吓得够呛，苦劝他莫食龙子，他也不听。

　　吃饱喝足，韦无极将众人打发了，抱着横刀当院而坐。

　　那一夜，十字坡阴云密布，风雨大作，道道天雷自九天而下，书塾周围霹雳游走，电光飞旋。

　　第二天早晨，一帮人去给韦无极收尸，却见他安然无恙。众人觉得奇怪，赶忙询问。

　　据韦无极说，当晚，梦里果真来了一个紫衣老头，说他吃尽了自己的龙子，暴跳如雷，要韦无极偿命。

　　"我对那狗鼠辈说：'你的龙子是命，我的兄弟就不是命？既是龙子，自当刻苦修业，兴云布雨，庇佑百姓，却化身为鲤，井中嬉戏，何其荒唐？当儿子的不懂事，你当老子的更是嚣张跋扈，害我兄弟，岂能饶你？！'"

　　"然后呢？"

　　"我拔刀斩之，从头到尾砍成两段！"

　　众人目瞪口呆，不敢相信。不过见韦无极手中那把横刀，确是血迹斑斑。

过了几天，渭河上浮现一条龙尸，长十丈有余，断成两截，通河血红，观者无数。

自那以后，没人再喊韦无极"韦千屠"，大家都叫他"韦屠龙"。

第十一

崔眉州（一）

　　崔眉州来十字坡之前，在长安汝阳王府里当幕僚。

　　幕僚分为好多种，有的是王爷的心腹，有的陪着吃喝玩乐，有的负责附庸风雅，不一而足。

　　眉州干的是最不受待见的刀笔吏，说白了，就是处理王爷的一些公文、案牍、往来应酬之作。这种事儿微不足道，枯燥无味，报酬更是少得可怜。

　　原先眉州不乐意干。他出身书香世家，诗书画俱佳，原本指望去长安应试，金榜题名，可偏偏关键时刻生了重病，一躺就是半年多。

　　病好了，想往那些达官显贵府里投递自己的诗文，以此扬名立万，但发现里面门道更多，他没钱没关系，又不愿趋炎附势溜须拍马，索性放弃。

　　一来二去，带来的钱花得精光，又羞于寄信回老家讨要，这才不得不为五斗米折腰，借着好友的关系，进了王府。

　　偌大一个王府，公文烦冗。眉州人善，整日埋首其中，不得脱身，动辄被上司训斥，每每狗血淋头，筋疲力尽，形容枯槁，闷闷不乐。

一晚，写到半夜，见窗外月朗星稀，走到院中，想起往日种种，不由得仰面长叹。待转身回屋，却发现之前未写完的公文竟誊撰完毕，文不加点，妙笔生花。

一连几日，皆是如此。

眉州惊诧，这晚故意装作醉酒酣睡，听到响声，睁开眼，见一小人儿，高不过几尺，须发皆白，穿一领雪白长袍，正替自己写写画画。

眉州急忙起身施礼，那小人儿却不慌张，笑道："公子好睡。这些混账东西，别无用处，唯耗心神而已。公子自幼苦读诗书，即便不能名比李杜、官领紫袍，也不至于沦落如此地步。老夫不忍，故而前来帮衬一二。"

眉州知其非人，却也浑不在意。自此如出笼之鸟，或出门会诸师友，或寄情山水，怡然自乐。日暮而归，公文早被收拾妥当。

日子长了，同僚觉得蹊跷，见他完成得轻松，索性也将诸多琐事一并推脱。

见案上公文、账簿、卷折堆积如山，眉州发愁。小人儿却呵呵一笑："无碍，老夫找几个帮手。"言罢，拍了拍手，自门外进来四五个更为矮小的小人儿，一个个皮肤黝黑，身形粗壮，跳上案来，书写、抄算，有条不紊。眉州大乐。

同僚愈以为怪。有好事者，三五人私约，于某日晚前来窥探，冲将进来，捉那小人儿。

老者跌落在地，乃是一支白玉笔，摔得粉碎，至于那四五黑人，则是几块老墨。老墨乃是多年前圣人赐予王府，白玉笔，则是眉州家中之物,已传了十几代。

  眉州愤懑不已,次日便辞了差事,带着书童离了长安,在十字坡开了书塾。虽说日子清苦,可那一颗心,总算清清爽爽。

  这事,十字坡人听韦无极说的。

  年月久了的老物,沾染人间烟火气,便生怪异。

  看来此言非虚。

第十二

刘拐子（一）

十字坡刘七，人称刘拐子。

二十余岁入安西当兵，戍边二十年方得归。去时同行五十余人，少年意气，归来时形影相吊、两手空空、满头白发，还丢了一条腿。家中父母双逝，再没亲人，身无立锥之地，更无半亩闲田，又体残多病，就给乡里财主刘万川家放牛。

十字坡地广土肥，耕种须用畜力，黄牛最为常见。刘万川家便有牛三四百头，浩浩荡荡，颇为壮观。

农忙耕牛犁田，忙完了就将牛群赶入山中，直到开春才引回，如此既省了草料钱，又不劳心费力。唯山中多有豺狼虎豹，所以必须要雇放牛人。

山里萧条苦寒，三四百头牛散入林中，照顾起来并不轻松。

牛群中有头老公牛，年轻时定然是个耕田犁地的好手，体形巨大，蹄如碗口，目似铜铃，可如今精血耗干，年岁已大，骨瘦如柴，毛枯如草，行走坐卧都受同类欺负。

刘七对其格外照顾，遇到水草丰美处，定然会偏心地先为它霸占一地，晚上怕它冻着，便搂着它一起睡觉。

睡不着，就坐在篝火旁边，对着满天星斗，跟它讲安西的腥风血雨。

刘七在它身上，看到了自己。

牛却也懂事，对刘七言听计从，没少帮着刘七将那些撒欢儿的小牛犊一次次地找回来。刘七喜欢它，以弟呼之。

这牛弟，还救过刘七一命。

那日黄昏，刘七蹲在树后拉屎，忽闻身后传来一阵腥风，转头，见一头斑斓大虎腾空扑来。眼见得就要成为虎口伥鬼，却是那牛弟赶到，与老虎斗了一场，将其赶走。

事后，刘七摸着牛断掉的犄角、满身的伤口，老泪横流。

开春归来，牛弟病了，倒地不起。一头又老又病的牛，刘万川懒得医治，便找来韦无极，想将其杀掉。刘七连夜找上门，愿用自己这一季的工钱来换牛弟。刘万川自然乐得答应。

刘七用车子将老牛拉回家的那天，十字坡人直摇头，觉得他傻。刘七却说，既然叫了它一声牛弟，那便是亲人，怎能眼睁睁看着它被剥皮割肉？

回到家，刘七将自己那口好刀当了，又是请兽医，又是买粮草，悉心照顾，总算救回牛弟一条命。

从那以后，人们经常看到山林间，一个瘸子、一头老牛形影不离。这成了十字坡的一道风景。

五年后的一个冬日，牛弟流下两行浊泪，在刘七怀中闭上了双眼。刘七哭得撕心裂肺，买来棺材，风风光光给牛弟下了葬。

牛去家空。刘七一下子老了许多。腿脚越发不灵便，没人再愿意请他干活儿。刘七觉得，自己怕也快要离开这个世界了。

那一晚，刘七恍惚中听到门外传来熟悉的蹄声，然后听到有人在耳边说："哥，明日早起，带锄头去西坡土地庙后，寻青草处挖。"

刘七打了个哆嗦，爬起来，发现是个梦。等再次睡着，几次三番都是这般。

刘七觉得蹊跷。第二天一早到了西坡土地庙，果然发现有一处地面上长出簸箕大的一片青草，寒冬腊月里，格外青翠。

挖开，地下有一土罐，装了满满的金银。

十字坡人都说刘七走了狗屎运。只有刘七知道，是牛弟没忘了自己。

一夜暴富，刘七没买地盖房，也没穿绫罗绸缎、吃山珍海味，而是用那些钱帮衬那帮安西袍泽的家小，看到别人为难，也慷慨相助。

住的还是那间破屋，穿的还是那领破袄。

刘七说，这钱是牛弟给的，不能乱花。

后来，刘七也死了，寿终正寝。人们把刘七和牛埋在一起。

后来，人们常能在夜里听见那座土坟中传来牛吼，传来刘七的笑声。

再后来，十字坡人再没杀过牛。

人们都说，不知怎的，杀牛时，总想到刘七，想起他和他的牛弟。

第十三

刘拐子（二）

刘七还活着的时候，和韦无极关系很好，也能谈得来。毕竟一个是安西老兵，一个是豪侠，在砍人这事儿上有共同话题。

韦无极对刘七很尊敬，经常拎着一壶酒找他聊天，七哥长七哥短，让他讲安西的故事。

刚开始，韦无极向刘七请教怎么砍人成功概率比较高，用什么招式，是走上三路还是下三路。

刘七说："狗屁，没那么多讲究，砍人嘛，就是拼命，凭的就是一股子气，那口气咣当一声顶到脑门，手里陌刀飞舞，神仙也逃不了。"

"不能尿，哪怕有一点点尿，你就输了。"

韦无极连连称是。

刘七砍过各种各样的人，比如突厥人，比如吐蕃人，但最难忘的是大食人。

那一年，刘七跟着高大胡子长途奔袭七百里，在怛罗斯撞上了大食人。三万大唐联军对阵二十万大食军队，刚开始打得不错，占尽上风，后来葛逻禄部见势不妙，临阵倒戈，唐军被两面夹击，大败，只有千人逃脱。

那场大战杀得昏天黑地，尸积如山。刘七是队头，手底下二十多个弟兄，只他自己活下来了。

刘七说："直娘贼！砍得时间长了，没啥想法，只是举刀、收刀，陌刀卷刃，接连换了六把。"

"别的没啥，就是遗憾没把弟兄们的尸首给埋了。"

后来刘七在长安碰到过一个粟特人，打听怛罗斯的事儿。粟特人说，那地方的荒野，如今仍有累累白骨，白天黑夜都能听到唐军的战鼓声、喊杀声和怒吼声。

有一年，一支粟特商队在周围宿营，夜里碰到一个人，身披盔甲，满身血污，看不清脸。他递过一封书信，嘱咐商队的人帮着带回长安。次日天明，商队的人发现那封信上落款的日子，已经是几十年前了。正是大战的前一晚。

韦无极问信里写了什么？

刘七说，也没啥，鸡毛蒜皮，临了有一句，说时间长了，特别想吃一口长安的火晶柿子。

说到这里，刘七就哭了。

刘七说，死了那么多兄弟，在异国他乡成了孤魂野鬼，没人祭奠，慢慢地，更没人记得起了。

刘七说，真是一帮好兄弟，这么多年过去，一闭眼，一个个的音容笑貌就在跟前儿，还是当初那副年轻的样子。

刘七还说，自己虽然活着，但垂垂老矣，和他们比，差得远了。

第十四

韦无极（二）

韦无极最念念不忘的，是一口刀。

他从长安的一个老兵手里买的，花了好几贯钱，连自己的马都卖了。那真是口好刀。看上去毫不起眼，但为精铁所制，刀条通体黝黑，削铁如泥，挂在墙上，经常夜半嗡鸣。

韦无极喜欢得要命，日日刀不离身，更是细心打理，生怕坏了丝毫。有了这刀，韦无极如虎添翼，原先的七分功夫，也能使出九分效果来，纵横长安七八年，无有对手。

后来有一天，他在平康坊喝花酒，出来碰到个卖油的老头，两人起了争执，被老头用扁担揍得鼻青脸肿。第二天去寻，照样完败。

韦无极知道遇到了高手，诚心拜师，在卖油老头门前跪了三天三夜，对方才答应指点一二。

老头说韦无极刀法不错，就是有个瓶颈突破不了，让他回去好好想想。韦无极弄不明白，抓耳挠腮，长吁短叹。

一天晚上，一个黑汉进屋找他喝酒。这人脾气和韦无极很对路，喝得爽快，韦无极就将自己的苦恼讲给对方听。

黑汉说："你吧，心没放开，太在意，反而缩手缩脚。"

韦无极说："我怎么就没放开了？我很放得开呀。"

黑汉说："以前是，可自从有了那把刀，但凡比试，你是不是想——哎哟，这样会不会崩了我的刀口，这样会不会损了刀锋？"

韦无极听了，觉得是。

黑汉说："一个豪侠，心里有了牵挂，自然就遇了瓶颈。"

韦无极默然无语。

黑汉又说："这些年，我俩处得很得劲，受你关照甚多，今晚特意现身一见，还请珍重。"

黑汉说完就走了，韦无极思来想去，也想不起这人是谁。

第二天酒醒，起身取刀，发现那口刀无端地断为两截，这才恍然大悟。

遂去找卖油老头。老头听了，哈哈大笑，说："这才对头，练刀就是修心，最忌有分别心。一个内心纯粹的刀客，心中无刀，装着宇宙万物。战时，一草一木、一石一沙，甚至自己，就是一口好刀！"

自此，韦无极改头换面，离开长安，刻苦修行，成了江湖上赫赫有名的"韦千屠"。

不过，有时他还会想起那口刀，想起那晚的黑汉。

真是一口好刀。

第十五

刘万川（一）

十字坡最富的人，是刘万川，家有良田千顷，牛马成群，奴仆甚众。

刘万川发迹，是个奇闻。

早年间，这货是个穷光棍，父母早亡，孤儿一个，吃了上顿没下顿，后来投军，当了个小小的兵头，驻扎在太原。

刘万川没事儿喜欢溜达，尤其喜欢市井杂耍，故而经常前去玩乐。时间长了，刘万川发现有个老头甚是奇怪。这老头有七八十岁，须发皆白，仙风道骨，每天都会在集市上卖瓜，不多不少一百枚。那瓜又大又圆，又甜又沙，远比一般的瓜要好，故而买的人很多。每次老头得钱之后，就去饮酒，喝得醉醺醺，便扬长而去。

每日都是如此。

刘万川觉得这老头有些蹊跷。

有一日，大雨倾盆，铺天盖地，家家关门闭户。刘万川从外面归来，发现那老头醉倒在地，不省人事。

刘万川心善，便将老头带回军营。顶头上司知道了，将他骂得狗血淋头，让其将这般不知底细的人轰出去。刘万川不同意，即便是挨了三十军棍，依然将老头带回了自己的军帐。

这晚，老头醒来，对刘万川笑道："你这家伙倒是不错，我有个宝贝，送你得了。"

说完，老头拿出一个瓢来。

那瓢朱红锃亮，系着红色绸带，尽管看起来很漂亮，可刘万川并没觉得那是什么宝贝。

老头起身，从口袋里掏出一把瓜子，埋入地下，用瓢取水浇灌，未几，那种子眼睁睁地破土而出，枝叶伸展，开花结果，成熟落地。

刘万川目瞪口呆，再看那老头，踪影全无。

当天晚上刘万川就溜出军营，回到了十字坡老家，自此种瓜得瓜种豆得豆，很快便富甲一方。

第十六

刘万川（二）

刘万川家里有钱，而且不是一般的有钱。

到底多有钱呢——这家伙专门在后院造了一个没有窗户的房子，一屋放金子，一屋放银子，一屋放铜钱，两扇大门专门请白铁匠打的，落了三重九芯梅花锁，唯一的一把钥匙挂在他自己的裤腰带上。

即便如此，钱还是没地儿放，后来刘万川就用陶瓮装了，半夜埋在院子里。

十字坡人爱在钱上开刘万川的玩笑，刘万川邻居王不愁的儿子王无忧最喜欢干这种缺德事儿。

有一回，王无忧找到刘万川，说："我昨晚听到你的金库里，有人打架呢，打得可凶了！"

刘万川说："不可能呀，我一点儿都没听见。"

王无忧说："要不你去瞧瞧？"

刘万川就从裤腰带上解了钥匙，开了门，发现架子上有两块金砖掉在地上。

王无忧说:"你看,可不是打架了吗,不然怎么会掉下来?这俩家伙,看来很不老实。"

刘万川说:"那怎么办呢?"

王无忧说:"家里闹妖怪,怕不是好事,扔了得了。这事儿你也别担心,给我吧,我给你扔桃花溪里,远远儿地。"

刘万川就把金砖交给王无忧,说:"还是无忧你心好。"

结果可想而知,那两块金砖转手就被王无忧在长安城里花天酒地了。

又有一回,王无忧爬墙头看到刘万川把一瓮银子埋在院子里的丁香树下,半夜过去偷了,第二天还跟刘万川开玩笑,说:"万川叔,昨晚我看到有个白衣人从你家的丁香树下跑出来,一溜烟儿奔南边去了。"

刘万川一听,慌了神,忙用锄头扒开,见大瓮里面空空如也,顿时哭天抢地,跟王无忧说:"无忧啊,我听说金银年月久了,就会成精,看来是真的。你看到那白衣人跑到哪里了吗?"

王无忧哪里知道,胡乱说:"跑到春四娘酒肆后面的那片白蔷薇下,就不见了。"

刘万川立马带着家里的几个仆人,过去开挖。动静搞得太大,十字坡人都去看热闹。

挖了一丈多,竟然挖出三口大箱子,里面装的都是金锭!

这事儿传开了,人人都说,这狗日的刘万川,注定就是有钱人!

可刘万川很苦恼。他没事儿就找王无忧诉苦:"无忧呀,你说我一瓮银子跑出去,为什么变成了三箱金子呢?为什么呢?为什么?"

王无忧烦死他了。

第十七

刘长寿（一）

十字坡有一帮恶少，挑头的叫张青花，手下二三十个混混，横行霸道，连官府的人都照揍不误。

张青花之所以有这名字，是因为这厮全身都是青色文身，上面文着阎罗、夜叉、大蛇之类的东西，面目狰狞。一帮混混，皆是如此。他们收保护费、光天化日下抢劫、捉来老百姓的牛羊去换酒，等等，这般事情，简直如同家常便饭。据说连京兆尹回娘家的媳妇儿，他们都抢过。

张青花为此特意在胳膊上刺下两句话，左胳膊上是"生不怕京兆尹"，右胳膊上是"死不怕阎罗王"，嚣张跋扈，可见一斑。

不过这帮混混，有一次彻底栽了。

那一日，张青花上街，见一个老头卖的梨子又大又好，上前抢了就走。那老头十字坡的人都知道，名叫刘长寿，八十多岁，无儿无女，生活穷苦，以卖瓜果、肉汤为生。

那天，刘长寿只不过多说了几句，便惹毛了张青花，被打得当场吐血，差点儿死翘翘。

第十七　刘长寿（一）

当晚，这帮混混在土地庙吃喝时，忽然出现两个大汉，一个又高又瘦，长胳膊长腿，一个又矮又胖，肤色黝黑。两人从外面进来，二话不说，抡起拳头就揍，打得那帮混混满地找牙。

张青花向来彪悍，抽出腰刀对战，虽然砍了两人不少刀，但对方没事儿一般，将张青花摁倒在地，揍成了猪头。

收拾完毕，两人说："一帮狗鼠辈，竟然敢对我们家老太爷动手，真是找死！"

张青花不明白，赶紧问，才得知二人口中的老太爷是刘长寿。

事情传了出去，十字坡人都觉得奇怪——刘长寿家里就自己一个人，没有儿女亲戚，也没有奴仆，那两人到底什么来头？刘长寿自己也纳闷儿，尤其是当张青花带着那帮混混呼啦啦跪倒在自己面前磕头赔罪的时候。

等把混混们打发走，刘长寿做活儿时发现，自己平时卖货的那根扁担以及那口熬肉汤的大锅上，几道刀痕赫然在目，这才明白那两个大汉是谁。

那根扁担，是刘长寿十几岁时亲自从山上砍了一棵老杉木做成的，用了几十年。

至于那口大锅，已经传了三代。

第十八

刘长寿（二）

十字坡有相当一部分人，精神空虚。用韦无极的话说，纯粹是闲的。

人一空虚，就喜欢折腾自己。

十字坡人折腾自己的方式和别处的人不同，在信仰上狠狠下手。有的去金刚寺拜菩萨，有的去清凉观拜老君，据说还有人专门去长安波斯胡寺里请来圣火，在铜缸里点了，团团围坐，添柴加油，日夜不息，冬天还好，夏天闷热，不少人中了暑差点儿没命，但还是乐此不疲。

刘长寿和别人不一样，他既不拜菩萨，也不拜老君，他家拜的东西很奇怪。

这事儿，有说头儿。

有一年，刘长寿在地里割麦子，朗朗的天空突然浓云密布，风雨交加，咔嚓一声巨响，天雷滚滚而下，正好劈到他，劈得他仰头栽倒在地。

等醒过来，刘长寿说自己看到雷神了，两丈多高，全身漆黑，长着一对巨大的肉翅，穿着红裤子，腰上系着虎皮，威风凛凛。

十字坡人都说这家伙脑袋被劈坏了。

可刘长寿对此坚信不疑，回去就让崔眉州给他画了神像，挂在大堂，日日叩拜，感谢雷神劈而不死之恩。

这事儿高道长知道了，特意前来瞻仰一番，说："哎呀，老刘，你这个不是雷神呀，雷神长得不是这样，清凉观的壁画上画着呢。"

刘长寿问："不是雷神，那是什么？"

高道长说："这是雷部阿三呀，乃是雷神众多下属中的一个小妖怪。"

刘长寿说："都一样，拜谁都是拜！"

就这样，拜了好多年，虔诚得不得了。时间长了，大家都喜欢拿这事儿逗刘长寿开心。张青花最起劲。

张青花说："老刘呀，菩萨、老君灵验的事儿，经常听人讲，就连咱们十字坡拜火的那帮人，家里的炉灶都特别旺，你拜了这么多年，也没啥动静呀。"

刘长寿很生气，和张青花吵，可又吵不过，回家跟画像说："三爷呀，拜这么多年，怎么着你也得给我点儿面子吧！你要是有灵，把张青花那个混账东西给劈了我看看。"

然后就听嗡嗡的声音传出来："哎呀，老刘，张青花那玩意儿连阎罗王都不怕，惹不起呀，要不，咱换一个？"

刘长寿说："换谁呢？都是街坊，无冤无仇，劈了怪不好意思的。"

"那就刘万川吧，他三棍打不出一个闷屁来，而且也不拜神佛，没有啥后台，如何？"

"也行。"

当天中午，刘万川正撅着屁股在院里埋金子，突然浓云密布，风雨交加，一道天雷滚滚而下，将其雷了个正着。家里人鬼哭狼嚎，揉了半天胸口才把他救醒。

刘长寿在门口看热闹，张青花也在。

刘长寿跟张青花说："看到了吧，我家三爷干的，你怕不怕？"

张青花没搭理他。

经此事，虽然大家都承认刘长寿家的三爷有灵，可都觉得不厚道。很多人替刘万川抱屈，有的拉他去金刚寺，有的拽他去清凉观，说不能这么认尿，得反击一下。

刘万川说："算了，劈了就劈了呗，又没死。"

崔眉州看不过，写了一纸诉状，到土地祠烧了。随后，一阵大风卷走了刘长寿家里的那幅画像。

当晚，刘长寿做了一个梦，梦见那位三爷一瘸一拐走过来，一把鼻涕一把泪："妈妈的！菩萨、老君咱干不过，恶人欺负不了，连整个没有后台的软蛋都被土地公公带去给屁股打开了花！

"老刘，你说我们做妖怪的，容易吗？"

第十九

张青花（一）

张青花，应该是十字坡最混账的一个夯货。

这么说吧，他属于那种挖绝户坟、敲寡妇门，人见人怕、鬼见鬼愁，石头见了都翻跟头的主儿。

这人牛高马大，凶狠不要命，不光无赖、一根筋，而且死猪不怕开水烫，连阎王爷对付起来估计都头疼。他有三大爱好——文身、打架、钓鱼。前两者暂且不表，单说钓鱼。

张青花的钓鱼水平，自认天下第二绝对没人敢认天下第一。

他那鱼竿是光溜溜的一根紫竹，不知用了多长时间，包浆厚得看不清原来的底子，随手拎着的一个小箱，里面放满了各种鱼钩，什么长钩、扁钩、子母钩、滚地钩……不管是什么水，不管是什么鱼，钓完公的钓母的，钓完大的钓小的，只要他想，能把水里的鱼钓绝种了。

十字坡南有个大潭，名叫清风潭，水深面广，而且有一条大河穿过，波光粼粼，出产大鱼。

这一年，张青花拎着鱼竿坐在潭边，一连钓了七天七夜，钓上来的鱼不计其数，百十来斤的都有好几百条。这些鱼钓上来就被他扔在岸上，活活晒死，搞得河边一片雪白，惨不忍睹。

"娘的，钓了一辈子鱼，这次不钓上来一条千斤重的，老子决不停手！"张青花双目赤红，铆足了劲。

一连半个月，河滩简直成了鱼的地狱，鱼尸遍野，恶臭无比。不光十字坡人看不过去，连金刚寺的僧人都觉得过分了，前去劝说，被他揍得抱头鼠窜。

这一夜，钓线猛地一抻，一条大鱼上钩。

钓线上传来的力道，张青花之前从来没感受过，绝对是条史无前例的大鱼！张青花喜出望外，招呼着一帮狐朋狗友，顺利将其拖了上来。

那鱼长一丈多，足有两三千斤，全身鳞甲赤黄如龙，落入张青花手里，丝毫没有挣扎，任其蹂躏。

张青花喜得眉飞色舞，拿着刀子就要去割肉做生鱼片尝鲜，可走到鱼近处，手中的刀哐当一声落在地上。

那条大鱼的脊背之上，赫然生出四行大字——

"生年九百八，江河是我家，舍得千金肉，今献张青花。"

当天晚上，张青花就毁了自己的鱼竿，叩响了金刚寺的大门，剃度出了家。

第二十

顶杠和尚（一）

张青花在金刚寺当和尚，因为之前坏事做得太多，没人肯当他师父，后来被指派于破头和尚门下。

破头和尚就是个看门的，座下就一个弟子，法号顶杠。张青花成了二弟子，法号顶好。

张青花这位师兄两米多高，四百来斤，人很不错，爱笑，笑起来像个孩子，但是不知为什么，脖子上挂了一块牌子，上面画了一张嘴巴，嘴巴上打了个叉。看样子，应该是师父破头和尚给弄的。

张青花觉得奇怪，但又不好意思问。

一日，破头和尚让他俩买些香烛给方丈做法事用。

二人下了山，采购完毕，张青花请师兄吃饸饹。顶杠和尚站在那里，一口气吃了二十个。

卖饸饹的师傅扬扬得意，说："怎么样，二位，味道好吧？不是我吹，这绝对是天下第一的饸饹。"

顶杠立马不乐意了，一把将脖子上那木牌给摘了。

"我最不爱听的就是你这种人说的话！什么叫天下第一？你了解天下吗？你知道天下有多大、人有多少、蒸出的饽饹有几笼？凭什么就你的排第一？第一的标准是什么？这个标准又如何界定？啥叫味道好？味道是什么味道？怎么才能算好呢……"

"我，我不知道……"

"你不知道，那瞎说什么天下第一？"

师傅拉不下来脸，说："对不住，就这些了，结账吧。"

顶杠和尚更火了，脑门上的青筋条条绽出。

"怎么说话呢？！什么叫就这些呀？我明明看到还有一大锅蒸着呢！你这分明是不想卖我呀？怎么着，看我是和尚欺负我？和尚就得挨欺负吗？"

师傅也火了："我什么时候欺负和尚了？"

"你这么大声跟我说话，还不卖饽饹给我，这不就是欺负我吗？我现在很受伤害，我告诉你！"

"我又不是你，我怎么知道你受伤害了？"

"对呀，你又不是我，你怎么断定你没有让我受伤害呢？还有，你之前那句话，有很多问题——'对不住，就这些了，结账吧。'谁对不住谁？为什么对不住？什么就这些了？让谁结账？这明显句式杂糅，缺少主语……"

…………

张青花塞了一嘴的饽饹，目瞪口呆。

后来真怕卖饽饹的吐血，他赶紧把顶杠拉到隔壁卖胡饼的摊子上请他吃胡饼。打胡饼的师傅估计是说书先生转行，在那儿说《三国》，正讲到"赤壁"。

"话说那曹操，麾下猛将如云，率领七十三万大军……"师傅刚讲了几句，顶杠又不干了。

"明明是八十三万，怎么就成了七十三万了！"顶杠把香烛放在烤炉上，跳起来嚷道。

"我说七十三万就七十三万！我讲还是你讲呀！"

"就是曹操来讲，也应该是八十三万呀！"

…………

旁边人都看不下去了，纷纷打圆场："和尚，你就别这么杠了，听下面的不就完了嘛，权当他放了个屁……"

"凭什么呀！放屁也不能这么放呀！"

有人指着烤炉突然道："哎呀呀，和尚，别吵了，你香烛着火了！"

顶杠和尚拍案而起："香烛那是小事儿！这儿还差我十万大军呢！"

这样一直杠到天黑，胡饼师傅认输赔不是，顶杠才心满意足地回了寺。

路上，张青花发愁。倒不是愁香烛被烧了，而是金刚寺门规甚严，日落就关门上杠，佛祖来了也得在外站着。顶杠和尚却一点儿都不担心，到了门口，轻轻一推，大门自开。

起先张青花还以为是师父徇私了，后来发现不对，破头和尚这时候早睡了。

躺下，越琢磨越觉得蹊跷，就跑出去想研究研究那门，结果听到有东西在那聊天。一个是门口新换的石狮子，一个是门上的门杠。

石狮子说："我说老兄呀，你向来铁面无私，极讲原则，为啥给那个胖和尚放水？你可是杠精呀！"

"可拉倒吧！你新来的，摸不清楚情况，真要杠起来，他能一直跟我杠到天亮！我要是赢了他，他会说我本身就是个杠精，没啥了不起，可万一输了，你说我这专业抬杠的，脸往哪儿放？"

张青花佩服得五体投地。

他佩服的不是师兄，而是师父破头和尚。单从给师兄起的这法号上看，就太了不起了。

一眼就能看出师兄是个妖孽！

第二十一

破头和尚（二）

在金刚寺，顶杠和尚天不怕地不怕，就怕破头和尚。

后来，不光他怕，张青花也怕。

其实破头和尚人挺好的，沉默寡言，一天说不了三句话，又瘦又矮，还有哮喘。可他会隔空点穴，一不高兴就点顶杠和张青花的麻穴，当场放翻。

不光如此，点完了还用绳子捆。

破头和尚捆人的手法天下无双，不光灵活，还能打各种结，什么后腰手缚、反手高吊后缚、双腿屈膝并缚……花样频出，从来不重复。

最要命的是，他那根绳子，据说是一根千年老藤所化，只有他本人才能解得开。但是呢，破头和尚记性不好，绝大多数情况下，捆完了就忘了怎么解。经常害得顶杠和张青花在木梁下吊好几天，往往连绳子自己都看不下去了，主动给俩人解开。

据说那根绳子不光捆人，连妖精也能捆。张青花听顶杠说过，师父年轻时，捆过不少妖精。

张青花说:"哎,那些妖精得多恨师父呀!"

顶杠听了直摇头:"开始我也这么想,可后来我发现,很多妖精是没事儿找事儿主动跑过来让师父捆的。"

张青花不理解,问:"为什么呀?"

顶杠像看白痴一样看着张青花道:"上瘾了呗!"

第二十二

陈二奎（一）

四五月间，丁香花便开了。

花序硕大，花蕾繁茂，或白或紫，摇曳风流。香，沁人心脾。

花开了，陈二奎就忙了。

他住在十字坡的半山腰，离群索居，无儿无女，孤身一人，在山间搭了个草庐，种了十亩丁香花。

十字坡人，谁也说不清他是什么时候来的，好像突然那么一天，南风刮起来时，送来一股清香，香遍全镇。顺着这香去寻，就看到了他那茅舍。

二奎的丁香，种得好。

以山间百年的老株为母，分植栽培，施肥、除草、浇水、剪枝，半山翠绿，香云氤氲。

待丁香结了果，二奎便小心翼翼用竹篓采摘，制成"鸡舌香"。长安城里王公显贵、富商文士，都好用这东西清洁口腔，含在嘴里，说话、呼气，清香扑鼻，那叫一个"雅"。

最受女人欢迎的，是"五香丸"。用豆蔻、丁香、藿香等十几味中药碾磨，制成豆子大小，外层裹以蜂蜜，含在嘴里慢慢化掉，久而久之，自生体香。

二奎的香丸供不应求。每到丁香结果时，前来收购的人络绎不绝，获利颇丰。

这一年气候好，山间光照充足，丁香长势比以往更好。九十月间，二奎白日采果，晚上制丸，轻车熟路。

就是觉得寂寞。

是呀，空山幽谷，无话可说，也无人可说。能排遣寂寞的，也只有这香了。

有天夜里，林子里窸窸窣窣出来一个人，径直走进草庐。这人个头儿不高，很瘦，麻秆一样，坐下后也不说话，指了指二奎竹篾上的香丸。

二奎明白，对方是想尝香呢。刚做好的香丸，香气最为浓郁，这家伙倒是会挑时候。

二奎递上几颗，这人也不客气，接过来丢进嘴里，竖起了大拇指。见对方赞扬自己的香丸，二奎高兴，又递了几颗。

如此，对方一口气吃了一二十颗，拱了拱手，走了。

第二天晚上，也是如此。

一连大半个月，这人每晚必来，每次都吃足了香丸，掉头就走，其间从来没说过话。当然了，晚上黑灯瞎火的，二奎也没看清楚对方的相貌。

这种事儿，二奎不放在心上。他觉得肯定是周边种瓜、砍柴的农人。深夜前来，品香对坐，也算是个乐儿。

这日，二奎碰到林子里的捕鸟人，说起这事儿，捕鸟人吃了一惊："这方圆十里地，除了你，根本就没别人呀！"

二奎面色一凛——坏啦。

他特意去了集市，买来一大卷棉线，顶端系着一个鱼钩。

当晚，那人准时出现。

一切照旧——借香，品香，告辞。二奎一样招待，趁其未留意，将那鱼钩暗中钩在了对方的衣服后襟上。

天明时分，二奎顺着棉线去找，转转悠悠来到一里外的一棵古树下。

大树参天而立，年月古老。树下有个石猴，龇牙咧嘴，雕琢精美，长满青苔。那鱼钩，正钩在石猴的屁股上。二奎转到正面，见那石猴的一张嘴，满是香油，香气扑鼻。

二奎哈哈大笑，对石猴拱了拱手，道："猴兄呀，想品香，常来！"

那一年，二奎的丁香比以往任何一次收成都要好。

后来，大概二十年后吧，二奎重病而亡。他孤家寡人一个，十字坡人也知道怎么处理。

可第二天，二奎的尸首不见了。而在那片丁香丛里，出现了一座新坟。

大家都不知道这事儿是谁干的。

有人说，除了他那位猴兄，应该没别人了。

第二十三

陈二奎（二）

在十字坡，陈二奎最崇拜的人是方相云，倒不是因为方相云是太仆令，而是发自肺腑地钦佩方相云的学识和风度。

"咱十字坡的人，跟人家比，简直是云屎之别。"他经常这么讲。

有人提示他用错词了，应该是云泥之别。陈二奎就发火："我当然知道！用泥形容咱们，太给脸了，还是屎字更恰当！"

每年最好的一批香丸，陈二奎从来不卖，都是小心收好，装进锦盒给方相云送过去。白送。

方相云这人吧，也没架子，和二奎处得挺好，两人经常探讨各种学问。

有一次，陈二奎多喝了两杯酒，两眼直勾勾地盯着方相云，说："太仆令，有些事情困扰了我很久，能不能向你请教？"

方相云说："请讲。"

陈二奎说"大家平时老是说妖怪妖怪，到底什么是妖怪呀？"

方相云立马来了兴趣，毕竟人家是专业研究的嘛。

"妖怪很好理解，所谓反物为妖，非常则怪。可分为妖、精、鬼、怪四大类。"

"有分别吗？"

"当然有。妖是人所化成或者是动物以人形呈现的；精，则是山石、植物、不以人的形象出现的动物、器物等所化；魂不散为鬼，以幽灵、魂魄、亡象出现；怪，则是对于人来说不熟悉、不了解的事物，平常生活中几乎没见过的事物。"

陈二奎听了，就特服气。瞧瞧人家这学问，这水平！

"太仆令，我还有个问题。你知道，我是个养丁香花的，对植物特别有感情。丁香花会变成妖怪吗？"

"要看时机和机缘的哦。"

"是不是需要很多年呀？"

"年月久了，变成妖怪的概率相对来说要大些。不过沾染人气，比较重要。"

"原来如此。丁香这种花全国各地都有，你说，它们如果变成了妖怪，讲的是咱长安的普通话呢，还是当地的方言？"

"这个……"

"妖精嘛，肯定有男也有女，口音会不会影响到情感沟通？还有，一个女丁香花精，和一个男臭椿树精结婚，生下来的小妖精，是香呢还是臭？"

"…………"

那一晚，博闻强识的方相云，有生以来第一次失眠了。

第二十四

鬼子尤（一）

十字坡鬼子尤这个人，本名叫尤六十一，"鬼子尤"是外号。

在外人看来，不管是本名还是外号，都有点儿蹊跷。

也难怪，这里头，其实有个故事。

鬼子尤的父亲尤金盆是十字坡的大户，也是唯一能和财主刘万川相提并论的人。尤家靠贩卖丝绸发家，富贵得很，就是人丁不旺，十几代单传，到了尤金盆这里，娶了六个小妾，依然无有子嗣，尤金盆为此四处寻医问药，过了五十岁之后，才彻底死了心。

人们都说，尤家即便万贯家财，临了恐怕也会风吹云散。

有几年，尤金盆经常到南方贩货，免不了日晒雨淋。不过他习惯了，倒也不觉得苦。

一次，他沿着大河行船，日暮时分，停在一处河湾休息。

这晚月华朗照，夜空澄明，尤金盆心情好，就吩咐仆人弄来酒菜，坐在船头一边喝酒一边乘凉。喝到二更，颇有些东倒西歪，正准备回去睡觉，忽见河流中央的波涛中有一片红裙起起伏伏。

鬼子尤（一）

尤金盆以为自己喝醉了，揉了揉眼仔细看，发现是一个二十来岁的女子坐在一大块破木板上，漂流而来。老尤为人向来心善，急忙带着手下将那女子救上船。

据女子说，她乃是官家独女，遇到强盗，亲人皆被杀死，只有她跳入水中，抱着一块木板才得以逃命。说到伤心时，女子哭得梨花带雨。

老尤也甚是难过，陪着抹了一通眼泪，就将女子安置在船中。

路途之上，一来二去，二人倒是生了情愫，回到十字坡，那女子就成了老尤的第七房小妾，人称七娘，而且很快生下一子。老尤六十一岁得子，喜出望外，便给儿子取名尤六十一，视若珍宝。

尤家人发现，七娘这人哪儿都好，就是有个怪癖——每次洗浴时，一定会赶走所有的丫鬟，而且命人紧闭门窗。刚开始大家还不在意，但时间长了，家里上上下下都觉得不对劲儿。

有个丫鬟好奇心重，有次趁着七娘洗浴，偷偷窥探，结果差点儿吓死——七娘坐在浴桶之中，把脑袋拔下来，抱在怀里梳头玩呢……

这消息很快传到了尤金盆的耳朵里。老尤跑去问，推开门，发现早没了七娘的踪影。

从那以后，七娘再没有出现过。尤金盆停了生意，每日唉声叹气，至于儿子，终究是尤家的香火，依然疼爱有加。

十字坡人管不了这么多，那是尤家的事，不过见到尤六十一，总会背后喊一声"鬼子尤"。

鬼子尤和普通人没什么两样，一个脑袋，两个胳膊，两条腿。

就是那双眼睛瞧着怕人。白眼珠子多黑眼珠子少，瞳孔淡淡发青。

据说，他能看到常人看不到的东西。

第二十五

鬼子尤（二）

因为他妈的缘故，鬼子尤二十好几还没娶上媳妇，尤金盆天天愁得要死。

其实，鬼子尤人长得不赖，高高大大，白白净净，笑起来也挺好看。只眼睛怪，一双手长得也怪，粗大如同蒲扇，上满还长满了黑毛，又臊又臭。

鬼子尤怕吓着别人，就自己做了一副手套，天天裹着。

有一回，鬼子尤在白敬福的铁匠铺里看打铁，兴致高昂地盯了一天，天黑了才想起回家。在路口，鬼子尤看到一个全身漆黑、身高几丈、龇着獠牙的大鬼，低着头好像在找什么。

他觉得好玩，一直等到后半夜，见那东西失望离开之后，便过去捡漏儿。

结果，他在石缝里扒拉出一个白玉盒，里面装着一个如同蜥蜴的小东西。这玩意儿胆子倒挺大，大模大样爬出来，昂着头，张开嘴，呼出来的气如同珠子，有的青色，有的白色，随后迅速升腾，涌出几丈高，变成了密云，随即，天就下起了大雨。鬼子尤收了盒子，云散雨停，夜空如洗。

鬼子尤如获至宝，将盒子带回家，没事就骑着马四处溜达，碰到干旱的地方，就造云布雨，赚了不少钱。

后来有一晚，他梦到那个大鬼生气地向自己讨要盒子。但鬼子尤死活不给。

大鬼没办法，说："你有什么愿望实现不了的，我替你完成了，以此作为交换，如何？"

鬼子尤想了想，说："也没什么，就是我这双手太难看。"

大鬼看了，捏着鼻子，很同情他，说："行，我给你换一个。"说完转身走了。

第二天晚上，大鬼又来，满脸带笑，说："你小子真是好运气，方才长安有个小娘子死了，她那双手生得妙极了！"

言罢，大鬼不由分说，拿出斧子砍了鬼子尤的手，又摸出一双手，给他换，便带走了白玉盒。

早晨醒来，鬼子尤发现自己的手十指尖尖，柔弱无骨，光泽细腻，还微微散发出一股幽香。

鬼子尤喜欢得要命。

这事儿后来被张道士听说了，很为鬼子尤抱屈。

张道士说："你亏大了！白玉盒里面装的叫云虫，煮熟吃了，可立地成仙！那盒子，也能换百八个媳妇儿！"

可鬼子尤不这么想："有这双手，我还要什么媳妇儿呀！"

第二十六

张道士（一）

十字坡有两拨儿道士。

一拨儿是清凉观的高道长和小高道长，生得仙风道骨、秀色可餐，另一拨儿，就是张道士。

两相对比，简直云泥之别。

大家都说张道士是个混子，不仅人长得磕碜、斗鸡眼儿、秃顶、大黄牙，脾气还特别不好，一言不合就干架，简直像疯狗一样，所以大伙儿都叫他"张三疯"。

张道士平生三大爱好：喝酒、干架、捉妖，据说前两个本事稀松，后一个相当出类拔萃，但谁也没见过。

有一天，金花婆婆找到张道士，说是有事相求。当时张道士正在和金刚寺的顶杠和尚干架呢，被摁在地上啪啪扇大耳光。

金花婆婆跟顶杠和尚说："顶杠呀，我带他去办个事儿，办完了，你再继续打，成不？"

顶杠和尚倒是没二话，和张道士约好了时间，放他起来。张道士捂着腮帮子，跟着金花婆婆，到了她的茅草棚，问怎么回事。

金花婆婆说："闹妖呢。"

张道士有些蒙。

金花婆婆欲哭无泪，打了个哈欠："你刚进我屋子之前，有没有看到外面的那座大坟？"

"那么大一坨，怎么会看不到呢。"

"那座坟可不是一般人的，是崔世远崔老爷子的。"

"谁呀？"

"你问那么多干吗！"老太太骂了起来，"反正一个很厉害的人就是了！"

嚯，还真是个脾气暴躁的老太太。便是天不怕地不怕的张道士，也真有点儿怕怕。

"我们这地方叫十字坡，外面那条河，就是十字河，水流湍急，又深又广。"老太太顿了顿，"我很早就住在这里了，后来丈夫死了，儿子死了，剩下我一个人，靠捕鱼为生。就是在河里下鱼篓子，第二天捞出来就行了。"

"听起来很省事儿呀。"张道士说。

"是呀，鱼很多，天黑之前放下鱼篓子，天亮拎出来，就能满满一盆，全是大鱼，拿到镇上卖了换米，一直生活无忧。可是最近一段时间，每次鱼篓子都是空的！"

"有人偷鱼。"张道士说。

"是了。我也这么怀疑。所以，有次我放下鱼篓之后，就偷偷躲在旁边，想看看到底是哪个缺德鬼偷我一个老太太的鱼！"

"结果呢？"

"等了很长时间，到了大半夜，我困得都快睡着了的时候，突然看见有个长得很像狗的东西从空中落下，跑到水里，拎起我的鱼篓子，把里面的鱼都吃光了！我一连看了大半个月，都是这样！"

"附近有人养狗？"

"不可能！附近方圆几里都没人。再说，那狗长着翅膀，模样有点儿像狸，却是白头。"

张道士沉默不语，若有所思。

"我很纳闷儿呀！"老太太很生气，"有一天，我去坟地旁边砍柴，看到贾老六昂着脑袋看着华表……"

"华表是什么东西？"

"就是墓地上的一根石柱，算是装饰品，很有气势。"

"然后呢？"

"贾老六说，华表可能闹妖怪了。"

"怎么闹妖怪了？"

"贾老六说，华表上原来雕了个天狗，最近老是突然之间就没了，过几天又回来，而且嘴上又腥又臭。"老太太拍了一下大腿，"我问那天狗长什么样，贾老六说长着翅膀、白头、如狸，奶奶的，这不就是偷我鱼的那个嘛！"

"石头雕刻的，怎么会跑下来偷你鱼呢？"

"所以说闹妖怪了呀！这不请你来了嘛！"金花婆婆瞪圆双眼，"你不是挺能耐的嘛，赶紧想办法，把这妖怪捉了！"

张道士捂着脸，一副牙疼的样子："金花呀，不是贫道不想帮你，这事情太难了。"

"这妖怪太厉害？"

"那倒不是，不过是个狗崽子而已，手到擒来，可它是妖二代，它家大人惹不起呀！"道士哭丧着脸说。

"什么意思？"

"偷你鱼的，是天狗崽子。若弄死它，大天狗来找，贫道分分钟死翘翘！"

"你这么厉害的道士，对付不了大天狗？"

"废话！"张道士翻了个白眼儿，"那可算妖怪里最厉害的存在了！"

"怎么厉害了？"

张道士从包里翻出一本书："我给你念念，听好——《山海经》记载：'有兽焉，其状如狸而白首，名曰天狗，其音如榴榴，可以御凶。'《宋书》里说：'天狗所坠，下有伏尸流血。'《武经总要》里说：'天狗下食血，主军散败。'……反正很多呢，巨牛，凶神恶煞一个！"

老太太翻了个白眼儿："我不管它来头多大，偷了我的鱼，就得弄它！"

张道士见老太太要发飙，叹了一口气："要弄你去弄，贫道告诉你方法。"

"说。"

"拿把斧头，把华表上雕的那个天狗砸下来，扔进沙河里，就没事儿了。"

"行！"

事情就这么定了。

当天晚上，金花婆婆摸出一把砍柴用的铁斧头，咣当咣当把天狗砸下来，第二天一早，和张道士一起来到了十字河的木桥上。

扑通一声，老太太把那石头天狗扔河里去了。

"斧头，这把铁斧头也得扔！"道士说。

"为什么呀？我留着砍柴呢！"

"哎妈呀！金花，这是杀妖凶器呀！"

"也是哦。"老太太一撒手，把铁斧头也扔进了河里。

然后……

河水哗啦一声，从河里探出了半个身子。是一个长须飘飘、仙气弥漫的老头。

"老太太，这把斧头是你丢的吗？"老头举起一把金斧头问。

"不是。你谁呀？"

"我河神。"老头笑了一声，又捞出一把银斧头，"老太太，这把斧头是你丢的吗？"

"不是。"

"那这把呢？"河神又捞出了一把铁斧头。

"正是我丢的那把。"老太太说。

"真是个诚实的老太太呀！诚实是一种美德，为了奖励你，我把三把斧头都送给你吧！"河神说。

"你别动，站在那里，千万别动哈！"张道士指着河神大叫，然后跳进河里，一眨眼游到跟前，拽起河神的头发，狠狠地揍了一顿。

张道士一边揍，还一边骂："整天躲在水里捞斧头，还金斧头银斧头，就你能耐！"

第二十七

张道士（二）

张道士在十字坡经常挨人揍，没办法，他嘴太贱。

不光如此，功夫还差，十字坡连半大孩子都能揍得他满地找牙。每次被踩躏完，从地上爬起来，他还找理由："妈的，要不是贫道一只眼瞎了，对焦不好，早把你们皮给扒了！"

时间长了，大家对他那只瞎眼很感兴趣，想搞清楚为什么。张道士开始死活不说，后来被王无忧狠捶了一顿，才松口。

那是很多年前了。张道士当时还不是道士，住在沔水边上。所谓的沔水，就是汉江，没事儿喜欢呼啦呼啦瞎蹚的一条大河。

在老家，张道士很不受欢迎，因他那张嘴太缺德了。

举个例子，别人家孩子满月酒，宾客们称赞"这孩子以后要当官的！""这孩子以后要发财的！"，而他会来一句："这孩子终究会死的！"

就这么一人。

时间长了，张道士觉得不能再这么活了，太伤自尊，所以洗心革面，发誓做大大的好人。别说，还真不错，几年来彻底大变样，寡妇门不敲了，绝户坟不挖了，思想觉悟嗖嗖提升。

张道士别的不会，捕鱼很在行，杠杠的小能手，没日没夜划着一条破船在江上漂，风里来雨里去。没想到时间长了，竟碰到了妖怪。

事情是这样的——有段时间，汉江边上总有小孩莫名其妙失踪，活不见人死不见尸。刚开始大家都觉得可能是嬉水时不小心被冲走了，可总不能三天两头就有孩子没了吧？这事儿蹊跷。

大家就来找张道士帮忙，他也答应了。

这一日，张道士蹲在船头骂一只螃蟹，看到几个孩子在水边玩，工夫不大，水面泛了个水花，露出一个花里胡哨的东西，看着像花，又像是什么东西的爪子。孩子觉得好玩，就蹚水下去拿，结果呼啦一声，水底翻腾，将小孩拉入水底，转眼不见了。

张道士什么人？原来没事儿就偷看妇女洗澡，早就炼成一双"火眼金睛"，电光石火间，把水底那东西瞅得一清二楚——长得如同三四岁的孩子，一身坚硬的鳞甲，膝盖长着爪子，如同虎掌一般。

这是妖怪呀！

张道士决定为民除害，去集市买了大网，放在船头，等着妖怪现身。

隔日中午，妖怪又对孩子下手，张道士撂出渔网，连孩子带妖怪一起拖到岸上。对付这种妖怪，原本是要杀的。可因为一个胖道士，事情变了样子。

"无量个天尊！这东西卖给我吧，十两金子！"胖道士说。

十两金子是笔巨款，任谁听了小心肝都会扑通扑通跳！可这时，张道士鸡贼的本性犯了——平白无故，谁会花十两金子买个妖怪？

这里面肯定有猫腻儿。

于是，不管胖道士出多少钱，张道士就是死活不卖。

胖道士没办法，只得告诉他——这东西叫水虎，稀罕得很，如果你把它鼻子割了，三年之内，让它干什么它就干什么。三年之后，契约满了，它就自由了。

从此，张道士的日子彻底改变了。

他再也不打渔了，每日使唤那妖怪，要金有金，要银有银，家里良田千顷、骡马成群。这水虎，真是让干吗就干吗。各种需求，各种满足。不光金银，夜里张道士空虚寂寞冷，把水虎叫到跟前让它变个前凸后翘的漂亮女妖怪，也一样照办。

这日子，滋润着嘞。

时光荏苒，转眼三年就过去了，契约期满。

这天夜里，张道士摆了一桌丰盛的宴席与水虎告别。

人（妖）非草木，孰能无情？不管是老张，还是水虎，都是依依不舍，而且都喝大了。

水虎对张道士说："老张，这三年，恁我相处得很得劲，我要走了，最后再满足恁一个愿望，给恁办件事儿，恁说中不中？"

"中！"张道士觉得水虎很讲义气，感动得一塌糊涂，"什么愿望都能满足？"

"嗯。"

"什么难事都能解决？"

"嗯。"

张道士想了想："你是水里的妖怪，凡是和水有关的，一定很精通，对吧？"

"嗯。恁说!"

张道士深吸一口气,伸出两根手指:"有一水池,装有甲、乙两个注水管,下面装有丙管放水,池空时,单开甲管一时三刻可注满,单开乙管两个时辰可注满,水池装满水后,单开丙管三个半时辰可将水放完,如果在池空时将甲、乙、丙管齐开,半个时辰后关闭乙管还要多长时间可注满水池?"

…………

当晚,张道士变成了独眼龙。

第二十八

金花婆婆（一）

十字坡虽说不是孔孟之乡，但也算是个教化之地，大家都很讲礼貌、爱面子。唯独金花婆婆让人头疼——老太太喜欢打赤膊，不管夏天还是冬天，一年四季光着膀子四处溜达。

在十字坡，不管是老大爷、小伙子还是小姑娘大媳妇儿，看到她，眼睛都不知往哪儿放，相当尴尬。

大家觉得影响不好，刚开始还跟她提意见。老太太脾气暴得很，二话不说就发飙："光天化日，朗朗乾坤，我光自己的膀子，怎么的了？分明是你们自己心里有鬼！"

凡是去搭腔的人，都被骂得狗血淋头。大家就去找贾老六，他是十字坡的里正，这事儿得管。

贾老六听了，说："她光着就光着吧，虽然碍眼，可总比让她死了好。"

众人不解。

贾老六说这里头藏了个故事。

金花婆婆这人一向刀子嘴豆腐心，表面像个母夜叉，实则宅心仁厚。丈夫死得早，她寡居，家贫，河中置鱼笼，靠打渔为生，每日得二三斤小鱼杂虾，市场上卖了，换杂米过活。

一日，笼中得一鲤鱼，全身赤红，无一片杂鳞，顶有两肉角，甚是奇异。金花婆婆本想拎出去卖了，见那鱼楚楚可怜，双目中竟隐隐有泪光，随手放于水中。

当晚，恍惚做了一梦，梦一红衣少年，纳头而拜，说："我，河中小龙也，感激婆婆不杀之恩，见婆婆家贫，特送一物于鱼笼中，明日当取之。"

第二天金花婆婆收鱼笼，果见笼中有一金鸭，有巴掌大，与寻常鸭子模样一般无二，赤金所做，翎毛鲜艳，栩栩如生，大喜，持而归家。

是夜，又梦少年，说："婆婆秘之，不可对外人说，有此鸭，足可衣食无忧。"

金花婆婆不信，晨起，见鸭屁股后有一撮鸭屎，灿灿然，细看，乃是金屑，卖于金店，得钱五百。

自此，日日如是，安足自乐。

一日雨后，林中发现一簇蘑菇，亭亭如伞盖，摘回来洗干淘净，吃了一顿，随即痛苦不堪，声如牛吼。贾老六得知，急忙找大夫毛不收，毛不收说那蘑菇是鬼蘑菇，阴秽入体，须用金屑煮水服之方可愈。

十字坡，寻常人家哪有金屑？金花婆婆那时疼得五官扭曲，捂着肚子在床上打滚，听了毛不收的话，说："也是我命不该死，取桌上小盒鸭屎救我！"说完，双眼一翻昏迷不醒。

贾老六打开盒子，见一金鸭，却不知金花婆婆所谓的鸭屎为何物。金鸭排屎，多是夜半，想必还没到时候。贾老六以为金花婆婆疼得胡言乱语，又一心救人，就将那金鸭放入锅中，加水暴煮，以汁喂下。

第二日，金花婆婆醒来，身体倒是无碍，见那金鸭，金光颓然，自此再也没有拉下金屑。

这事儿高道长听了，甚为可惜。

据高道长说，金鸭乃是水中赤金之精，最忌烈火，经贾老六那么一煮，死翘翘也。

金精入体，金花婆婆一年到头全身滚烫，披一件衣服，立刻汗如雨下，蒸汽升腾，如坐炉中，痛苦不堪，只有打赤膊，方能自在。

大家听了后都怪贾老六。让他负责。

贾老六立马火了，说："怎么负责？难道让我娶她？！"

金花婆婆正好来贾老刘家借酱油，听了这话火冒三丈："贾老六，做你娘的十八辈子黄粱美梦！你有这心，老娘还不愿意呢！"

第二十九

金花婆婆（二）

　　金花婆婆没什么别的爱好，就是喜欢看戏，尤其喜欢看才子佳人生离死别的爱情戏。

　　每每听闻有戏班，不管何处，总会光着膀子去听，听到动情处，不免号啕大哭，一边抹泪一边说："想当年，我也是二八佳人，风华绝代，咋就没碰到个翩翩公子呢？偏偏嫁给了宋烂眼那个王八羔子！神仙误我！"

　　十字坡很多人都想知道金花婆婆身上到底发生了什么，一帮人里，以春四娘最为八卦。

　　一日，春四娘终于逮到机会，用一坛春风酿灌倒了金花婆婆，才将这段往事从她嘴里掏出来。

　　据金花婆婆说，来十字坡之前，她一直住在长安，乃是平康坊兴云楼的花魁，出落得如花似玉，惹得长安的年轻人动辄相思成疾。十九岁那年，她被尚书爷看中，迎入府中，说是挑个良辰吉日收作第九房小妾。

尚书爷年过七十，又矮又胖，一张鞋拔子脸，还有严重的口臭，金花婆婆难过得整日以泪洗面，倚在窗户口，希望南来北往的痴情公子、无双剑客能看到自己，一见倾心，在夜里将自己劫了去，自此成双成对，远走高飞。

哪承想，公子剑客没碰到，还吹风着了凉，差点儿病死。待病稍好些，坐在院中捂脸而哭，忽听得外面聒噪。问小厮，说是有个狂道士在外面胡闹。

金花婆婆将人唤进来，见那道士披头散发，赤足袒胸，全身脓疮，又脏又臭。道士称自己在门口坐得好好的，被府里的狗咬了一口，要赔钱。金花婆婆见他可怜，让人取来十两银子交给道士。道士却得寸进尺，让金花婆婆给他包扎伤口。

府里小厮们气破肚皮，一个臭道士，竟敢让老爷的心肝如此，真是过分哦！

金花婆婆却并不在意，取来金盆布巾，用那纤纤玉手给道士洗去血迹、脓疮，和颜悦色，关怀备至。

道士连连点头，临行时说："小娘子不错，夜半我来救你脱离苦海。"

到了半夜，果真窗户洞开，那道士翻身进来，背起金花婆婆，跃墙而去。金花婆婆只觉得两耳生风，待反应过来，已经到了长安城外。

金花婆婆千恩万谢，道士却说："不用客气，实不相瞒，小娘子你原本是修行千年的天狐，后因与一位书生相爱，犯了天条，被天雷击杀，转世投胎这才成了人，命中与那尚书有姻缘，但尚书十日后便会被满门抄斩，你也要受那刀斧之刑。我见你心善，故而出手相救。"

金花婆婆说："我也看惯了人间繁华，只求能托身于一位情郎，白头偕老,还望仙长指点一二。"

道士说:"那可不行,我救你已经犯了戒条,若是再如此,恐怕不为天道所容。你且顺着这条路走下去,说不定就能碰到伴你一生的人。"

金花婆婆拜别道长,顺着他指的那条路踽踽而行。

"后来呢?"春四娘问。

"妈妈的!没走多远,被人一棍打晕,等醒来,已经被宋烂眼那个王八羔子生米做成了熟饭,只能认命了。"金花婆婆一边说一边抹眼泪。

十字坡,人人闻之叹息,愤怒,大骂宋烂眼不是东西。有的人还特意去宋烂眼的坟上吐口水。

后来,贾老六听到这事,笑得头都快掉了。

"她是言情戏看多了,胡扯八道!她年轻的时候,二十八了还没人上门提亲,她爹金轱辘,是咱这一带最大的土匪头子,觉得很没面子,大年初一带人下山抢女婿,抓住三个人,我、宋烂眼和白敬福他爹白铁匠。我们仨被带到山寨,金轱辘说要么做他的乘龙快婿,二百两金子做嫁妆,要么一刀砍了。"

提起那段往事,贾老六也是义愤填膺:"我们三个都是光棍儿,当时想也不错,有媳妇儿了还有二百两金子拿。她从后堂出来,看清楚模样后,白敬福他爹自己往旁边的刀头上扑,我想从窗户上翻出去跳楼,只有宋烂眼答应了。"

人们都问为什么。

"还能为什么?他那一双烂眼,一头母猪也能看得眉清目秀!唉,我的老兄弟,这辈子,真是苦了你了!"

那天,贾老六肋骨被金花婆婆擂断了三根。

第三十

贾老六（一）

贾老六是十字坡现任最大的官，里正。可谁也没把他放在眼里。

本来就这么屁大点儿的地方，管的也是鸡毛蒜皮的事儿。可贾老六很认真，干得尽职尽责。

他去过一趟长安，说是出公差，回来后大开眼界，说里正也要有个里正的样子，长安各个衙门都有自己的办公地点，咱十字坡也得有。

没人搭理他。

他就把十字坡的娘娘庙打扫了一遍，搬了张缺了一条腿的桌子放在娘娘的泥像下面办公，有板有眼。

十字坡人该干吗干吗，让他自娱自乐。

娘娘庙里有棵参天的李子树，据说没八百年也有一千年了，枝繁叶茂。张道士有天夜里溜进去想偷李子吃，发现树上坐着个女子。那女子一身红衣，坐在树顶，仰头看着夜空，虽瞧不清楚容貌，但背影婀娜。

张道士赶紧跑进正殿，跟正在办公的贾老六说："里正，你要死翘翘了！"

贾老六没理他，拿着毛笔继续在纸上画圈圈。

张道士说："院里那棵李子树成精了，迟早诱惑害你，得亏碰到贫道，对方虽道行高深，可贫道花费点儿力气，也要用掌心雷轰死她，救你一条性命……"

贾老六抬起头，斜眼看着张道士，说："你作法，要多少钱？"

张道士说："你我谈钱就伤感情了！不过作法得劳烦六甲六丁，得花三五百文买点儿纸钱烧了。"

贾老六从袖子里掏出一锭银子，足有二两，丢给张道士，说："作法不用了，拿着赶紧滚蛋！"

张道士说："这不行呀，白拿钱不干事儿，不是我的风格……"

贾老六叉腰站起来，双目圆睁，喷了张道士一脸唾沫："她一个李子树，历尽千辛万苦，好不容易修炼成精，不扰民，不害人，就想一个人安安静静看星星，你他娘的还想轰死她？你还是人吗？！"

第三十一

贾老六（二）

贾老六提着一坛二十年的春风酿，来清凉观找高道长。他没开口，高道长就知道贾老六准遇到大事儿了。

春风酿驰名十字坡，春四娘的酒肆里，二十年的陈酿，只这一坛。

贾老六坐下来，愁眉不展，长吁短叹，还有些不好意思。

高道长问怎么了。

贾老六说："道长，我最近好烦恼，这事儿只有你能帮我，而且也只有你在这方面有经验。"

高道长更疑惑了，不由得身体端坐起来。能来清凉观的，除了拜老君，十有八九是为了降妖除魔。看来贾老六这回是惹上了大麻烦。

可贾老六搓了搓手，说："道长，我好像……恋爱了……"

高道长被他一句话说得道心不稳，差点儿吐出一口血。

"老六呀，如果我没记错，你今年，快六十了吧？"

"嗯呀，下个月初五，六十大寿。"

高道长不知道说啥好，只盯着他。

贾老六赶紧摆了摆手,说:"道长,你别误会,我的意思是说,我好像被妖精喜欢上了。"

他低着头,老脸通红:"你知道,我办公室外面有棵李子树……"

高道长张大嘴巴,哦!

贾老六说:"这段日子,每次我去办公,桌上都会有李子,又大又甜。我还纳闷儿呢,李子早就下市了。

"每次我从树下过,那棵树就摇摆,真的,每一片叶子都在晃动,哗哗哗地。

"不光摇摆,我碰一下,那树全身乱颤,羞得每片叶子都缩起来,就跟含羞草一样。

"前两天,我在树下不过说了句,哎呀真想看看李花呀。结果第二天就开花了,满树的花!道长,这可都快入冬了呀!

"道长,我这一颗心,整天乱得跟被无数小鹿撞了一般。我都六十了,我老婆死了四十年,我一直守身如玉。我是里正,一辈子风评都很好,居然被妖精喜欢上了,这要是传出去……"

高道长就笑。

贾老六有些生气,脸红得跟猴屁股一样:"哎呀呀,道长,你就别笑了!这事儿你得帮帮我,你有经验呀!"

"胡扯八道,我能有什么经验?"

"别逗了,十字坡谁不知道你和荻花精谈恋爱?"

高道长的脸,也红了起来。

"哎呀,可到底怎么办呀?!"

"你先别管人家对你怎么样,你自己,心里怎么想的?"

"我也不知道呀，我心里乱呀！"

"你是高兴呢，还是讨厌呢？"

"麻！我心里麻得很！"

"怎么叫麻得很？"

"哎呀，我也不知道怎么形容，就是酥麻，一想到她，心就像被小棍子捅了一下，酥麻就变成了痒，就想使劲挠挠……"

"哦，那你就是恋爱了。"

贾老六张大嘴巴："啊？这，不太好吧。"

"有什么不好呢？"

"我刚才的话，你难道没听到吗？我是人，她是妖……"

"可你喜欢她呀。"

"我六十了，守身如玉四十年，洁身自爱得很……"

"可你喜欢她呀。"

"我还是里正，传出去影响不好……"

"这些，重要吗？"

贾老六想了想，仰起头："似乎，不重要。"

高道长哈哈大笑，打开那坛酒，说："那你还烦恼什么？"

贾老六拍了一下手，说："也是！她喜欢我，我喜欢她，这就足够了。"

第三十二

白铁匠（一）

贾老六娶李树精那天，宾客盈门，连长安城的上司都来了，好不热闹。

但酒宴的主位，贾老六坚持留给白铁匠，甚至连自己的上司都不鸟，搞得现场气氛很尴尬。

大家觉得蹊跷。白铁匠不过是打铁的，少言寡语，整日守着那个炭火日夜不熄的炉子，叮叮当当敲一天。贾老六咋就这么看重他？

司仪催了贾老六七八次，说吉时已到，赶紧拜堂，贾老六也不答应。

后来白铁匠总算是到了。铁塔一般的汉子，豹头环眼，阔面长髯，右脸一道伤疤，皮肉外翻，狰狞无比，往那一坐，周围顿时鸦雀无声。

待贾老六拜完堂，白铁匠咣咣喝了两盏酒，丢下贺礼，转身就出去了。自始至终，屁话都没说。

晚上，李树精问贾老六为何如此敬重白铁匠。

贾老六躺在床上，抱着如花似玉的新媳妇儿，说："那家伙救过我的命，没他，你哪儿来现在的相公呀？"

那是四十年前的旧事。

当时贾老六不老,还是个帅小伙儿,经常贩丝绸到长安卖。他本钱不大,每次不过贩几十匹,牵着一头老驴,风餐露宿,赚点儿辛苦钱。

有年从巴蜀回来,过终南山,狂风暴雨,走岔了路,不由得慌张起来。当时天色已晚,林莽幽深,虎啸猿啼,前不着村后不着店,荒山野冷若不找个住宿的地方,十有八九要喂野兽。

正急呢,忽见一彪形大汉,手持长槊,腰跨硬弓,披着虎皮,阔步而来。贾老六见对方打扮,应该是个猎户,就上前打招呼,想去对方家里借宿一晚。

那猎户哈哈大笑:"某四处奔走,居无定所,哪里有地方给你住?前十里有个小村子,倒还不错。"

贾老六谢了,顺着猎户指点的方向走,又听猎户说:"路上有座古寺,万不可住。"

贾老六答应了一声,牵着老驴前行。

风雨愈大,拔树摧木。贾老六全身湿透,冻得哆嗦不停,也不知走了多久,忽见路旁林中露出一片檐瓦,想必是猎户说的古寺了。虽说猎户叮嘱过他不可去投宿,可这样的鬼天气,再往前走,说不定没到村子就被风雨吹到悬崖下了,哪里还有那么多的顾忌。

贾老六掉转驴头,摸到了寺前,敲门喊人。

大门吱嘎一声,出来个老僧,瘦得皮包骨头,双目已盲,听贾老六要投宿,也不说话,引了进去。

这寺不大,不过前后两进院子,但年代久远,大多的僧舍都倒塌了,青苔、藤蔓丛生。

老僧将贾老六带到后院东厢房，提着一盏悠悠的灯笼离开。贾老六把驴拴在门口，又将货物搬运到房间里，累得死狗一样，瘫在床上。

窗外的雨越下越大，天空像是漏了个巨大的窟窿，将九天之水尽情倾倒。山林草木，还有这凄清的人世，被吞没，被浸染，混沌一片。

贾老六很快就睡着了，他梦见十字坡的炊烟、长安的城墙，梦见这些年走过的山山水水。

然后，他听到了一声驴鸣。是自己的那头老驴，不知为何，发出惧怕的叫声。

贾老六就这么一头驴，生怕有啥闪失，忙起身来到窗边。但见老驴四蹄发软，瘫倒在地，盯着一个方向，吓得全身乱颤。

贾老六转过头，见旁边的大雄宝殿顶上，风雨之中，一团黑雾迅疾而来。黑雾里挟着风雨之声，转瞬就落在门前，腥臭扑鼻。雾里探出一根长长的黑色尖刺，狠狠戳入老驴脑门，将驴脑吸干净，两只灯笼一般的灼灼巨目，盯向了贾老六。

贾老六吓得魂飞魄散，用身体死死顶着门板，任由那怪物拼命撞击，竭力死撑。

怪物嘶嘶大叫，尖爪乱戳，木屑纷飞。贾老六抵挡了一会儿，便力不从心，眼见怪物就要破门而入，只听得一声暴喝，有人狂奔而来。

是那个猎户。

只见他拉开硬弓，迅疾射了一箭。箭羽快如流星，射入黑雾，那怪物惨叫一声，抽身想退。猎户奋勇向前，举起手中长槊，高高跃起，全力刺入。怪物嘶叫不断，裹着黑雾，轰然撞入大雄宝殿内，寂然无声。

"你这人，好生不懂事！不是告诉你莫要来此投宿吗？"猎户见了贾老六，很是生气。

贾老六跌倒在地，全身抖得如同筛子一般。

"我射虎回来，见寺里有亮光，知你必没听我话，来到这里。此处凶险，那妖怪不知害了多少性命。"猎户坐下，取出葫芦喝酒，道，"若来得晚了，你恐怕也要成那窟中白骨。"

贾老六千恩万谢，问那黑雾什么来头儿。

"明日你看了便知。"猎户倒头便睡。

第二天一早，猎户领着贾老六来到大雄宝殿，见大殿之中有一巨大的蜘蛛，全身漆黑，大如铜钟，毛发赤红，死于梁柱之上。殿内各处皆是蛛网，蛛丝粗如丝绢，倒吊着百十蛛茧，皆是被抓住吸干了血肉的可怜人，有的早已成了枯骨。

"这老蛛，乃是天地异种，名为山蜘蛛，在此处为害日久，我也是这几日才发现。"猎户自那巨蛛身上拔出长槊，取刀割那蛛丝。

贾老六吓得两股战战，见门后坐着一具枯瘪皮囊，分明就是昨晚那僧人，灯笼还放在面前。

"这老僧为巨蛛所害，化为蛛伥，日暮之后，引行人来投宿，为其供奉血食。"猎户叹气道，"想必原本是寺里僧人吧。"

猎户割下几匹蛛丝，将其中一份，递给贾老六："此物难得，且收好。"

"我要这东西干吗！"贾老六摇头不收。

猎户道："真是个憨货。这蛛丝是那老蛛吐纳，坚韧无比，若是受伤，再大的伤口，贴上去，血流顿止！比你那丝绸值钱多了。"

贾老六这才收了。

问那猎户姓名，猎户不答，大笑而去。

贾老六到了长安，一匹蛛丝卖了十两金子，自此不再贩卖丝绸，回十字坡安生度日。

"救我的那猎户，就是白铁匠。"说完了这陈年旧事，贾老六搂着李树精，笑道。

"那他后来怎么来到了十字坡？"李树精问。

"可能是腻了吧。"

"腻了？"

"嗯。擒龙射虎，快活山林，觉得腻了，便找到我，在十字坡落了户，娶妻生子。"

贾老六打了个哈欠，看着洞房里的绣球、花烛，淡淡道："其实人生呀，最平凡、简单的柴米油盐，反而最有滋味。"

第三十三

白铁匠（二）

白铁匠本不是个铁匠，更不是猎户，原来是长安鄂国公尉迟府上的亲卫。

这事儿，是韦无极说的。

有次，韦无极得了百十斤上好镔铁，找到白铁匠，想让他为自己打造一口削铁如泥的横刀。

白铁匠一口拒绝，说自己早就不打铁了，要找找他儿子白敬福。白敬福的手艺虽然没得说，但韦无极坚持请白铁匠亲自动手，不为别的，只为他立在堂上的那支马槊。

槊这种武器本就不太常见，原因无他——常人用不起，也用不好。制作一支马槊，远比刀枪剑戟要复杂得多，也难得多。

槊杆通常使用柘木，将其剥成粗细均匀的篾，浸油，晾干后，用鱼泡胶粘合而成，接着外层缠绕麻绳，待麻绳干透，涂以生漆，裹以葛布。葛布上生漆，干一层裹一层，直到用刀砍上去，槊杆发出金属之声，却不断不裂，如此才算合格。接着去其首尾，前装精铁槊首，后安红铜槊攥，方可最终完成。

一支槊，最少也需三年时间才能成就，费用更非一般人能负担得起。能拥有槊的人，都是出身高门世家。

拥有马槊难，成为马槊高手，更难。马槊一般长一丈开外，不仅要求用者身壮力猛，更须灵敏活络，举重若轻，方为合格。所以自古以来，善用槊的人，皆是高手。

韦无极看过不少槊，但都比不上白铁匠堂上的那支。

那槊长一丈八，通体漆黑，桑木为杆，陨铁为首，犹如一条威猛长蛇。绝对是一支驰骋疆场、杀敌无数的马槊。

见韦无极喜欢，白铁匠很是得意，不过他说，和老鄂国公的那支槊比起来，自己这槊，一文不值。

那可是一支神槊。

所谓的老鄂国公，指的是尉迟恭，字敬德。老人家纯朴忠厚，勇武善战，一生戎马倥偬，征战南北，屡立战功，官至右武候大将军，封鄂国公，是凌烟阁二十四功臣之一，也是大唐无人不知无人不晓的一代战神。

他那支长槊，用得变化莫测，万军之中取上将首级如同探囊取物。他不仅善用槊，还是夺槊的高手，这个就是难上加难了。

老鄂国公一生征战无数，每次单枪匹马冲进敌阵，不但能夺过对方的长槊，往往还能回手刺杀敌人，这是他的绝技。

后来，齐王李元吉听说了，一度很不服气。李元吉是用槊高手，为人更是骁勇异常。一次，当着太宗的面，李元吉要求比试，再三来刺，皆被鄂国公躲过。

太宗就问鄂国公，避槊和夺槊，哪个容易？

鄂国公立刻明白了太宗的意思，一连三次夺了李元吉的马槊，让其知耻而退。

鄂国公薨后，陪葬昭陵，他的那支马槊则被后人保存下来，还为此专门建了一座阁楼，名为槊楼，祭祀不断。

"我在鄂国公府当亲卫时，曾亲眼见之，长一丈八，通体皆赤，常兀自颤动，吟吟有声，龙吟虎啸。"白铁匠说起这事，很是激动，"可惜后来自己飞走了。"

韦无极有些听不明白，一支槊，自己飞走了？

"安史之乱，叛军破潼关，圣人幸蜀，长安蒙乱。城破那一晚，府里忽然红光闪烁。刚开始大家以为是失火，赶紧去救，结果发现红光来自槊楼。正疑惑，但见狂风大作，雷电交加，霹雳一声响，楼顶脊破瓦碎，那丈八大槊拔地而起，化为龙形，冲天而去！"

韦无极听得目瞪口呆。

"老鄂国公一生忠武护国，看来连他那长槊也自有灵，不忍见长安城破，生灵涂炭。"白铁匠说，"那一晚我逃离长安，流落天下，后来在华山遇到一位师傅，求他照那神槊的式样仿作了一支，便是堂中此物。

"所以，武人当以修德立身为先，器次之。"

韦无极觉得这话有理。

白铁匠就问他还要打刀吗？

"打呀！如何不打？我修德也修器。"

白铁匠哈哈大笑，当即应下，第二日开炉，花了两年时间为韦无极锻打出一口横刀。

正是用那把刀，韦无极后来屠了渭河龙。

第三十四

白敬福（一）

白铁匠儿子白敬福性格敦厚，做事踏实，自从白铁匠将铁匠铺交给他，他勤恳卖力，守家顾业，为人称道。

除夕，白铁匠念儿子辛劳一年，便从春风酒肆买了几坛好酒，亲自做了几样小菜，招白敬福一起吃喝。

父子俩喝到半夜，都酣醉，借着酒劲儿，说了些平日不曾说过的肺腑之言。

白敬福对他爹说："其实呀，我一点儿都不喜欢打铁，要不是因为你老人家的吩咐，我早就撂挑子了。"

白铁匠不解："打铁有什么不好的？靠力气和手艺吃饭。"

白敬福直摇头："整天对着炉火，叮叮当当，无聊得很。"

白铁匠就问："那你想干什么呢？"

白敬福想了想，说："我喜欢毛不收那样的活儿。"

毛不收是十字坡的大夫。

白敬福又说："深山野地里采药，走乡串户为人看病，看风景，也看各样人生,多好。"

白铁匠就说:"是好。但人各有命,你的命,就是打铁。"

白敬福虽然对他爹这话很有意见,但不敢顶撞,闷着气睡了。

自此,他一边打铁,一边找些医书来看,立志要成为名医,好好给他爹看看。

春末的一天,因为手头有很多农具要打造,白敬福工作到很晚,半夜才封了炉门。

正要洗漱一番睡觉,听得大门被敲得咣咣作响。他纳闷儿,这三更半夜的,谁呀?

开了门,仔细一看,吓一跳。但见门口立着一头斑斓大虎,吊睛白额,血盆大口。

白敬福"啊呀"叫了一声,掉头想跑,就听有人言:"铁匠,铁匠!莫怕,有事相求!"

那声音不似人声,轻巧婉转。白敬福转过身,见老虎头上站着一只白色鹦鹉,古灵精怪。

鹦鹉说:"你莫怕,我家大王找你有事,若是办成,定有酬谢!"

白敬福定了定心神,说:"你们找我有何事?"

鹦鹉说:"大王夫人受了伤,特来寻你相助。"

白敬福说:"既是受伤,理应去找毛不收,寻我做甚?"

鹦鹉说:"毛不收那个棒槌不行,非你不可,还望与我等同去。"

白敬福本不想答应,见那老虎双目含泪,匍匐在地做跪拜之状,心里顿时软了三分,便答应下来。

鹦鹉又道:"老白,大王让你带上斧、凿、铁锯,还有你那铁匠炉的炉灰。"

白敬福依言带了,翻身上了虎背。老虎咆哮一声,跳跃奔跑。

入了深山,白敬福只觉得两耳生风,也不知过了多久,来到一个山洞。洞中深处,一头母虎匍匐在地,低声呻吟。

白敬福走到近前,见母虎腹部隆起,俨然有了身孕,然则母虎前爪被一巨大兽夹夹住,皮开肉绽。

鹦鹉道:"我家大王和夫人感情很好,这几日便是生产之时,夫人外出,中了猎户的埋伏,非你搭救不可,还望速施援手。"

白敬福点了点头,拿出工具,先用铁锯锯开兽夹,又用斧头和凿子小心敲打,忙得汗流浃背,总算是取出了夹子。然而那兽夹力道很足,虽取出,但母虎伤口血流喷涌。

鹦鹉忙道:"快涂炉灰。"

白敬福将炉灰涂上,鲜血顿止,不由得十分好奇。

鹦鹉道:"我家大王说了,你家那铁匠炉,整日炉火不熄,所烧灵木无数,熔金银铜铁无算,留下的炉灰,不仅可以止血,还能生筋活骨,乃是不可多得的宝贝。"

白敬福连连点头,扯下衣衫,细心为母虎包扎。母虎低头喘息,竟胎动不止,产下两只小虎来。

鹦鹉大喜,道:"哎呀呀,竟然生了两位公子!铁匠,我家大王说了,若不是你,夫人、公子定凶多吉少,你可是大恩人。大王想让两位公子认你当干爹,你可愿意?"

这时候还有选择吗?白敬福只得点了点头。老虎随即站起身,与鹦鹉一道送白敬福归家。离开之时，老虎再三叩拜。

鹦鹉道："铁匠，大王说了，来日定有重谢。"

一头老虎能有什么重谢。白敬福自当它胡说，转身进屋睡觉了。

不料第二日开门，见门口放着两只肥鹿，足有好几百斤。想必是那老虎所赠，白敬福挑去集市卖，得钱两千。

自此，三天两头，定有鹿、獐之类的野物送来，还有熊掌、蛇胆甚至灵芝之类，如此七八载，白敬福便成了十字坡少有的富户。不光如此，自打有了这件事，山中的野兽，只要受了伤的，都会来找白敬福，络绎不绝。

还有那两只小虎，长大后，每逢过年过节，总会前来拜谢干爹，极其孝顺。

十字坡的人也因此沾了白敬福的光。别的不说，只要入山，碰到什么猛兽巨蛇，说一句"我认识白敬福，他可是你们大王的亲戚！"，不仅性命无忧，背篓里还会被装上各种山中特产，客客气气护送回家。

毛不收以前进山采药，风餐露宿，凶险异常，后来只需开个单子给白敬福，不管多么罕见的灵药，白敬福那俩干儿子都能派手下送来。

这事儿，让白铁匠对白敬福刮目相看，但他并没有收回当年那句话。

每年除夕喝酒，白铁匠还是会说，你呀，就是打铁的命。

白敬福觉得，打铁，其实真挺好。

第三十五

白敬福（二）

白敬福虽然是白铁匠的儿子，但和他爹完全两个样儿。

白铁匠七尺大汉，豹头环眼，虎背熊腰，可白敬福小时候豆芽菜一般，不光身子矮，胳膊腿儿都细得如同麻秆，经常挨人揍。

白铁匠觉得丢人现眼，就拼命塞他饭，用鄂国公府训练亲卫的那套方法来锤炼他，可不管费多少劲儿，白敬福依然那么瘦、那么弱，到了十七八岁，高不过五尺，一阵风都能吹跑了。

力气嘛，就更没法儿提，铁匠铺的铁锤都抡不起来。

十字坡的那帮同龄人，没事儿就喜欢找碴儿，时常将白敬福摁倒在地胖揍一顿，还往他脸上吐唾沫。贾老六有次还看到过白敬福被一帮人扒了裤子吊在村头大柳树下，真是丢死个人。

白铁匠愁眉不展，去了好多次长安，请来不少名医给白敬福问诊，那些大夫均是摇头晃脑，说这小子身体很健康，啥病都没有，没法儿治。

再后来，白铁匠就开始走歪门邪道了，搞一些偏方，什么虎鞭、大力丸之类的，让白敬福吃，结果不但没增加力气，反而有几次药物中毒，差点儿连儿子都没了。

折腾了十几年，白铁匠彻底死心。

白敬福也急呀，整天被人揍，而且毫无还手之力。不光同龄人揍自己，甚至连那些十来岁的孩子他都打不过，整日缩在院子里不敢出门，男子汉大丈夫，一辈子怎能如此窝囊？

思来想去，白敬福决定去找王无忧，毕竟他是自己最好的朋友。

王无忧说："干脆去找张道士吧，那家伙虽然不靠谱儿，可鬼主意多，万一有点子呢。"

于是，两个人一起去找张道士，结果在金刚寺下面碰到了一帮子顽童，见了白敬福，简直像饿鬼见了胡饼一般，奔过来三下五除二将他放倒，王无忧见了这阵势，吓得"妈呀"一声跑了。

胖揍一顿自不必说，那帮顽童还逼着白敬福喊他们爸爸。白敬福没法儿，挨个儿喊了，这才饶过。

待顽童走后，白敬福放声大哭。

王无忧蹑手蹑脚走回来，安慰说："小白呀，别哭了。"

白敬福说："你个孙子！平日里说同生共死，刚刚怎么跑了？"

王无忧红着脸道："哎呀，我那是搬救兵去了。"

白敬福两只眼睛哭得肿起，如同桃子一般，说："无忧呀，我不想活了。"

王无忧吓了一跳，说："别呀！活着多好呀。这样，我看呀，你不如去金刚寺当和尚算了。做了和尚，就没人揍你了。"

白敬福问为啥。

王无忧说："揍和尚，那可是会下阿鼻地狱的。你看过有人揍和尚吗？"

白敬福说:"看过呀,张道士揍过,而且还不止一个。"

王无忧就不知道说什么好了。

白敬福说:"你走吧,我想静一静。"

王无忧走后,白敬福在金刚寺下坐了一下午,然后上了山。

他觉得也只有做和尚这一条路了。结果进寺之后,发现没人搭理他。金刚寺里的和尚都在品香、喂鹤,连最受鄙视的破头和尚都没空儿,忙着给几个妖怪捆绳子。

白敬福心灰意冷,进了一间大殿,本想解了裤腰带吊死,又觉得死在佛殿里不合适,抬眼看见菩萨旁边站着一个泥塑的金刚力士。

这金刚力士真是好,高两丈多,怒目圆睁,全身上下都是腱子肉,尤其那两条腿,孔武有力,筋绽肉凸,威猛无比。

白敬福受到了巨大刺激,走过去,抱着金刚力士的大腿就哭。

白敬福说:"力士呀,我也没做坏事,为什么被这么欺负呢?你给佛祖菩萨看家护院,力大无穷,就不能匀些力气给我吗?"

毕竟是泥塑,任凭白敬福说什么,啥反应都没有。

白敬福一边哭一边把鼻涕抹在力士腿上,说:"我也想明白了,没力气,毋宁死!我在这里求你三天,你不答应,我就死在你跟前儿。"

于是就哭呀求呀,等到第三天晚上,白敬福嗓子都哭哑了,正准备上吊,只觉眼前一花,黑暗中一道金光闪过,现出一个金甲力士来。

金甲力士说:"真是受不了你了,一个大男人,哇哇地哭,你哭就算了,抹我一腿鼻涕算是怎么回事儿?"

白敬福说:"甭来这套!你要是不帮我,信不信我抹你一脸!"

金刚力士说:"嗨,孙子儿,你还挺豪横。"

白敬福说:"我连死都不怕,豪横算个屁!"

金刚力士满脸无奈,说:"得,怕了你了。"说完,转身拿出一个紫金钵,递到白敬福跟前儿。

白敬福伸头一看,里面装着满满的肉筋,闻着还挺香。

白敬福道:"哎,不对呀,你们出家人不是不能吃肉吗?"

金刚力士说:"放屁!这是肉吗?这是筋。你吃不吃?"

白敬福说:"我为什么要吃呀?"

金刚力士说:"你还想不想有力气?"

"想呀!"

"想,那你就吃。吃完了,在这里诚心拜佛,自然有效果。"

白敬福咬着牙,将那钵肉筋吃了一半,还要再吃,被金刚力士拦住了。

金刚力士说:"孙子儿,你也给我留点儿!你以为这是酒肆里普通的筋头巴脑呀?"

吃完之后,金刚力士倏忽不见。白敬福也累了,趴在地上昏昏入睡。睡梦中,他看到道道金光游蛇一般钻到自己体内,搞得自己身体各处又酸又涨,难受得紧。

第二天一早醒来,白敬福吓了一大跳——原本豆芽菜一般的自己,现在的胳膊腿儿又粗又壮,仝是腱子肉、大肉筋,那股子力气充盈全身,说不出的爽快。回头再看金刚力士的泥塑,比之前萎靡了不少。

白敬福知道金刚力士帮了自己,咣咣磕了几个响头,昂首挺胸回了十字坡。他从铁匠铺里取了铜锣,咣咣敲个不停,引得十字坡人鸟雀一般跟过来,都不知这家伙要作甚。

白敬福见人聚得差不多了，来到村口那棵柳树下，脱去上衣，一哈腰，一使劲儿，将那棵枝繁叶茂的大柳树连根拔起！

　　白敬福面不红心不跳，将柳树丢在一边，叉着腰对着乌泱乌泱的人头嘿嘿一笑："以后谁要再揍我，再让我喊他爸爸，老子拆他全家的骨头！"

　　白铁匠当时也在下面，看得号啕大哭。

　　别人问他哭什么。

　　白铁匠说："娘的，我一直以为这小子不是我亲生的，这回看来，总算是没跑儿了。"

第三十六

毛不收（一）

毛不收曾在宫中当过太医，这事儿是方相云说的，应该不会有假。

所以他的医馆，每日都乌泱乌泱的人。真正看病的其实没几个，大多数是凑过去逗他八卦一些皇家逸事的。十字坡的人毕竟都是平头百姓，没几个进过皇宫，更没人见过圣人、娘娘。

可毛不收偏偏不喜欢说话，惜字如金，更不喜欢讲这些事情。所以很多时候，都是大家硬往外带话。

"毛大夫，当年你见过圣人吗？"

"见过。"

"那圣人长啥样儿？"

"还能啥样？跟我们一个样儿，鼻子是鼻了，眼睛是眼睛。"

"听说圣人后宫三千，真的吗？"

"没那么多。"

"那一天一个也睡不过来呀？"

"也不是，基本上都去贵妃那里。"

"哦，贵妃美不美？"

"当然美了。就是有点儿胖。她消化不良，又喜欢吃甜食，所以我经常给她开消食丸。"

"听说贵妃美得连宫中的花都缩起来了，是吗？"

"其实呀，那是她耍的小聪明，种了一些含羞草，碰一下，缩回去，宫里就传出来她美得羞花，纯粹是想引起圣人的注意。"

"因为她最喜欢吃荔枝，圣人不惜万里迢迢派人快马送进长安，是真的吗？"

"那都是那帮无聊文人瞎编的。她最喜欢吃的，是老家的酸杏，越酸越好。她小时候就好这一口……"

往往说到这里，毛不收就赶紧捂住嘴巴，再不开口。时间长了，大家都觉得有猫腻儿。

聊到皇宫里面别的事，他纯粹敷衍了事，只要说到贵妃，他就两眼放光，话匣子拢都拢不住，不光对贵妃的各种生活细节了若指掌，甚至能说出贵妃小时候的一些琐碎往事。

这家伙和贵妃的关系似乎不一般呀。

大家就拜托张道士。张道士不负众望，一顿酒摆平了，将毛不收和贵妃之间不得不说的事儿全给掏了出来。

毛不收当时是这么说的——

我和贵妃打小儿青梅竹马，我家住河这边儿，她家住河那边儿，那时她一点儿都不胖，长得又黑又小，五官缩在一起，皱巴巴的。我经常带她玩，她喊我三哥，我叫她二丫。十岁那年，她寄养在洛阳她三叔家，刚好我爹也在洛阳开了医馆，我俩还是在一起。

女大十八变，越变越好看。慢慢地，她已经不是那个野丫头了，出落得亭亭玉立，而且通音律、善歌舞，很多人喜欢她。

我也挺喜欢的。那时我埋头苦读，心想着一举高中，成为朝中重臣，然后娶了她。这事儿她挺支持的，亲手绣了一个香囊给我。哪知道，我正准备应试时，听说她被寿王看上，成了王妃，不久之后，又被圣人收入宫中。

我心都碎了，书也读不进去，后来索性研究医术。我也没别的想法，想着如果能进入太医署，起码还能在宫里守着她。

在太医署的那些年，应该是我这辈子最快乐的时光。我要的很简单，那份情感早就深深埋在心里了——我就希望能多看看她，护着她，让她健健康康、快快乐乐的。

后来，安禄山起兵，一路烧杀抢掠，圣人带着她连夜逃跑。等我知道这事儿，他们早就出了城。我骑了一匹老马追过去，到马嵬坡，听说陈玄礼兵变，圣人下令，她被勒死在佛堂里。唉，平日里对她山盟海誓的，想不到连自己的女人都保不住，你说这圣人混账不混账？

罢了罢了，不能妄议圣人。当时太乱，我到马嵬坡时，那地方狼藉一片，人马皆空。从寺里僧人处得知，她死后只被草草埋葬，连棺材都没有。

我心疼呀，她死得惨，怎能让她如此长眠于地下，就苦苦寻找，一连找了七八日，也无有结果。

有一晚，我在佛堂里为她念超度经，一边念一边哭，睡着了。迷迷糊糊中，见她蹁跹而来，还是那个样子，说她被埋在一棵梨树下，让我无须挂念，更不要为她重新殓藏。她叮嘱我，让我好好过，把她忘了，重新生活。

第二日，我去寺后，果然发现一棵大梨树，枝繁叶茂。按照她的心意，我没有将她重葬，只把她当年给我的那个香囊埋在了树下。

后来，叛乱被平，圣人回长安，派人打听她的埋骨之处。想将她风光大葬。但礼部侍郎李揆不同意，说当时龙武军将士杀杨国忠和贵妃，是忠心为国，若是风光大葬，将士们会寒心。圣人不得不从，只得派出几个宦官悄悄处理此事。当年勒死她、掩埋尸首的几个人也都死了，没人知道。贵妃又托梦于我，说事情到了这个地步，可以了。

我找到官军，领着他们到了梨树下。挖开之后，唉，我不由得潸然泪下。当年勒死她后，宦官用紫褥将尸首裹了，就匆匆入土。打开之后，肌肤已坏，不成样子。宦官重新为她殓藏，然后拿着我先前埋进去的那个香囊献给圣人，说贵妃身体虽腐朽，但随身的香囊未损。听说圣人看了后号啕大哭，将那香囊朝夕佩戴着。虽说那是贵妃早年时送我的香囊，但我听了，也略感安慰。圣人呀，对她还是有情分的。

毛不收在十字坡的医馆每日都开，唯独六月十四这天会挂上一个"今日有事外出"的牌子。

大家都知道他去了哪里。

这天，是贵妃被勒死在马嵬坡的日子。

第三十七

毛不收（二）

毛不收这人淡然寡居，索然无求，活得逍遥自在，后来年岁大了，常闷闷不乐。

一日与贾老六喝酒，毛不收愁眉苦脸，唉声叹气。贾老六不解，问他到底为何事烦恼。

毛不收说："我这一辈子无甚长处，一生读了一些书，识了一些字，不足为奇，就是习得这医术，都是我辛苦求来，经年累月，也算有些积淀。我老了，说不准哪天吹灯拔蜡了，终究要带进棺材，不留世间，甚是可惜。"

贾老六就说："你傻呀，何不收个徒弟，倾囊相授？"

毛不收说："想收个称心如意、心灵手巧的徒弟，比找个媳妇儿还难。"

贾老六说："也是，咱十字坡这帮人没一个正经的。"

毛不收深以为然。

如此郁闷几年，忽一日，开馆坐诊之时，见一少年自林中蹒跚而来。

时已深秋，万壑肃然，丛林尽染。少年着一褐衣，上染梅花数朵，秀丽可爱。他立于人群间翘首而望，双眸闪烁，微笑不语。待人散去，其倚门外，似有所言。

　　毛不收觉得蹊跷，就问："你哪里来？"

　　少年指着身后群山，说："自山中来。"

　　毛不收问："可是来寻药？"

　　少年摇头，说："家中父母早亡，有兄弟姐妹几个，也都散去，只我一人，周游四方。听闻先生医术高明，为人品行高洁，特来一观。"

　　毛不收喜欢这少年，道："足下可有活计？"

　　少年说："不曾。"

　　毛不收说："愿不愿在我这里做个帮手？"

　　少年大喜，稽首而拜，自此在毛不收医馆中住下，忙前忙后，不辞辛苦，且心细如发，毛不收心中所想，不曾开口，少年便知之。时间久了，毛不收珍之无比，将自己所学医术倾囊相授。

　　贾老六知道这事儿后十分高兴，专门在家中设宴，为毛不收庆贺。

　　毛不收喝得大醉，说："得此佳徒，乃是人生快事。"

　　贾老六也乐，说："我看你这徒弟青出于蓝，哪天你死翘翘了，他留在十字坡，能继续造福咱一方乡亲。"

　　毛不收深以为然。

　　唯独贾老六媳妇儿李树精不这么想。喝完酒，她对贾老六说："毛先生那徒弟，与咱十字坡无缘，将来十有八九是要走的。"

　　贾老六说："媳妇儿呀，别胡扯了，赶紧睡觉。"

　　少年待毛不收如父，孝顺无比，嘘寒问暖，从无愠色。待其医术精进,毛不收索性当了甩手掌柜,将医馆的事情都托付于他。少年坐馆,应付自如,疑难杂症,也能药到病除,自此声名鹊起。

后来,长安城左相有疾,召毛不收去。

毛不收看不惯左相为人,称其是阿谀奉承、口蜜腹剑之辈,托辞不往。左相大怒,命有司将毛不收下狱。

贾老六急得不行,四处托关系搭救。判官言,有一百两金子,可运作放出。可一百两金子贾老六哪有,便是四处筹借,一时也凑不齐。

众人皆为此发愁。少年听了,笑道:"无妨。"他从贾老六家里借了一个簸箕,抬脚就往外走。

众人不知他要干吗,跟在后面观望。只见少年来到医馆门前的溪边,卷起衣袖下水,站在溪中,用簸箕淘洗泥沙,端上来,灯光一照,烁烁放光,竟满是金沙,约莫有二三两。如此来去多次,一百两金子准备妥当。贾老六拿了去长安,接回了毛不收。

这消息很快传遍十里八乡,众人纷纷来到溪里淘金,可费尽心机,半钱金子也没得到,都觉得不可思议。

寒来暑往,一转眼,少年在毛不收这里已有二十多个年头,容貌无改。

一年隆冬,毛不收不知得了什么怪病,日夜咳嗽,迅速消瘦,后卧在床上,无法动弹。贾老六等人去看望,见毛不收瘦得皮包骨头,骷髅一般,无不心疼。

贾老六对少年说:"你师父病成这个样子,你也不想想办法?"

少年叹气,说:"人之寿命,乃由天定,固有百年,也终须一死,虽金石亦不能改也。"

贾老六知道,毛不收怕是活不了多长时间了。

毛不收的病越来越重,眼见着不行了。弥留之际,毛不收突然想吃瓜。

贾老六听了哭笑不得,握着毛不收的手说:"不收呀,这寒冬腊月的,哪里有瓜?我让我媳妇儿弄几个李子,如何?"

毛不收直摇头,一心要吃瓜。

少年听了在旁大哭,说:"师父一生,救人无数,临死想吃块瓜,难道过分吗?我虽不才,愿满足师父心愿。"

贾老六说:"孩子,你的心情我理解,但是大冬天上哪儿弄瓜去?简直是妄想。"

少年不答,来到院中,双膝跪地,向天祈祷一番,然后取来锄头,松土播种,浇水培育,不时,自土中竟生出藤蔓,转瞬结出硕大的瓜来。

少年取了,切开,瓜瓤红艳。他双膝跪地,献予毛不收。毛不收挣扎爬起,咬了一口,连呼爽快,还未下咽,便溘然长逝。

毛不收的葬礼办得十分隆重,十字坡家家户户都来了,便是周围各乡的来人,也是络绎不绝。

少年披麻戴孝将毛不收送到马嵬坡埋了,礼数周全,大家看了,都说毛不收走了狗屎运,捡到这么个好徒弟。

葬礼之后,贾老六和十字坡的几个耆老来到医馆。

贾老六说:"你师父走了,他无儿无女,更没有什么亲戚,我们商量了一下,他这医馆,就由你继承了,如何?"

少年闷闷不乐,道:"我来此,乃是敬佩我师父的为人和医术,这二十多年，甚为快乐。如今，师父仙去，医馆冷清，我一人在此，还有什么意思？"

贾老六说："话不能这么讲，你留在这里，可以继续替你师父为人看病嘛。"

少年说："世间医者众多，少我一个不少。留在这里，睹物思人，只能更加痛苦。我羁留尘世时日已多，师父走了，也该断了这份机缘。"

贾老六等人不知少年到底是个啥意思。

只见少年起身，整理衣衫，对贾老六等人深深一拜，转身出了门，化为一只全身褐毛的小鹿，身有点点梅花，长啸一声，跳跃而去。

那时是深秋，和它当初来的时候一样，群山萧瑟，丛林尽染。

第三十八

花不如(一)

毛不收死后,还曾回来过一次十字坡。

那一年天下大旱,赤日千里,土地龟裂,禾苗干枯。十字坡人求雨无望,官府又下了命令,说是该缴的赋税一点儿也不能少,大家哀号不已。看样子,家家户户都得卖儿卖女,妻离子散了。

为这事儿,身为里正的贾老六愁得头发一把把往下掉,问他媳妇儿李树精,说你怎么着也算是个妖怪,能不能想想办法救救乡亲们?

李树精说:"我何尝不想?可我只不过是个李树精,没什么本事,怎救得了?"

贾老六听了,越发失望,一天到晚喝闷酒。

一天晚上,贾老六喝得醉醺醺的,忽然看到毛不收从大门口飘然而至。还是当初那个模样,着一身长衫,满脸是笑。

贾老六昂着头说:"不收呀,你不是死了吗?"

毛不收说:"是呀,死了好多年了。"

贾老六说:"你不老老实实做你的鬼,怎么跑回来了?"

第三十八　花不如（一）

毛不收说："听说十字坡受难，我想帮帮忙。"

贾老六说："你有办法求来雨？"

毛不收摇头："天朝那么多高僧大德求雨都不灵，我一个小鬼，怎可能搞得定？"

贾老六说："那你能帮个屁的忙。"

毛不收说："虽说不能求雨，可我有个办法，能让十字坡人活命。"

贾老六问什么办法。

毛不收说："现在发愁的，不过是官府的赋税而已。若是有钱上缴，不就行了吗？"

贾老六说："是呀，可这钱从哪里来呢？整个十字坡的赋税加起来，可不是个小数目。"

毛不收说："过几天，你去西山找花不如，她和咱们十字坡有缘，能解这个难。"

贾老六说："花不如是谁呀？"

毛不收说："你去了就知道了。"

第二日，贾老六套上马，去了西山。

所谓的西山，顾名思义，在十字坡西面四十多里，是终南山的一处支脉，山林茂盛。

贾老六到了山里，四处打听花不如的下落，都说没听过这么个人。他从早上一直找到太阳落山，毫无所获，觉得肯定是毛不收拿他寻开心，气得大骂不止。眼见得夜幕四合，贾老六只得在山里寻住宿之地，兜兜转转，也不知道走了多远，见山谷中有间茅舍，便过去敲门。

敲了一会儿，门吱嘎一声开了，是个女子，约莫二十来岁，长得挺好看，穿着一身青色道衣，头发挽起，手持拂尘。

贾老六就说："我在山里办事，见天色晚了，生怕遇到豺狼虎豹，想在你这里住一晚，如何？"

女子没说什么，点头应允，带贾老六到了西厢房，又送来吃食，均是山野之物，野菜粟米，不过甚为可口。

贾老六道了句谢，就跟人家唠家常："姑娘你是修道之人？"

女子说不是。

"那怎么这身打扮？"

"我原先家住长安，后来出了变故，逃到这深山中来，辛苦度日。此处有个道观，先前乃是我父出资修建，一直供养，花费无数。我逃到这里，道长们可怜我，让我在这里搭间茅舍。我求了本经文，照着上面修行而已。可道长说，我没有道缘，迟早还要回到红尘里去。"

贾老六说："是呀，这深山老林的，豺狼虎豹、毒虫蛇蚁众多，现在天下动荡，到处都是打家劫舍的山贼，你一个女孩子独自居住在这里，太危险了。"

女子叹道："天下之大，恐怕没我的容身之所。"

贾老六一向热心肠，笑道："也不能这么说，世间还是好人多，比方我们十字坡，虽是个小地方，但大家互帮互助，平等待人，好得很。你若不嫌弃，也能去。"

女子笑而不语。

贾老六疑她不信，忙道："我说的可是真的，总比你一个人在这里担惊受怕强。"

女子说："也不是这样，虽然独自住在这里清苦了些，可也还算安全。"

贾老六不信，说："没有豺狼虎豹来？"

女子摇头："这山里猛兽很多，但从来不敢靠近我这茅舍。"

贾老六问："强盗也不来？"

女子说："来呀，先前有好几伙儿强盗来，结果到了茅舍跟前，纷纷吓得大叫，屁滚尿流而去。"

贾老六听了，笑道："姑娘，你这扯谎呢，怎么可能呢？猛兽强盗，没到跟前儿就自己吓跑了？"

女子说："我也觉得奇怪呢。思来想去，应该是冥冥中有神灵保佑吧。"

贾老六哪里肯信，只当她信口一说。

吃饱喝足，女子收拾碗筷而去。贾老六睡不着，辗转反侧，索性披上衣服，来到走廊里静坐。

茅舍开阔，柴门大开，内外一览无余。正屋，那女子当门坐着，拿着一本经文在念，倒是虔诚得很。

夜色已深，山林萧瑟，忽而一阵风起，荆棘丛中作响，跳出一只巨大无比的猛虎来，它头大如斗，利齿似刃，见了那女子，身形陡转，呼啸而来。

贾老六大惊，这猛虎要是扑进来，一个弱女子定然性命难保。正要大声呼喊，忽见那老虎在柴门口停下，仰头看着茅舍，吓得两股战战，掉头就跑。

贾老六觉得奇怪了，明明猎物就在眼前，为何落荒而逃？顺着先前老虎所望之处，贾老六转过头，也吓得"啊呀"一声，差点儿一头栽倒。

只见正屋屋顶，有一颗巨大的蛇头！

那蛇头大如巨缸，漆黑无比，两只眼睛闪烁如灯，吐芯伸展，恐怖异常。见老虎走了，这蛇缓缓缩下，消失不见。

贾老六魂飞魄散，急忙跑到正屋，将刚才所见告诉女子。

女子也是瞠目结舌，说："不可能，我在这里住了这么久，从来没看到过这样的大蛇。"

贾老六说："哎呦喂，我还能骗你不成！刚才我看得清清楚楚的，那蛇大的，一口能吞下个牛犊！姑娘，这地方住不得，迟早有一天，它会把你也吞了。"

女子还是不信。

贾老六说："这样，你到我这屋，等会若是再有猛兽，你一望便知。"

女子进了贾老六屋子，熄了灯，潜伏在门后观望。

过了不久，又有几只豺狼逶迤而来，那蛇果然再次现身，将其吓退。

女子见了，也是又惊又怕，道："这可如何是好？"

贾老六说："还能怎么办？赶紧跑吧！"

言罢，贾老六拽着女子跳出门外，撒丫子就跑。刚出了茅舍，就听得身后大风呼啸，咝咝有声，转过脸，见那大蛇迅猛而来。

贾老六吓得屁滚尿流，对女子说："哎呀，这回我们俩算是完了。"

说话间，大蛇已到跟前。

慌乱之间，贾老六从腰里抽出那把护身的短刀，回头猛砍一刀！他那短刀虽不是削铁如泥的神兵利器，可也是白铁匠亲手打造，锋利无比。这一刀贾老六用尽了全力，只听得哐啷一声，虎口震得发麻，贾老六仰面朝天跌倒在地。

不对劲儿呀！再大的蛇，也是皮肉包着骨头，怎会发出这样的声音？感觉像是砍在了铜铁之上。

爬起来后，贾老六闪目观看，发现那大蛇已消失不见，从自己所站之地到茅舍，竟散落了一地铜钱，铺展如蛇状，层层叠叠，不知有多少。

贾老六目瞪口呆，那女子也惊讶异常。

贾老六说："真是稀奇了，我原本进山，不过是为了寻找花不如，竟然碰到这般的蹊跷事！"

女子听了，忙道："我就是花不如呀，你找我？"

贾老六目瞪口呆，将事情一五一十说了。

花不如指着地上的铜钱，道："若是你那鬼友说得没错，这便是能救十字坡人的那些钱了。"

贾老六觉得花不如说得对，连夜下山，招呼十字坡人带着马车上来。

众人哪里见过这么多钱，纷纷捡起装车，竟然装了整整五辆马车。正忙活着，见一老道从山上来。

花不如连忙上前施礼，将事情讲了。

老道听完，哈哈大笑，说："缘分，这就是缘分呀。"

贾老六不知道对方葫芦里卖的什么药，急忙询问。

老道说："贫道是山上的观主，这座道观乃是花家出资兴建，已有百年。花家家大业大，又极其虔诚，每年都会奉上一笔巨资做供奉。我等修道之人清心寡欲，要钱无用，反而是拖累，所以从贫道师父的师父开始，就将花家送来的钱投入茅舍后的山洞之中。铜钱这东西，长年与人接触，沾染人气无算，想必是经年累月，化为钱精，成了那黑蛇。花家有难，花不如来此避难，结舍而居，钱龙有灵，兀自守护，想不到被你一刀砍了。"

贾老六不好意思，连忙说罪过罪过。

老道摆摆手，说："都是缘分，这些钱能救十字坡人的性命，也是造化。不如呀，贫道之前就说过，你缘分未到，还得回到红尘里，不如跟着贾里正去十字坡吧。"

花不如点头答应。

当天下午，贾老六赶着五辆装满了铜钱的马车，带着花不如回了十字坡。

那笔钱，救了十字坡人。

这件事，也成了十字坡的传奇。每次有人说起，大家都会不约而同地点头，连声说："缘分，缘分呀！"

第三十九

花不如（二）

十字坡人都很尊敬花不如。

起先是因为她的缘故，贾老六得了五车铜钱，救了十字坡人的性命。后来，大家发现花不如这女子不一般，看上去温柔无比，但只要喝了酒，不管喝了多少，便醉得一塌糊涂。醉后俨然换了个人——大声呼喝，卷袖脱靴，取来她随身的弓箭满弓而射，且箭法高超，百步之外，一只苍蝇都逃不过！

第二天酒醒，再问她，则满脸通红；再问，就会捂着脸，呜呜直哭。

她来了十字坡，在春风酒肆旁建了屋子，平日里和寻常人一样劳作，有时也去酒肆里帮忙，和春四娘关系很好。大家都知道花不如身世离奇，肯定藏着什么故事，就委托春四娘打听打听。

没办法，十字坡人向来八卦无比。

春四娘刚开始不答应，后来禁不住十字坡人的怂恿，找机会将花不如灌倒，这才打听出了一段奇闻。

在长安，花不如家可是声名显赫。

自隋朝开始，花家就是名门，位高权重，后来李氏起兵，建立大唐，花家出力不少，一连几代，皆是朝廷股肱，一门朱紫，世人羡慕。

可到了花不如父亲这一辈，花家便开始衰落。花家一直以武勇立家，可花不如父亲花无缺却是文弱书生一个，手不能提四两，只爱读书吟诗，五十多了才在大理寺混了个文职。

花无缺三儿一女，三个儿子有祖风，皆勇猛无比，但因家里豪富，早就成了纨绔子弟，整日寻花问柳，欺压百姓，官府也奈何不得。至于花不如，花无缺年近五十才得此女，溺爱无比，真是捧在手里怕摔着，含在嘴里怕化了。

有一年上元节，花无缺抱着花不如去看花灯，在兴庆宫门口买了些糕点给花不如，正逗着玩儿，见一须发皆白的老道走了过来。

老道看了花不如一会儿，又看了看花无缺，重重地叹了口气。

花无缺觉得对方有些奇怪，就问老道怎么个意思。

老道说："看官人你面相，定然是世代显贵。可世间富贵犹如花期，有盛，也有衰，到你这一代，不但富贵全无，全家老小也要死尽亡绝。"

花无缺听了顿时气炸，可见那老道仙风道骨，不像是骗吃溜喝之人，急忙延请到家，隆重招待，询问可有破解之法。

老道摇头，道："此乃天数，断不可改。不过，贫道见你这女儿命不该绝，若是信贫道，可交付于我，为你花家留一血脉。"

花无缺虽不舍，也只得答应。

老道带走花不如，于深山中教习。既不授道行，也不教黄老，只教她洗练箭法。七八年过去，花不如可开五石硬弓，箭法百发百中。

第十年，老道让花不如下山归家。

第三十九 花不如（二）

十年间，花家变化巨大。花无缺擢升监察御史，但依然不受待见，三位兄长倒是军功在身，皆在洛阳当差。

到家没多久，北方乱起。安禄山攻陷洛阳，花家三位兄长皆投敌叛国。花家人，连同花不如，一同被下了大狱，判了死刑，只待问斩。

花不如原以为自己必死无疑，想不到叛军进展神速，很快攻破潼关，杀入长安。城破那一日，三位兄长打开牢门，救出花无缺等人，回到家中，欢天喜地。

花无缺大骂三个儿子，说花家代代忠良，怎么会出了你们这三个乱臣贼子。气得当场吐血而亡。花家三子却觉得老爹迂腐可笑。大唐腐朽已久，投靠叛军，身居高位，自然荣华富贵。

家中纷扰令花不如痛苦异常。一晚，她越想越痛，喝了一坛酒，当庭而坐，忽见门外走来一个大鬼。

这鬼身高几丈，红脸绿毛，袒胸赤脚，坐在屋顶，看着花不如哈哈大笑。

花不如见了怒气填胸，寻来硬弓，开弓放箭，正中鬼腹。

不料那鬼大笑，道："射得好！"

花不如见鬼如此猖狂，再射一箭，射中鬼头。

大鬼拍手，道："好也，好也！"

又射一箭，中鬼眼，贯脑而出，鬼顿足而笑："好！"

如此，一连射了几十箭。

那鬼满身如同刺猬一般，依然笑道："如此，便好，如此，便好！"言罢，化为一团青烟而散。

花不如酒醒，环顾四周，见庭院之中尸体层叠，三个哥哥，一个被射中腹部，一个被射中头部，一个单眼中箭，其余家眷、仆人连同那些随从军士几十人，皆中箭身死，无一活命。

花不如跌坐哭号，昏厥在地。等醒来，已在城外，手边有一封书信，乃是师父所留。

师父说，种种事，皆是劫数，天注定，不怪你。

花不如不敢入城，自此才流落西山。

这段往事，花不如说得凄凄惨惨，春四娘也听得眼泪哗哗、暴跳如雷。当时，清凉观小高道长也在跟前。

小高道长说："唉，所谓人间富贵，过眼烟云，还是不染红尘自得风流，来得好。"

这话说完，春四娘当场发飙，拎起小高道长狠揍了一顿。

一边揍，还一边吼："你们这帮臭道士，就喜欢故弄玄虚！不如那师父若是牛叉，起码能设法拯救，奈何让花家一门身死单留我这妹妹受苦？至于你，你想风流是吧？我让你风流！我让你风流！"

第四十

顶赞（一）

破头和尚圆寂的那天晚上，把顶杠和尚和张青花叫到屋里。他盘坐在罗汉床上，直勾勾地看着两个徒弟，半天也不说话。

张青花忍不住了，说："师父，你老人家行行好，别闹了成不？平时隔空点我们穴也就算了，三更半夜不让人睡觉，把我们师兄弟俩叫到跟前儿给你欣赏，有些过分。"

顶杠和尚说："师弟，你这么说就不对了，现在已经过了三更，不是半夜，师父把我俩叫到跟前儿，只是看，看和欣赏是两回事儿，你没发现他眼神里满是鄙视吗？"

张青花不敢跟顶杠和尚搭话，只要一搭话，绝对能杠到天亮。

张青花问："师父，你老人家到底有什么事？"

破头和尚长长叹了口气："我这一生也没干啥坏事，只收了你们两个徒弟……"

张青花挺生气，说："师父，你这是什么意思？敢情我们两个让你老人家蒙羞了？"

破头和尚老脸一红，急忙摆手，说："为师不是那个意思。"

"那是什么意思？"

破头和尚说："为师的意思是，我这一辈子，不应该只有你们两个徒弟，照理说，还应该有一个。"

张青花火了，说："敢情你把我们折腾起来，是说收徒弟的事儿呀？这是你的事，和我们有啥关系！"

破头和尚说："哎呀呀，我也没办法呀，我今晚就要圆寂了嘛。"

张青花说："圆寂？你老人家的意思是，今晚就吹灯拔蜡了？"

破头和尚说："大概就是这个意思吧。可我这个心愿……"

顶杠和尚说："师父，你都吹灯拔蜡了，还操这个心干吗！"

破头和尚说："没办法呀，我命中注定有三个徒弟，大徒弟叫顶杠，二徒弟叫顶好，三徒弟叫顶赞。"

张青花觉得头疼，说："那你到底想干啥？"

破头和尚说："也没想干啥。我圆寂之后，得考虑分家产的事儿，不能因为这个让你们打破头，叫人笑话。"

一听分家产，张青花满眼放光。

破头和尚虽然只是金刚寺看门的，可也在这里待了几十年，私房钱应该不少。

张青花掐了一把大腿，使劲儿挤出眼泪，说："师父，就知道你老人家对我们俩好，你放心，我们俩不贪财，一人百八十两金子就够了。"

顶杠和尚说："为什么是金子？！银子你不要吗？！"

张青花想掐死他。

破头和尚说："你们别闹了。我这一辈子倒是有些家底。顶杠呀，箱子里那十几套僧衣，给你了。"

顶杠说："师父，你那十几套僧衣早就磨得不能穿了，件件露屁股！"

破头和尚说："那也是个念想儿呀。顶好呀，我上个月腌了一缸咸菜，过几天应该能吃了，留给你了。"

张青花说："可拉倒吧，师父，你那咸菜连鸟儿都不吃。"

破头和尚说："那也不能浪费呀。就这么多东西，你们俩分，千万别打架。"

说完，破头和尚从怀里掏出一本书，上面写着"隔空点穴秘籍"，又掏出一条色泽青紫、灼灼放光的绳子。

顶杠和尚和张青花见了，两腿一软，跪倒在地，不约而同地说："师父，我俩一定好好分你的僧衣和咸菜，绝对不打架！你老人家行行好，把绳子收了吧！"

破头和尚说："你们想哪里去了！这两样，给你们的三师弟吧。"

说完，破头和尚双眼一翻，"哦"了一声，就圆寂了。

破头和尚就是个看门的和尚，死了，就挖了个坑，埋了。

顶杠和尚和张青花分了露屁股僧衣和咸菜，正准备分秘籍和捆妖绳，一个小和尚跑进来说外面有人找。

来人二十多岁，瘦高个儿，看上去有点儿愣，长着一对斗鸡眼。

张青花说："你找谁？"

来人说："我找破头和尚。"

张青花问："你找他干吗？"

来人说："拜师。"

顶杠和尚插话说："拜不了了！吹灯拔蜡了！"

来人说:"吹灯拔蜡也是我师父!"

张青花说:"你怎么就认定他是你师父了呢?"

来人说:"我前几天做了个梦,梦见一个和尚要收我为徒,赐我法名顶赞,让我来金刚寺。"

张青花问:"那和尚长什么样?"

来人说:"又矮又瘦,还有哮喘。"

张青花看了看顶杠和尚,说:"师兄,这两样东西咱俩也别分了,正主儿来了。"

顶杠和尚破天荒没有顶杠,点了点头,把秘籍和捆妖绳郑重交到来人手里,说:"顶赞呀,你来晚了,师父昨晚'哦'了一声就蹬腿了。不过临死前交代了你的事,这两样东西,就是分你的。"

顶赞抱着秘籍和捆仙绳哇哇大哭。

哭够了,顶赞说:"大师兄,二师兄,那我咋办呀?"

张青花挠了挠头,说:"顶赞呀,师父原本在寺里就不受待见,别人都说他浪费粮食,自打收了我俩之后,更不受待见了。你呀,寺里方丈是绝对不会答应收的,看来和尚做不成了。"

顶赞说:"做不成和尚,师父也是师父!"

张青花挠了挠头,说:"这样,既然金刚寺待不下去,你就去十字坡吧。十字坡里正贾老六和我关系不错,我给你写封信,你投奔他。反正离这里也近,什么时候你想师父了,就来山上他坟头拜一拜。"

顶赞说好。

张青花说:"咱们师兄弟一场,有些话我得交代你,这本秘籍虽然是师父的看家本事,但我觉得你没必要……"

顶赞说："我一定勤学苦练！"

张青花忍住怒气，说："还有这绳子，叫个捆妖绳，其实就是一条千年青藤所化，没啥用处……"

顶赞说："二师兄，你放心吧，我一定用它降妖除魔！"

张青花说不下去了，赶紧写了封信，交给顶赞，说："你去吧。"

顶赞拜谢而去。

看着他的背影，张青花对顶杠和尚说："师兄，我觉得师父这次错了！"

顶杠和尚说："怎么了？"

张青花指着顶赞的背影说："我觉得这小子比你还杠，咋能叫顶赞呢？"

顶赞和尚下山，找到贾老六。

贾老六打开那封信，上面只有一句话："我，张青花，送人来，给安排了！"

贾老六不由得对顶赞高看两眼，说："顶赞是吧，你想干些什么呢？"

顶赞说："我想降妖除魔！"

贾老六脑仁儿都疼，说："这个职业吧，太高尚，咱们慢慢来。十字坡现在刚好缺个武候，你愿不愿意干？"

顶赞问："什么是武候呀？"

贾老六说："就是平时维护治安的。"

顶赞哦了一声，说："我干！我干个降妖除魔的武候！"

贾老六就不知道说什么了。

从那以后,十字坡多了个尽职尽责、四处乱跑的武候。不仅缉拿盗贼、维护正义,劝架说媒、哄孩子背寡妇,什么事儿都干,还刻苦研习破头和尚的那本秘籍,日夜不辍。

两年后,顶赞找到贾老六,说:"里正呀,我找你商量个事儿。"

贾老六问:"啥事儿?"

顶赞说:"实不相瞒,我刻苦学习师父的那本秘籍两年了,昨晚总算是学成了!"

贾老六说:"恭喜呀!"

顶赞摆了摆手,说:"小意思,我早晨遛了一圈,发现咱们十字坡摊上大事儿了!"

贾老六问:"怎么的了?"

顶赞说:"我这天眼一开,发现十字坡妖气冲天,到处都是呀!"

这时候,贾老六媳妇儿李树精正端着碗鸡蛋汤走过来。

贾老六一边对媳妇儿使眼色,一边说:"顶赞呀,那你想怎么办?"

顶赞说:"自然是降妖除魔呀!"

贾老六汗流浃背,问:"然后呢?"

顶赞说:"我想把捆妖绳拿出来,哪知道这家伙不愿意!"

贾老六:"为啥不愿意呀?"

顶赞:"这家伙哈欠连天,说:'都是妖里妖亲的,捆了怪不好意思的。'"

贾老六松了一口气,说:"是哦,是哦,和气生财嘛。"

顶赞说:"也是,不过捆妖绳说既然把它亮出来了,那就不能白白收回去。"

第四十 顶赞（一）

贾老六说："是哦，好的刀客，都是要不就不拔刀，拔刀必杀人。"

顶赞说："然也！"

贾老六说："那你到底想干吗呢？"

顶赞说："捆妖绳提出了一个不可思议的要求，我不知如何是好，特向你请教。"

贾老六连忙说："不敢当，你讲。"

顶赞说："里正，我如果点了我大师兄、二师兄的穴，将其捆了，应该不算欺师灭祖吧？"

"捆妖绳这么说的？"

"嗯。就这么说的。"

"那，应该不算。你师父活着的时候就经常这么干。我看过很多回，你师父捆人的手法，还很销魂呢。"

"哦，那就行了，告辞！"

顶赞双手抱拳，走了。

当天，金刚寺禅房里传出阵阵鬼哭狼嚎声——

"师父呀，你圆寂就圆寂了，还专门找个棒槌继续消遣我们！"

"不光消遣，这点穴手更麻，这捆人的手法更过分啊！"

"哎呀呀，大师兄，你可拉倒吧，你只不过被捆了个回旋翻转突乳缚，叫个屁呀！你看看我，我这倒吊双钩一字马提臀缚，我说什么了吗！"

…………

第四十一

顶赞（二）

虽然只是个小小的武候，但顶赞做得很认真。

顶赞常常说，他要做天下最好的武候。

王无忧拿他打趣，说："顶赞呀，别的事你都还凑合，唯独武艺不行。万一捉奸缉盗，动起手来，你如何是好？"

顶赞深以为然，跑到花不如那里拜师学艺，日日苦练，弓术精湛，虽不能像花不如那样百步之外射中一只苍蝇，但箭无虚发倒是没问题。

十字坡周围群山环绕，河流众多，鸟兽成群。长安城的权贵们闲来无事，似乎都喜欢来游览。文人欣赏美景，搞个诗会，武将则纵马游猎，呼啸往来。每有这样的事，贾老六就让顶赞去帮忙。

一来，这是十字坡的地盘，得有人去负责招待；二来，顶赞对周围环境很熟悉，哪里猎物多他一清二楚，可以做个向导。再者，顶赞为人靠谱，懂得分寸，时间长了，长安那边都知道他。每次来人，都指定他作陪。

一日，左骁卫大将军来，贾老六特意叮嘱顶赞，说："顶赞呀，听说这位大将军最受圣人赏识，脾气爽烈，动辄杀人，你可要小心点儿。"

顶赞知道贾老六为他好，早早地便在猎场恭候。晌午，见人到。

车驾众多，军仆开道，旗羽分张。后面跟着家眷，姬妾众多，数以足百，披红挂绿，珠绣窈丽。

大将军年五十，仍叱咤风云，开场行猎，往来呼啸。怀抱一女，年二十，乃是宠妾，名绿珠，姿色倾国。

顶赞跟在后头，服侍得极为妥帖，每遇猎物，刻意让与大将军，有猛兽将军制服不了者，果断补刀。大将军极为赞赏，猎毕，河边设宴，让顶赞上座。喝酒吃肉，自是欢快。绿珠在旁，顶赞望见，兀兀如痴，面红心跳。

大将军喝得高兴，让手下比箭。百十人轮流上场。顶赞有心逞能，抬手而发，箭箭中靶心，引得欢呼雷动，那绿珠也是双目闪烁，顾盼生笑。

猎场回来，顶赞变了个人，整日里失魂落魄，心脑之中，都是绿珠的影子。

一晚，喝着闷酒，念及绿珠，长吁短叹。忽听得耳边有人道："一个汉子，为个女人神魂颠倒，可笑可笑。"

转过脸来，却是挂在墙上那捆妖绳，正舞动而言。

顶赞说："闭嘴，正烦着呢。你一根老藤，懂得什么情爱？"

捆妖绳说："我劝你还是死了这条心，人家是大将军的宠妾，你不过是个小小的武候。"

顶赞说："我对她有情，她对我有意，那大将军妻妾众多，足有几十，多绿珠一个不多，少绿珠一个不少，于我而言，却是唯一。呜呼，老天何其不公。"

捆妖绳说："别在这酸不拉叽的，便是你二人郎情妾意，大将军知道，岂能饶你？"

顶赞说："若能相处一晚，尽诉衷肠，死又何妨！"

捆妖绳说："哎呀呀，看不出来，你还是个情种。也罢，我帮你个小忙吧。"

顶赞大喜，翻身下拜，说："你若是能遂我心愿，这一生，便是我亲哥！"

捆妖绳呵呵一笑，摇曳飞出，在土墙上围出一个半圆，灵光闪动，如同一门。顶赞推门，一步迈进，却见周围雕梁画栋，红床紫被，竟是女子闺房。

床上一人，正躺着叹气，听闻动静，悚然坐起，见一男子站在面前，呵斥道："何人？！速速退去！"

顶赞一见，却是绿珠，不由得大喜，上前两步，柔声道："是我。"

绿珠见了，也是惊诧，忙起身。

两个人尽诉衷肠，同床共寝。待天未明，顶赞原路返回，从门而出，仍在家中。

自此两人每夜相见，欢快无比，竟有月余。

一晚，红床之上，绿珠忽而抽泣，说："我原本不过是平康坊的一个侍女，后被大将军看上，纳入府中为妾。大将军妻妾众多，视我不过一玩物，无有真情。家中主母刁钻狠辣，早有加害之心。与你相识，爱你敦厚英雄之气，若能长相厮守，乃是极好之事。但府中上下似有发觉，今日大将军责问，你我恐不久矣。"

顶赞听了，心乱如麻。归家中，与捆妖绳说了，泪如雨下。

第四十一　顶赞（二）

顶赞说："若不能和绿珠白头偕老，死也死在一块儿，明日我便到大将军府。"

捆妖绳说："死？也是件好事。"

顶赞不知捆妖绳何意。

捆妖绳说："帮人帮到底，送佛送到西。你且听我的。"

言罢，与顶赞嘀咕一番，又耸动身子，从绳上结出一花，小如手指，色白无香。顶赞摘了花，当晚仍入绿珠闺房，将花递于绿珠。

绿珠入口，咽下。

第二日，大将军府慌乱一片。丫鬟禀告，大将军走入房间，发现绿珠躺在床上，若熟睡，但气息皆无。大将军悲伤不已，命人取棺埋于长安城南。

当晚，顶赞找了辆马车，来到坟前，开坟破棺，拉绿珠回家。

翌日晨，绿珠醒来，无大碍，只觉得饿。

大婚那天，顶赞只请了几个人。顶杠和尚与张青花也来了。

张青花说："哎呀，顶赞，你这个媳妇儿真是俊！"

顶杠说："怎么说话呢！形容女人能用俊吗？依我看，就是个天仙呢？"

贾老六知道绿珠底细，问顶赞咋拐来的。顶赞就乐，也不说。

那天最高兴的是捆妖绳，喝了一坛春风酿。一高兴，将张青花和顶杠都捆了，使出了新研究的捆人招式。

张青花说："我三师弟高兴，你捆就捆吧，不和你一般见识。"

顶杠和尚说："偶尔这么一捆，倒也挺销魂的。"

第四十二

沈三娘（一）

在十字坡，绿珠和沈三娘关系最好。

沈三娘住在十字坡最西头，那地方邻近官道，往来长安的人很多，她便搭了个茅棚，卖些茶水、麦饼，聊以度日。后来人流愈多，很多人都扎堆儿建起酒肆、驿馆，彼此接连，竟绵延十里有余。

沈三娘自十八岁就嫁来十字坡，二十岁丈夫病亡，无子，一直守寡，为人笃信菩萨，但行好事，不问结果，遇人危难，总是倾囊相助，已五十矣。

绿珠也信佛，于金刚寺碰见沈三娘后，两相交好，以母侍之。

一日，绿珠蒸了些糕点，收拾了送给沈三娘，见其坐在茶棚，面有忧虑之色。

绿珠就问："三娘，如何这等模样？"

沈三娘说："绿珠呀，我有一事，甚纠结，你帮我参详参详。"

绿珠说好。

是前一日发生的事。

第四十二　沈三娘（一）

当天，沈三娘像往常一样卖茶，时值隆冬，天降大雪，行人稀少，生意不好，沈三娘就坐在火炉边看雪，遥遥地见一人蹒跚而来。

是个老僧，看不出年纪，衣衫褴褛，赤足袒胸，全身长满脓疮，腥臭无比。来到茶棚前，老僧说："施主，天寒地冻，能施舍我半碗热水喝吗？"

周边几位客人皆捏鼻斜视，说："你这癞头，且滚开，休扰我等吃茶！"

沈三娘却不以为意，急忙将老僧请到炉边，为其倒了一碗热茶，又取来刚做好的麦饼，端来几样素菜。

老僧道："我只求些热茶即可，实不敢叨扰……"

沈三娘笑道："师父且安心用，天寒地冻，热茶驱寒，再吃些麦饼果腹，我家贫，也只能奉上这些，你别嫌弃就是。"

老僧合十拜谢。

沈三娘又回房，寻了一双麻鞋，端来热水，将老僧双脚洗净，换上鞋，道："都说寒从脚底起，师父年老，可要小心了。"

老僧见沈三娘如此，连连点头，吃喝之间，与沈三娘聊家常，听了沈三娘的身世，叹息不已。

老僧说："施主宅心仁厚，当得好报。我送你一子养老送终，可好？"

沈三娘说："老师父真会开玩笑，我一个五十的寡妇，哪来的儿了？"

老僧说："无妨，明儿早，你开门往南，行一里，路上遇到的东西，不管是何，便是你子。"

言罢，老僧起身告辞，出门倏忽不见。

沈三娘将信将疑，第二天早上推门出去，往南走，一里处，见一条小蛇卧于路上,见三娘来,摇首摆尾,缘腿而上。三娘将其带回家,不知如何是好。

绿珠听了,笑道:"既然是神僧相赐,三娘只管养了。我且看看,那蛇生个什么模样?"

沈三娘出袖示之,小蛇通体漆黑,约莫有筷子长,双目炯炯,驯服可爱。绿珠见了也是喜欢,呼之为蛇弟。

自此,此蛇住在沈三娘家,如影相随,善解人意,不仅沈三娘喜欢,连一些熟客都常常逗玩,茶棚生意也越来越好。

两年,小蛇竟长成巨蟒,粗如水桶,头大如斗,捕食于终南山中,腾飞如龙。平日对沈三娘极好,常捕获獐鹿,衔之归家,以此卖钱贴补。沈三娘渐老,风湿甚重,痛苦不堪,这蛇寻来灵芝,三娘服了,药到病除。冬日为三娘护炉取暖;夏日,身凑三娘旁,以蛇凉为三娘去暑气。

虽为巨蟒,惹三娘生气时,任打任骂,拜服畏惧之状,望之可爱。大家都说,三娘这蛇儿子,简直比亲生儿子还好。

有一年夏天,一酒肆不慎走水,火势渐大。大风吹动,火借风威,翻滚席卷,周围店铺、宅舍毁于火海。当时是深夜,三娘老,酣睡不醒。大蛇腾然而起,以身护茅舍,头悬于屋顶,拍打火头,喷水于口,不离不舍。

那一场大火,周围房舍燃烧殆尽,唯有三娘的茅棚毫发未损。众人皆羡之。

原本大家觉得,母子两个,这样下去,便好。

怎料天有不测风云,沈三娘那茅棚位于路口,地理位置绝佳,被一无赖子看中，想夺地另起炉灶建妓馆。沈三娘不答应，无赖子便贿赂县令，以沈三娘"妖事蛊惑乡里"为由，前来抓捕。

当日，百余军士携刀枪弓矢前来。沈三娘得知，让蛇去终南山躲难，蛇不从，三娘以死逼之，蛇才环顾而去。

县令亲来，命人将沈三娘缉拿，绿珠上去分辩，也一同被带走，当晚因于县牢之中。

十字坡人群情激愤，聚在一起商量如何营救，还没想到办法，就见县衙那边冲天火起。

那晚，大蛇腾空而来，先一口吞了那无赖子，随后到县衙吞了县令，冲破牢狱，接出沈三娘和绿珠。县衙军士、衙役等，三五百人不敢向前。

大蛇昂然而立，吐人语："此乃吾母、吾姐是也！若再有伤捕之心，定让你一县死绝殆尽！"

言罢，飒飒而归，送沈三娘和绿珠回来。

发生这等事，沈三娘知道祸惹大了，对蛇说："官府定会再派兵围剿，他们人多势众，还会请法师术士，你抵挡不了。你我母子缘尽，你且去终南山吧。"

大蛇闻之，匍匐在地，双目泪下，滚动如珠，见沈三娘心意已决，对绿珠说："姐，阿母拜托于你了。"遂振展身体，飞入终南山中。

自大蛇去后，沈三娘关了茶摊，被绿珠接回家里，一下子老了许多。她常常一个人站在门口，望着终南山发呆。大家知道，沈三娘终究放心不下那儿子。

约莫过了三年，大蛇再来，带一赤色巨蟒，并十几条小蛇，拜三娘曰："阿母，儿已娶亲，特来相告。"

沈三娘高兴得不得了，摸摸这条，看看那条，开心得合不拢嘴。

自此，或三日，或五日，准来。

十字坡人经常看到一条大蛇驮着垂垂老矣的沈三娘游河看花，照顾备至，羡慕得很。尤其那些老人，训斥子孙时总爱拿这说事儿："你看人家沈三娘那儿子，那才叫儿子，你们一个个的，和人家比起来，简直云屎之别！"

沈三娘在一个隆冬去世，享年九十。那晚天降大雪，和当初她遇见小蛇时一样。

十字坡人将三娘埋在了她和大蛇相遇的地方。

当晚，终南山动！

隆冬之日，雷霆轰然，下起滂沱大雨。大风呼啸，周围山林有喳喳倾轧之声，那大蛇在前，无数蟒蛇尾随其后，密密麻麻，数以万计。大蛇哀叫之声，响彻几十里。

翌日晨，人皆去看，见原本沈三娘的小坟，已被添土置石，耸然如丘！

自此后，沈三娘生辰之日，大蛇年年来祭拜。祭拜完了，也会来绿珠家。

大蛇对绿珠说："姐，我想阿母了。"

第四十三

沈三娘（二）

沈三娘去世很多年后，十字坡人依然会时不时地说起她。

当然了，顺带也会说起她丈夫韩次山。不过没几个十字坡人能记起韩次山长什么样儿，即便是那些曾和他朝夕相处的人。包括贾老六。

毕竟，韩次山二十四岁就病亡了。但是十字坡人对他仍是印象深刻。

韩次山祖上三代都在十字坡，事农耕，到了他这一代，兄弟三人，两个兄长都勤勤恳恳忙碌于田间地头，唯韩次山不同。

打小儿，韩次山就有些呆呆的，不愿意帮忙干事，喜欢一个人躺在山间野地，看着天上的云起云落。有次入终南山，一个月才回来。别人问他干啥去了，他也不吭声。

等到十来岁，独自在青木川旁搭了个茅棚，修习法术。家人放心不下，去查看情况，见他盘坐于席上，离地三尺，宛若仙人。问他哪里学来的道术，他说自己在山里面捡到一本书，照着上面的学而已。

等到二十岁，父亲觉得这样下去不是办法，思来想去，请媒人帮他说门亲事。成家立业了，总会稳妥些。大家都这么想。

刚开始韩次山不愿意。后来被逼得厉害，只得点头答应。很快媳妇儿就娶进门，正是沈三娘。

洞房花烛夜那晚，韩次山没跟沈三娘睡在一起。

他对沈三娘说："真是抱歉，和我成亲，苦了你。我早晚会走的。"

沈三娘问："去哪里？"

韩次山挠挠头，说："我也不知道，可能到时候就晓得了。"

沈三娘说："踏踏实实过日子，难道不好吗？"

韩次山说："别人觉得好，可我不这么认为。人呀，就像山谷里开的花，哪天一场风雨来，就谢了。命如朝露，转瞬即逝。娶妻生子，忙忙碌碌，老死于床笫之间，别人再将你埋了、忘了，空空荡荡，一点儿痕迹都留不下，好像从来没有来过一样。这样的日子，我不觉得好。"

沈三娘问："那你觉得怎样的日子才算好呢？"

韩次山说："我也不知道。但我看云的时候，看群山一点点儿被暮霭吞没的时候，看星斗、月亮爬上半空的时候，或者看水里的鱼缓缓游动，看一场大雨从远处慢慢跑过来，我就觉得内心充盈。"

沈三娘听了这些话，觉得自己嫁了一个和别人不一样的男人。虽然别人都说他不靠谱，但沈三娘挺喜欢。

沈三娘说："嫁给你，我自己乐意，你别有负担，该怎么忙你的就怎么忙你的。"

韩次山说，好。

婚后第二天，韩次山就回到了青木川的茅棚。

沈三娘每日早早起来，绾起头髻，卷起袖子，服侍公婆、操劳家务，从无怨言。有时候，也去看韩次山。

第四十三　　　　　沈三娘（二）

　　韩次山那时候已经不怎么吃寻常饭菜了，食松针、野果，饮清露，面色莹然。修行得空，便和沈三娘聊天。聊的都是些琐碎的事，比如白铁匠家里，老牛过几日会产下一只牛犊，三条腿儿；比如，自家西坡的那块田里，正中间地下埋了一口巨钟，重三千斤，将来不知会被谁挖出来。诸如此类。

　　也会聊别的，比如花。韩次山问沈三娘喜欢什么花。

　　沈三娘想了想，说："牡丹花，我听说贵妃娘娘就很喜欢牡丹花，那花开得比盘子都大，粉嘟嘟的，我没见过，但喜欢。"

　　韩次山就笑。

　　有一天，韩次山托贾老六给沈三娘带口信儿，让她去一趟。沈三娘放下手里的活儿就去了。

　　韩次山盘坐在蒲团上，看着沈三娘，说："三娘呀，我今晚得走了，跟你告个别。"

　　沈三娘问："去哪里？"

　　韩次山说："有一年我进山，一个月才回来，我跟人说是迷路了，其实发生了一件事。"

　　沈三娘问："什么事？"

　　韩次山说："那天晚上，我爬到树上看星星，忽然听到树底下有人讲话，两个老头，须发皆白，一个高，一个矮。高的说，哎呀，活了八百年了，原本想和你一直乐呵下去，没料到劫数来了。矮的说，天下无不散之筵席，倒是便宜了韩家老三。十字坡姓韩的就我们一家，韩家老三就是我。听到这里，我聚精会神往下听，结果两个老头絮絮叨叨，没说什么正经事儿，喝了酒之后，就分别了。我跟着高个儿老头走了很远,发现他在一棵大树下消失了。我觉得奇怪,就在大树下挖,挖出一棵老参,已成人形,模样和那高个儿老头一模一样。我把参掰开吃了。吃完之后,昏睡了不知多久,起身,见旁边放着一本书,满是仙篆,这才回家。想必,命中注定,就是一场造化吧。"

沈三娘安安静静听韩次山讲。

韩次山说:"中午打了个盹儿,梦见那矮个儿的老头来,对我说时候到了,该走了。我想着,该跟你分别了。"

沈三娘说:"行,家里的事,你别牵挂,有我。到那边,自己小心些。"

韩次山说:"好。就是辛苦你了。对不住你。"

沈三娘说:"夫妻之间,说这些就见外了。"

沈三娘站起来,说:"次山呀,咱俩结婚好几年,你连一个指头都没碰过我。走之前,能不能抱抱我?"

韩次山站起来,抱了抱沈三娘。

当天晚上,韩次山盘坐于茅棚,溘然长逝。大家都说他是病死的。只有沈三娘不这么认为。

沈三娘说:"次山抱我的时候,他身上的味道真好闻。病死的人,是不会那样的。"

韩次山的尸体被放入一口小小的棺材里,埋在了茅棚后面的河滩上。

头七那天,沈三娘带着纸钱去祭奠,发现河滩上开满了花。盘口大的牡丹花,一朵挨着一朵。

沈三娘嘴里骂了一句,死鬼!她站在韩次山的坟前笑,笑着笑着,就哭了。

后来有一年发大水,冲坏了韩次山的坟。沈三娘拜托贾老六去帮着修缮，发现棺材里面，根本没有韩次山的尸骨。

满满一棺的牡丹花瓣。

大风一吹，下了一场花瓣雨。

第四十四

康昆仑（一）

十字坡人对康昆仑又气又爱。

气的是，这家伙是个强盗头子，不知哪一年，突然占了南山，招兵买马，手底下有几百号强人，连官府都奈何不得，每月定会来十字坡打秋风。

爱的是，这家伙并不是一般的土匪、马贼那般，干的并非杀人越货、抢劫淫掠的勾当。康昆仑每次来十字坡抢劫，有时是三五斗麦子，有时是一坛美酒，甚至有一次将金花婆婆腌的半缸咸菜给抱走了。抢劫之后，还说："哎呀，抢了你的东西，真是不好意思嘛，照理说，我是强盗嘛，抢了就抢了，不能还的嘛，不然传出去，丢了我的脸面嘛，这样吧，我给你们讲些故事，权当是交换了嘛。"

他讲的那些故事个个精彩，十字坡人男女老少听得入迷。每个月，十字坡人都掰着手指头算康昆仑什么时候来抢劫，等到了这一天，大伙儿便如同过节一样，扶老携幼站在村口，欢迎强盗们骑着高头大马呼喝而来，甚至还有人箪食壶浆以迎。

做强盗做到这份儿上，估计是前无古人后无来者了。

康昆仑是粟特人，说白了，就是个胡人，高鼻凹目，虬髯红脸，高大威猛，爱笑，一笑就露出满口雪白的牙齿。他会讲吐火罗语、突厥语、梵语等十几种语言，且见多识广，他讲的故事，远比金刚寺方丈讲的那些佛经故事精彩得多。不光会讲故事，他还会唱歌跳舞，康昆仑的胡旋舞，旋转起来，看不见人，只见一团影子在流转；他的歌声婉转深沉，尤其是情歌，欢乐的让人手舞足蹈，悲伤的令人黯然神伤。

讲完故事，他还会请十字坡人喝酒，一点儿都不当自己是外人。

熟络之后，贾老六跟康昆仑说："昆仑呀，有件事情我始终搞不明白，你再怎么着也是个土匪，土匪啥样子，你清楚，我也清楚，可为什么你对我们十字坡人不下狠手呢？"

康昆仑说："我看你们挺有趣的，大家做朋友嘛，和气生财嘛。"

贾老六说："既然是朋友，那索性别抢了呗，每次只抢些面、咸菜啥的，你还带酒来给我们喝，自己都亏本。"

康昆仑说："这样子是不行的嘛。我是个土匪嘛，不抢你们，没有职业精神的嘛。其实呀，就是意思意思，意思意思的嘛。"

王无忧说："昆仑叔，你是胡人，胡人我去长安的时候见得多了，个个腰缠万贯、妻妾成群，吃的是山珍海味，穿的是绫罗绸缎，你怎的偏偏跑去当强盗呢？"

康昆仑说："哎呀，我曾经也腰缠万贯的嘛，后来摊上事情了，才去当强盗的嘛。"

大家就起哄，让他说说到底发生了什么事儿。

康昆仑说："不行的嘛，提起这个事情，会很伤心的嘛。"

贾老六说:"必须得讲!不讲大家跟你急!下次你来抢劫,我们不会配合的!"

康昆仑直摆手,说:"哎呀,你们别这样凶嘛,我讲还不行的嘛。"

据康昆仑说,他不是一般的粟特人,而是一个部落的小王子,家里吃喝不愁,有权有势,不出意外的话,等他爹吹灯拔蜡了,他要成为新的王。后来有一天,他觉得没劲,就混在商队里四处跑,听说大唐好,又跟着来大唐。

在西域,康昆仑得了一颗宝珠,龙眼大小,通体青色,灼灼放光,放在屋里,即便是酷暑时节,也无比清凉,而且蚊虫不来。他想把这颗宝珠献给大唐的皇帝,借此赚一大笔钱。

在敦煌,康昆仑认识了一个女子,叫如意,姿色倾国倾城,两个人一见钟情,结为夫妇,十分和美。

来大唐,进长安,康昆仑到大理寺去,说要献宝珠。恰好卫国公在,见了这颗宝珠,大喜,让康昆仑献给自己。康昆仑不答应,卫国公恼羞成怒,拂袖而去。

当晚,康昆仑歇在驿站里,有一群蒙面人闯入,为首的一个剑术高超,牛高马大。康昆仑被揍得鼻青脸肿,纵使被百般逼迫,就是不肯说出宝珠的下落,对方愤怒异常,举刀就要砍他。这时候,如意跳出来,对那首领说:"我早就厌倦了这个胡人,见官人你武艺高强,乃英雄也,我愿为奴为婢,服侍你左右,宝珠藏在哪里,我知道。"

如意从地板下翻出宝珠,交给那人,贴在对方身上,妩媚逢迎。

康昆仑气得破口大骂,但没办法,只能眼睁睁看着对方抱着如意、拿着宝珠哈哈大笑而去。

第四十四　康昆仑（一）

康昆仑在驿站里躺了一个多月才养好伤，郁闷无比，好几次想一死了之。

有一晚，独坐房里，忽听得门扉响。抬头，见如意款款而入。

康昆仑大骂："不要脸的贱货，你来干吗？"

如意深深一拜，说："夫君，当日我若不那样，你性命堪忧。对方是卫国公的管家，名唤杨二，那珠子他献给了卫国公。我委身于他，百般逢迎，总算是让他慢慢没了防备，昨日趁他酒醉，一刀结果了他性命，又潜入卫国公书房，盗得宝珠，藏在兴化坊坊门下的石缝里。你且去取，莫忘记了。"

言罢，如意转身出门。待康昆仑追出去，已杳杳不见。

康昆仑连夜去兴化坊坊门下寻觅，果然在石缝中发现一块带血的罗帕，包裹着那颗宝珠。

康昆仑四处打探，得知如意杀人盗珠后，被卫国公府发现，府里兵仆追捕，将其杖毙在兴化坊外。

当日，康昆仑将宝珠卖了，重金贿赂，求得如意的尸首，厚葬在城外，随即招兵买马，跑到山里，当起了强盗，专门抢劫达官显贵，劫富济贫。

康昆仑一直很后悔，他觉得，如果自己没离开部落，就好了。即便离开了部落，没碰到如意，就好了。即便离开部落，碰到如意，没得到那颗宝珠，就好了。即便离开部落，碰到如意，得到宝珠，那么没来长安，就好了。

听了康昆仑的这个故事，十字坡人很难过。

康昆仑自己也难过，好几个月都没来十字坡抢劫。害得大家眼巴巴地等。后来他终于来了，还是那个样子。

大家安慰他，说："昆仑哦，别难过了，保重身体。"

康昆仑骑在马上，有点儿不好意思，说："不难过的嘛，昨晚，我梦到如意了嘛。"

大家问他如意说了啥。

康昆仑说："没说啥嘛，就站在我跟前儿，一直对我笑的嘛。哎呀，还是那样子，还是当初我第一次遇见她的那个样子嘛。"

第四十五

康昆仑（二）

康昆仑很有钱。别的不提，光是当年他卖那颗宝珠，就得钱十万贯。

他占据南山不过三五年，吴清风就找他诉苦，说："哥哥，你得想想办法，不然咱们要散伙儿了。"

吴清风是这伙儿土匪的二首领，平时也管账。

康昆仑觉得纳闷儿，说："怎么了嘛，分明好好的，为甚说要散伙了嘛。"

吴清风说："哥哥，咱家没银钱了，日子过不下去了！"

康昆仑当时躺在床上咔嚓咔嚓地嚼着从金花婆婆家抢来的咸菜，听了吴清风的话，皱着眉头爬起来，说："不对的嘛，我记得我上山的时候，可是带着十万贯的嘛。"

吴清风强忍着抽出腰中横刀的冲动，说："哥哥，你是带了十万贯，可你怎么不记得每次下山都会带一袋子银钱四处送予那些破落户，换一袋子咸菜回山？"

康昆仑张了张嘴，说："哎呀，是的嘛。不过，我们也抢劫过权贵的银钱嘛，我记得抢了不少的嘛。"

吴清风已经把手放在了刀柄上，说："是呀，可你怎么不记得每次抢劫完了，你又把权贵那些随从叫来，给人家发遣散费？尤其是碰到哭哭啼啼的，你还要自掏腰包，甚至让我们捐钱？"

康昆仑说："哎呀，那也是做好事的嘛。清风呀，我觉得，人活着不能太看重银钱，这世界上，有很多东西远比银钱有意义的嘛。"

他嚼着咸菜，说："比如我们救济的那些人发自肺腑的笑，比如跟十字坡人一块儿喝酒的那种融洽，你用银钱是买不来的嘛。"

吴清风已经懒得跟他啰唆了，摊着手说："我没你那么高尚，我就知道没钱的话几百兄弟就要喝西北风了。"

康昆仑这才意识到事情的严重性，挠着头说："你让我想想嘛。"

思来想去，一坛咸菜嚼完了，也没个头绪。

晚上睡觉，恍然做了个梦，梦见二三十个白衣人站在窗前，对康昆仑深深施礼，齐声说："听说康先生你有急，特来投奔。"

言罢，这些白衣人纷纷钻入床下，消失不见。康昆仑醒来，觉得蹊跷，不解其意。

第二日第三日，皆是做同一个梦。

康昆仑叫来吴清风，带几个手下，在床下挖。挖了三四尺，见土中赫然埋着二三十个大银锭，每锭重五十两有余！

吴清风大喜，说："哥哥，这下咱们山寨有救了！"

康昆仑大乐，说："我就讲嘛，银钱一点儿都不重要的嘛。"

山寨买粮沽酒，喜气洋洋。

吃饱喝足，第二日，康昆仑带着一帮人下山抢劫。游荡一圈，心情沉重。

原来，不知何时，瘟疫四起，连绵扩散，周围十来县人皆病，染疫者无数，痛苦哀号，更有举家死绝者，多不胜数。

官府指望不上，唯有自救。听说高道长得了药方，对瘟疫有效，可药材奇缺，长安城中虽有，可奸商见此机会，囤货提价，索钱甚多。

康昆仑听了，勃然而起，对高道长说："道长，你只管放心的嘛，我有钱，我那里，还有二三十个大银锭的嘛！"然后拨马回山，要取银锭。

可手底下有一喽啰，与吴清风交好，见康昆仑又要做好事，赶前一步到了山寨，将此事告知吴清风。吴清风命人将那二三十个大银锭埋在山寨后古松下。康昆仑回来，吴清风说那银锭不见了。

康昆仑大怒，和吴清风吵得差点儿动刀子，一帮兄弟撕扯劝架，才各自散去。

这一晚，康昆仑躺在床上，焦躁无比，忽见之前那二三十个白衣人立于床头，齐齐稽拜，说："我等去也。"

过了两日，高道长派人送来信，对康昆仑赞誉有加，说："二三十个大银锭已经收到，昆仑你真是客气，半夜送来悄悄放在门口，连茶也没喝一口。"

高道长还说，有了这笔钱，可以买到足够的药材，十几县人的性命皆你所活，福寿无量！

康昆仑看完，哈哈大笑。

吴清风得知，急忙带人到古松下挖掘，那二三十个银锭不知何时，不翼而飞！一帮人站在坑前呆若木鸡。康昆仑背着手晃晃悠悠过来，乐得不行。

康昆仑说："银钱，一点儿都不重要的嘛！"

第四十六

方相云（二）

刘万川五十岁那年，两个儿子大了，虽嘴上不说，但心里都想分家。

刘万川和妻子吴氏一商量，索性就分吧。便召集子孙们前来，将家产分为三份，一份给老大，一份给老二，老两口自己留一份。

那所大宅，也一分为三。刚开始还行，可慢慢地，老大和老二天天为些鸡毛蒜皮的事儿争吵，刘万川烦得很，想找个地方，重新盖一间大宅。

盖房修坟，本是人之大事，马虎不得，需要先看好风水地脉。刘万川本想找张道士，可贾老六说："那家伙虽有些本事，但为人不靠谱，我觉得你还是去找太仆令，他学识渊博，精通《周易》，看个小小的阳宅，是绰绰有余的。"

刘万川觉得贾老六言之有理，特意买上一些礼物，亲自去方相云那里拜访。

方相云那宅子，十字坡没几个人进去过。他虽是太仆令，但未曾婚娶，身边服侍的不过两个小厮。院子破败不堪，但草木葱茏幽深，到了夜里，经常听到酒宴喧嚣之声，进出的皆是奇形怪状之物。十字坡人觉得方相云法术高强，能拘鬼役怪。

刘万川来到门口，见一小厮立于柴扉之下，笑道："主人待你多时。"

刘万川进了院子，草木没膝，各色花开得绚丽。走廊之上，方相云光着脚，正和高道长喝茶。

见了刘万川，两人不知为何哈哈大笑。

方相云让小厮搬来蒲团，刘万川坐了，见其风流潇洒，一时竟不知如何开口了。

高道长和方相云聊天，说："来的路上碰到了韦无极，他说他昨晚做了个怪梦，新买的一头牛，竟长了两条尾巴。"

方相云说："哦，看来这头牛要丢。"

高道长问："何以见得？"

方相云用手指蘸茶，在桌子上写了个牛字，然后说："'牛'字两尾，就是个'失'字呀。"

高道长哈哈大笑。

二人戏谑了一番，才问刘万川所来何事。刘万川断断续续说了。

高道长看着方相云，笑而不语。

方相云起身，在廊下踱了几步，说："万川兄想另起一宅，倒有个好地方。十字坡南，有个黑龙潭，潭侧有一空地，甚开阔，乃是佳地，可为宅。"

刘万川大喜，那地方风景的确不错，而且僻静得很，又是在自己的地产上，无须另买，备足材料和人工，即可动手。刘万川甚是满意，感激而去。

刘万川走后，高道长一脸惊愕，道："云弟，那地方妖祟甚厉，连我都敬而远之，你让他在潭边建宅，岂不是害了他？"

方相云笑道："人各有命，你我都敬而远之的，不一定刘万川就办不到。我倒要送他一场大造化。"

高道长却是不信。

刘万川高高兴兴出了方相云的宅子，路上碰到韦无极，见其垂头丧气，问了一番。韦无极的那头牛，果真丢了。"好些钱买的呢。"韦无极说。

刘万川觉得方相云真是神了，便将自己建宅的事告诉了韦无极。韦无极皱眉，说："万川兄，方相云是不是和你有仇呀？"

刘万川说没有呀。

韦无极说："既然没有仇，为何让你在那地方建宅子？"

刘万川问怎么了。

韦无极说："那地方这几年不知怎的，潭里面来了妖怪，时隐时现，王无忧曾看到过，据说是魑蛟之类，盘绕潭中，鳞大如斗！有猛兽牛马潭边饮水，皆被拖入吞了。"

刘万川说："不至于吧。反正我信太仆令的。"

于是，刘万川就召集工匠，购买木材砖瓦，择日开工。

十字坡人听了，都劝刘万川莫去招惹蛟龙。贾老六说，弄不好会被吃掉的。刘万川坚持己见，在潭边立墙起檐，忙得不可开交。

一月后，新居落成，刘万川夫妻俩在院中喝茶看月，冷风骤吹，浓雾涌动，院墙墙头上，现出一颗巨大的黑色脑袋，双目灼灼如同灯笼，声似雷动。

刘万川知道对方是那条蛟龙，问干吗。

蛟龙说："此乃吾修行之地，尔一凡人，竟在潭旁立屋，真是作死，今日来，撕扯你宅，吞吃你二人，让十字坡人知吾手段！"

刘万川说："地是我的地，砖瓦木材我买来，我爱在哪盖房子就在哪盖房子，你管得着吗？你若吃我，便是做鬼，我也要在阎罗王面前告你一状，天地之大，总有个地方讲理的！"

言罢，闭上双目，毫不畏惧，大声诵《金刚经》。那蛟龙竟不敢造次，悻悻而归。

夫妻俩住在那里，白日种菜养花，晚上诵经喝茶，又无人干扰，快活如神仙。

刘万川爱喝酒，每日痛饮之后，皆会将剩下的半坛倒入潭中，又见潭边枯枝败叶腐朽沤烂，和老妻二人悉心清理打扫，种上荷花、睡莲之属，让那黑龙潭变得香风阵阵、生机勃勃。

一来一去，蛟龙不但无加伤害，反倒是和平相处。

有一天，刘万川老妻去潭边洗衣，不小心滑落水中。老妻不会游泳，心道必死无疑，忽觉得水下腾起一物，如大石盎盎而起，将其托出水面，送至岸边。回过头来，发现竟是龙尾。

又有一次，一贼潜入宅中，将财物偷盗之后，背着包裹溜走，刚到潭边，听得水响如雷，一道黑影打将下来，贼人顿时被扑倒在地。

那黑影说："蟊贼甚恶，竟盗刘善人宅，作死！"

刘万川觉得，这蛟龙倒是不错。

有一年大旱，十字坡三个月没下雨，田地焦裂，大家急得如同热锅上的蚂蚁。

刘万川也急，就备了十几坛好酒，都倒入潭中，说："阿黑呀，你虽是条蛟龙，但本性乃善，如今大旱，生灵涂炭，何不行云布雨，积累功德？"夜梦一人，着黑衣，皮肉亦黑，稽首而道："敢不遵刘善人命？"

天未明，霹雳起于潭中，水声翻滚，蛟龙破水而出，天降甘霖。

后来刘万川出资，在潭边建了一座黑龙庙，前后三进院落，殿堂高敞，气势恢宏，十字坡家家户户皆前来拜谢，香火不绝。

自此，刘万川夫妻和那蛟龙，亲如家人。

有一年八月十五，刘万川设下酒宴，请蛟龙来宅。吃了一通酒，刘万川见蛟龙似有心事，就问。

蛟龙说："得刘善人你的指点，上天见我护佑此地民众，又受了功德香火，明日可投南海为龙。"

刘万川说："这是好事呀！"

蛟龙说："好事是好事，但自此之后，怕无法和以前那般和刘善人你一起快活了。"

刘万川说："知己者，不以山海为远，大丈夫，不可作此儿女态。"

蛟龙说："好。善人你若是有事，可去庙中说，我定知也。"

刘万川说："好，你在那边，忙你的。"

当晚大醉。

天未晓，听得潭中轰隆作响，神光闪烁，一条黑龙踏云向南，消失于天幕之中。

刘万川替蛟龙高兴，依然守着宅子，守着那潭、那庙。

很多年过去了，刘万川九十九岁那年，老妻早已去世，留他一人，住在宅中。

九十九岁大寿，甚为难得。十字坡人想好好为他操持一番，刘万川却说不必。大家以为他客气，方相云却说，可随他。

九十九岁这一日，刘万川早早起来，让小童给自己舒舒服服洗了个澡，换上新衣服，来到潭边，口诵《金刚经》，径直走入水中。

未几，天昏地暗，风雨俱下，一龙盘旋而来，载着刘万川，腾空而去。

那情景，很多人都看到了。高道长和方相云也在人群里。

高道长对方相云说："今天，我才知道你当年说的送他一场大造化，是个什么意思。"

第四十七

小高道长（二）

　　小高道长和春四娘的事儿，动静闹得太大，十字坡无人不知无人不晓。

　　春四娘喜欢小高道长，她脾气刚烈，若是不答应，小高道长肯定吃不了兜着走。他虽也挺喜欢春四娘，可自己毕竟是个道士。为这事儿，小高道长十分痛苦，去找师父高道长。

　　高道长听完之后，说："这事儿吧，我管不了，你自己看着办。"

　　小高道长蹙着眉，道："别呀，师父，这种事情我没经验。"

　　高道长问："你喜欢她不？"

　　小高道长说："还挺喜欢的。"

　　高道长挠了挠头，想了好半天，说："要不，就先处处？"

　　小高道长说："行。"

　　第二天一大早，小高道长就来到春风酒肆，跟春四娘摊牌。当时的一幕，很多人都看到了——

　　如花似玉的春四娘穿着一身黑衣，捋着袖子，拿着一把砍刀，在桃花树下将一只羊开肠破肚。

小高道长杵在跟前,说:"四娘呀,娶不娶你,我现在不能给你回话,要不咱们俩先处一处,如何?"

大家都觉得春四娘肯定会一刀砍了他。

谁想,四娘一声不吭,处理完那只羊,抹了一把脸上的汗水,嗲嗲地来了句:"好呀!"

大家不约而同叹了口气——

名动十字坡的杀手春四娘,这回算是被俘获了。

果不其然,冷面如霜、心黑手辣的春四娘,和小高道长谈了恋爱之后,瞬间变成了一只小绵羊,不仅整日围着小高道长转,而且百依百顺,嗲得让人酥麻、牙酸。

有一天,春四娘罕见地和小高道长发了一通脾气。

当时的情况是这样的——

小高道长像往常一样去春风酒肆,发现春四娘没像往常那样迎出来,没像往常那样嗲嗲地来个拥抱,而是坐在屋里发呆,就问了一句,结果春四娘就发飙了。

春四娘说:"你摸摸良心,我对你好吗?"

"好。"

"那你为什么对我不好?"

"我对你挺好的呀。"

春四娘摇头说:"不好,你从来都不送我东西。"

"这和送东西有关系吗?"

"当然了!你看贾老六,昨天送给他媳妇儿李树精一枚金钗,特意去长安西市买的，可好看了，李树精笑得一天合不拢嘴。还有，前天，顶赞送了一束花给绿珠，去山里干活回来的时候采的，九十九朵红蔷薇，又香又大！你看看你！你送我什么了？"

"哎呀，金钗、蔷薇这种东西，太俗了！"

春四娘站起来，摸了一把刀，说："我就要俗！咋的？"

小高道长说："行行行！我明天去长安买钗子。"

"我不要，俗气！"

"那我送你九十九朵红蔷薇？"

"别人有的东西，我不要！"

"我一个道士，身无长物，能送你什么？"

"你想呀！"

小高道长想了一个时辰，也没想出来送什么。

春四娘心疼他那皱眉发愁的样子，说："好啦好啦，要不你送我一幅画吧，我这酒肆正堂上，正好缺一幅画，上次方相云来喝酒，说我这酒肆酒不错，就是文化味儿差了些。"

小高道长说："我这笔，平时都是蘸着朱砂画符咒的，从来没画过画呀……"

春四娘双目圆睁，卷起袖子。

小高道长赶紧说："好好好，我画！"

于是，憋了半个时辰，在芦席一般大的纸上，用朱砂画了一条红色的鲤鱼，摇头摆尾的。

春四娘拍着手说："好欻好欻，这模样跟你一个德行。你再画一条呗。"

"还画呀?"

"当然啦!一条多孤单!要成双成对!"

小高道长又憋了半个时辰,画了一条。

春四娘说:"好欻好欻,这模样,跟我一样!"

小高道长长出了一口气,正要收笔,春四娘非得让他在上面题诗。

小高道长说:"画就画了嘛,题啥诗呀。"

"你怎么这么没文化呢!哪幅画不题诗呀?你写几句。"

"写什么呢?"

春四娘想了想,脸红了,低声说:"就写咱俩的感情呗。"

小高道长憋了两个时辰,写了几行字——两只红鲤鱼,像我又像你,你看多快活,嬉戏清水里。

春四娘花痴一样,说:"好诗,好诗!你好有才华哦!"

于是乎,这样一幅大画,堂而皇之地挂在了春风酒肆正堂里。每个进入酒肆的人,都能第一眼就看到。每个看到的人,见那两条鱼,再歪着脖子读这四句诗,都会捂着嘴巴喊牙酸。

春四娘是真喜欢这幅画,从早看到晚,每次看,都笑得像朵花。

可有一天,早晨起来开门营业,发现鱼不见了!画还是那幅画,但上面空空荡荡的。

一开始,春四娘还以为谁偷走了那幅画,给换成了一张白纸。可不对头,小高道长的那四句诗还在上面呢。

春四娘哇哇地哭,大家也觉得挺可气——人家的定情信物,谁整的呀这是!

正七嘴八舌商量呢,顶赞从外面进来,说:"哎哟,外面水塘里,谁养的两条鲤鱼呀！又大又红，真好看！"

大家出门看。

春风酒肆门外的水塘里，果然有一对大鲤鱼，每一条都如盆大，通体赤红，相伴嬉戏，闹腾得正欢。

春四娘破涕为笑："这就是小高给我画的那两条鱼！"

大家就说："怎么可能呢？！"

春四娘说："肯定的呀！我的鱼，我认识！"

十字坡人都说，不愧是小高道长，谈恋爱送个礼物，都能如此不落俗气，雅！

第四十八

张青花（二）

金刚寺在金刚山上。

山虽不高，但很大。草木葱茏，寺前寺后有很多狐狸。

金刚山上的狐狸，和别处不同。别处的狐狸，什么颜色都有，而金刚山上的狐狸，清一色洁白如雪，也没有臊气，精灵一样，跳跃于山林之中。

张青花听破头和尚讲过，原本金刚山一只狐狸都没有，后来一个和尚带来了几只，自此繁衍出子子孙孙来。张青花当时觉得，那个和尚，十有八九是师父自己。

这些狐狸拢共有二三十只，不偷鸡，不怕人，平日里以山林中的鸟虫野果为食，经常到寺里来，蹲着听和尚们讲经说法，一本正经。

张青花挺喜欢它们的。金刚寺的日子十分无聊，这些狐狸三五成群，每天都来他这里蹭吃蹭喝，有时候干脆不回去，钻进张青花的被窝里挨着睡觉，还打呼噜，而且呼噜的声响和破头和尚一模一样。

它们个个乖巧，古灵精怪。张青花平日里忙，若是寺里头有吩咐，比如去买笔墨、纸张之类的事，他就在狐狸脖子上挂个钱袋，狐狸便自己跑去店里，店主认得是张青花的狐狸，取了钱，把纸张、笔墨拴在狐狸背上，一定能原封不动带回来。

十字坡人也喜欢这些狐狸，它们流窜于各家各户，帮忙逗孩子，寻找失物，有时候还和毒虫蛇蚁争斗，好得很。

可寺里的和尚们不喜欢，尤其是方丈和那些大和尚。堂堂的金刚寺，佛门净地，一地的狐狸，成何体统？！

有一次，出了事。

方丈养的那只白鹤，深夜被咬死，内脏掏光，死于非命。那可是方丈最喜欢的一只鹤，养了五年，在长安城里花二十贯钱买回来的！

肯定是狐狸！

方丈勃然大怒，吩咐寺里一定要捉拿凶手，将那帮狐狸消灭干净。

张青花不干了，拎着根棍子站在门口，光着膀子，露出全身的青色文身，说："哪个敢动我狐狸一根毫毛，我打破他秃头！"

全寺寂然。

方丈见状，拂袖而去。

张青花这才收棍回屋，晚上睡觉，做了个梦——二三十个白衣人，有男有女，有老有少，站在窗前，抹着眼泪，喊着救命。

张青花纳闷儿，问怎么回事？

其中一个小姑娘哭得梨花带雨，说："花花哥，那白鹤真不是我们杀的，是后山的黄大仙。这么多年多亏你庇佑我们，可眼下，我们一大家子，要没命了。"

张青花说："不会吧，上午我当面杠了方丈，寺里没人敢祸害你们。"

小姑娘说："花花哥，你是不知道，方丈回去作了秘法，给天龙护法下了法旨，明晚定会前来，取我等性命。"

张青花骤然而醒，见床前二三十只狐狸簇在一起，瑟瑟发抖，目中带泪，乃恍然大悟。

第二天晚上，张青花去山门将韦陀菩萨的紫铜降魔杵拆了下来，盘腿坐在床上，将那群狐狸叫到跟前，闭上双眼，呼呼大睡。

梦中，果然见两尊身高几丈的金甲神人，龇牙咧嘴，呼啸而来，手中举着刀剑，杀气腾腾。

张青花跳跃而起，将那紫铜降魔杵舞得虎虎生风，揍得两个神人丢盔弃甲、哭爹喊娘。

"妈妈的，竟敢来动我的狐狸！也不打听打听老子是谁！老子阎罗王都不怕，会怕你们？讨打！"在梦里，张青花将俩神人摁倒，每人打了一百降魔杵，真是痛快！

醒来，满身是汗，降魔杵七扭八歪。而那群狐狸安然无恙，个个直立于前，欢喜雀跃。

当晚，金刚寺发生了一件怪事。

据看门的小和尚说，三更半夜，有两个金甲大汉，看模样和打扮跟护法殿里的那两尊天龙护法一般无二，可个个鼻青脸肿、狼狈不堪，跪在韦陀菩萨面前哇哇地哭，跟韦陀菩萨申诉，说张青花打他们。

韦陀菩萨说："闭嘴吧你们，他连我的降魔杵都敢拆，揍你们有什么奇怪的？你们也是，明知道那家伙凶狠，竟还敢去犯他的狐狸！"

第四十九

高道长（二）

顶赞在南山下新买了地，想开垦出来种麦子。

那地荒了许多年，杂草丛生，瓦砾遍布。顶赞清理了快半个月，总算是拾掇出来。

午间，他在地头的大树下休息，忽梦一青衣人自地中而出，对顶赞说："掘我出来，送至高道长处。"

醒来，鸟啼婉转，日光安和，以为是梦，不以为意。晚归家，又梦见此人，也是一般言语。

顶赞觉得蹊跷，便去地里挖掘，竟挖出一物，高七八尺，铜锈斑驳，通体青绿。急忙去清凉观找高道长。

高道长来，围着那东西转了一圈，说是道人炼丹的丹炉，起码也有几百年了，若是拿到长安，能卖上大价钱。

顶赞说："卖个屁呀，人家指名道姓要跟着你，你拿去吧。"

高道长道了声谢，找人抬回观里，清理了一遍，开炉炼丹。

过了不久，王无忧从青木川捞出来个铜鼎，约莫三四尺高，也送到了清凉观，说："道长，这玩意儿看着怪好，你留着玩儿。"

高道长就把那小鼎架在炉火上，装了水银，修习点石成金的道法。

有一天，贾老六和他媳妇儿李树精去清凉观里拜老君，上完香，拐进后院想问候一下高道长，却见高道长蹲在门边，额头上鼓着一个大包。

贾老六说："道长，你这是弄啥呢？"

高道长笑，说："哎呀，打架呢。"

贾老六说："别扯了，这观里就你们师徒俩，小高道长在春风酒肆跟春四娘学酿酒呢，你和谁打？"

高道长说："真打架呢。"

贾老六勾着头往院子里看了看——果真在打架！

那丹炉和小鼎，在院子里跳跃着，相互追打，叮叮咣咣，火花四射。

贾老六哎呀一声，说："我的妈，道长，你这里有妖精！"

他媳妇儿冷哼一声，给了他一脚。

贾老六反应过来，改口说："我的妈，道长，你那丹炉和小鼎成精了！"

高道长嘿嘿一笑。

贾老六说："道长，你笑甚呀！这两个家伙，竟然光天化日里化身成妖，在道观里打架，成何体统？而且，竟然连你都打！"

高道长站起来，拍了拍衣服，说："这俩，被我整天架在火上烤，一天到晚工作，连休息的时间都没有，难免心里有气，让它们发泄发泄也好。"

贾老六说："那哪儿成！这要是传出去，道长你的脸恐怕要掉进裤裆里了！"

高道长说："掉裤裆里就掉裤裆里吧。脸这东西，能值几个钱？"

第五十

王不愁（二）

十字坡，要数最悠闲的人，就是王不愁了。

这家伙以打渔为生，整日划着条小船，在周围的河水溪流中晃悠，每日得钱不多，仅能养家糊口，若有盈余，就买上一壶酒，自斟自饮。

王不愁说，人活在世上，几十年而已，白驹过隙，何苦自己为难自己？

也是，像他那样，舟行于山水中，看终南云，赏灞桥月，听莽林涛，玩两岸雪，倒也悠哉。

有一日，王不愁在青木川上游撒了一网，拉扯时觉得比平时沉了许多，拽上来，见网里有块七彩石头，大如鸡卵，晶莹可爱，喜之，揣在怀里，继续撒网捞鱼。

忙了一晚，把这彩石忘了，倒在船里睡觉。

第二天早晨，听到叽叽的叫声，醒来，见一鸡雏从怀里雀跃而出。王不愁颇为奇怪，见这鸡雏，模样俊俏可爱，心里软了三分，没有一巴掌拍死，取来麦饭喂食。

王不愁（二）

才一两年，鸡雏长成一雄鸡，体格比一般鸡大两三倍，羽毛鲜艳，色以七彩，顶冠勃然如朝霞，铁喙尖爪，赳赳威武，谁看了都说好。

这雄鸡在十字坡威风八面，啄狗叼猫，斗猴赶猪，若是发火，都敢和驴打架。整天跟在王不愁屁股后头，保镖一般。王不愁拿它也心肝一般，比他儿子王无忧还宝贝。王无忧薅了一根羽毛，被王不愁拿擀面杖好一顿打。

王不愁带着它打渔、嬉戏、喝酒、玩乐，连睡觉都一起。

有一年上元节，王不愁去长安城看花灯，把鸡也带去了。他特意做了个竹笼，提在手里，晃晃悠悠。

那一天，王不愁风光无限——从进了城就没闲着，无数人来看他这鸡，品头论足一番，都会竖起大拇指，说一句："真乃神鸡！"结果，花灯没看成，被一伙儿人叫住了。对方是越王府的，说是越王看中了这只鸡，传王不愁去。

王不愁拎着鸡，进了越王府，见了王爷。除了穿着打扮，王爷和一般人没两样儿，蹲在那里喂鸡。

王不愁走到跟前，看了看，说："哎呀，你这鸡不行呀。"

王爷站起来，说："是哦，我这养了一两百只雄鸡，都是各地进贡来的，平日里觉得好，但和你那鸡比起来，简直云泥之别。"

王不愁说："不不不，应该是云屎之别。"

王爷哈哈大笑，说："对对对，云屎之别。"

王爷挥了挥手，让人准备了一桌宴席，满桌子美味佳肴，又叫来一帮女子，席间轻歌曼舞。

王不愁大快朵颐，饭也吃了，酒也喝了，美人也看了，对王爷说：

"我不过是个打渔的,你一个王爷这么待我,恐怕是有事吧?"

王爷挠了挠头,说:"是哦,我挺喜欢你那鸡的。"

王不愁说:"是哦,我自己也挺喜欢的。"

王爷说:"你这鸡,卖吗?"

王不愁问:"你费了这半天事儿,就为买我的鸡?为啥呀?"

王爷说:"实不相瞒,长安城这帮达官显贵,谁手里要是没有一只上好的斗鸡,都不敢出门。当然是斗着玩儿了。"

王不愁哦了一声,说:"原来是为了玩儿呀。"

王爷说:"也不是纯粹地玩儿,也和其他事有关。比如我上回和几个兄弟斗鸡,赢了不少回,父皇就觉得挺好。可前不久四弟不知从哪里踅摸了一只,十分厉害,取名铁嘴大将军,硬是把我手里最好的一只斗鸡给啄死了。四弟自此风光无二。"

王不愁哦了一声。

王爷站起来,施了一礼,说:"你这鸡,卖给我吧。"

王不愁站起来,也施了一礼,说:"王爷,对不起,这鸡不卖。"

王爷那帮手下火冒三丈,其中一个骂道:"狗鼠辈!别给脸不要!王爷看中了你的鸡,那是你家祖坟冒青烟!想死不成!"

王不愁回了一句:"去你妈的!"然后对王爷说:"王爷,你买这鸡,不过是个玩儿物,可我不一样。这鸡,就是我的亲人,就是我的伴儿!"

王爷说:"是哦,我理解你的心情。不卖就不卖吧,咱们继续喝酒。"

王不愁有点儿不好意思,说:"王爷,这么着吧,这鸡我是不会卖的,不过我可以给你借种呀。"

王爷说:"借啥种?"

王不愁说:"你找些漂亮的小母鸡给我这鸡当老婆,生下蛋,孵出小鸡来,里头保准有能打善斗的。"

王爷说:"好!"

王不愁在越王府里待了一两个月,每日好酒好菜伺候着。那只雄鸡日子过得也快活,整天跟一帮俊俏的小母鸡厮混。等下了不少蛋之后,王不愁抱着鸡、带着越王赏赐的一堆金银,风风光光回到了十字坡。

自此,这鸡更出名了。

有一天夜里,王不愁在屋里睡觉,听到外面闹动静。

应该是来自走廊的天棚之上,那只鸡不知和什么东西打斗,嗷嗷乱叫,打得不可开交。王不愁呵斥了几声,也不消停。王不愁没办法,就由着它了。

第二天起床,见这鸡一身羽毛几乎掉了一半,尾巴都秃了,满脸是血。

王不愁纳闷儿,问:"你昨晚和谁打架呢?"

鸡当然不会搭理它。

王不愁盛了一碗饭,放在走廊的地板上,又给鸡撒了麦子,坐下来端起饭碗就想吃。

怎料那只鸡忽然跳起,双爪乱蹬,硬是不让王不愁吃饭。王不愁一开始还让着它,最后鸡把碗蹬掉了,啪嗒一声,裂成两半。

王不愁火冒三丈,破口大骂:"你他妈不要脸了是吧?平日里对你好,别蹬鼻子上脸!这饭容易吗?我风里来雨里去,辛辛苦苦打渔换来的,便是这麦子,也是农人劳作,日晒雨淋,方才得来!你打我饭什么意思?这么些年,我哪一点儿亏待了你?没良心的!"

如此，骂骂咧咧半个时辰，越骂越气。

王不愁最后说："你要是觉得这家不好，赶紧滚蛋！老子不惯你！哪儿凉快哪儿待着去！赶紧滚！"

这鸡原本性子就烈，被骂了半个时辰，早就气得喔喔乱叫，听王不愁让它滚，悲愤无比，昂着脖子叫了一声，一头撞死在院里的石墩上。

王不愁呆了一下，叫了一声"妈呀"，跑过去抱着那只鸡，哭得一把鼻涕一把泪。

小高道长刚好从春风酒肆出来，听王不愁哭得上气儿不接下气儿，赶紧进来问怎么回事。

王不愁一五一十说了。

小高道长说："这只鸡有灵性，不可能平白无故干出这样的事儿，肯定有原因呀。"

小高道长来到走廊，抬头看了看，又捡起王不愁的碗，瞅了瞅，说："我知道了。"

王不愁问，怎么了？

小高道长从旁边找来个竹竿，从走廊天棚的缝隙里，拖出一只大蜈蚣来。那蜈蚣足有成年人一只手臂那么长，全身紫红，早已死翘翘。

小高道长说："这蜈蚣不知从哪里来的，百八十年是有了，估计是看中了你这宅子，想栖身于此，趁机夺你性命。昨晚，你那鸡和它斗了一场，啄死了它。蜈蚣死在上头，你早晨盛饭，碗就放在下面，毒液滴到里面，你若是吃了，定然毒发身亡。说到底，那鸡是为了救你呀。"

王不愁看着那蜈蚣，抱着鸡，妈呀妈呀地喊，又哭了。

哭够了，他取出王爷赏赐的银子，请白铁匠给鸡做了一口金棺，让儿子王无忧披麻戴孝风光大葬。

鸡死了之后，王不愁一直闷闷不乐。后来，不知怎的，这事被越王知道了。

王爷特意派管家前来，给王不愁送了一只鸡雏。

管家说："这是神鸡的后代，越王府孵化出一二十只。"

那鸡雏，和神鸡小时候没啥两样儿。王不愁抱着鸡雏，又哭了。

自此，悉心饲养，等鸡雏长大，又给它找来很多漂亮的小母鸡当媳妇儿，几年之后，竟繁衍起来。

那些鸡，不管雄鸡还是雌鸡，就是和别的鸡不一样。十里八乡，很多人都跑来买。

后来，长安城传出消息，说是越王谋逆，被赐死了。王不愁十分难过，当着很多人的面，给自家的鸡取名——越王鸡。

贾老六说："不愁呀，这样不行，越王现在是反贼，你竟给鸡取名'越王鸡'，这不是和朝廷、和圣人过不去吗？你不想活了？"

王不愁说："去他妈的！越王谋不谋逆我不管，他干的事儿，我也不知道。但在鸡这件事情上，我俩是知己！我这鸡，就叫越王鸡！圣人若是不高兴，让他来找我！"

贾老六就不吭声了。

王不愁抱着鸡哭了一声，说："王爷呀王爷，你也真是的，鸡养得好好的，谋什么逆呀？当圣人有什么好？真不如养鸡！"

贾老六赶紧捂他的嘴。

王不愁拍开了贾老六的手，又哭了一声，说："人生呀，妈妈的，真是没意思！"

第五十一

崔眉州（二）

有段时间，崔眉州突然觉得世界很无聊。

风还是那样的风，云还是那样的云，山川河流还是那样的山川河流。每年花开，都是同一个模样。

来到世界几十年，崔眉州觉得看够了。可暂时又死不了，只能继续看下去。

崔眉州觉得有必要做一些改变。

他去金刚寺找那些高僧大德，结果对方只关心他捐多少香火钱。崔眉州有些失望，出了寺门坐在石狮子底下遥遥望着终南山，结果发现顶杠和尚也在那里看。

崔眉州说："顶杠呀，我想过不同的人生，该怎么做呢？"

顶杠问："什么叫不同的人生？"

崔眉州皱着眉头，说："我也不知道，就是想换一个视角看世界，或者说，我想发现一些不同的意义。"

顶杠又问："什么叫不同的意义？"

崔眉州说:"比如一个人,出生、成长,死掉,为什么会出现这么一个过程?人来到世上的意义是什么?世界真的是我看到的这个世界吗?存在是非绝对吗?你和我,有什么本质上的不同?世界会消亡吗?存在和消亡,又是为了什么……"

崔眉州一连说了半个时辰。

顶杠十分罕见地没有和崔眉州杠起来。他站起身,从袖子里掏出一本书,扔给崔眉州。

顶杠说:"你每天念这个吧,念着念着,或许就恍然大悟了。"

崔眉州看了一下,是本《金刚经》,就开始每天念《金刚经》。

他专门在院子里打扫出一块空地,建起一个凉棚,采来蒲草制成蒲团,又找裁缝刘算述做了一件俗家弟子的长袍,正襟危坐,大声诵读。

这事儿传遍了十字坡,看热闹的人挤满了院子。贾老六也去了,见崔眉州那副模样,笑着问:"眉州啊,你是要出家吗?"

崔眉州说:"不是。"

贾老六又问:"那你干啥呢?"

崔眉州说:"我悟呢。"

贾老六问:"悟什么?"

崔眉州摇摇头,说:"我也不知道。"

"看你整这么大动静,以为你要当和尚。"

"这不叫动静,这叫仪式感。"

"是哦,仪式感很重要。不过,你这仪式做得不足。"

"哦?你给指点指点。"

"指点谈不上,我看金刚寺里僧人诵经之前,都会在面前放一个大钵，咣地敲一下，然后再开始。"

"是哦！你的意见提得对！"

隔天，崔眉州找白铁匠给自己做了一个黄铜大钵，敲一下，声音犹如龙吼。

崔眉州满意极了，将钵放在面前，咣地敲一下，声传四里。敲完了，就认真捧起金刚经朗声诵读。早晨一遍，晚上一遍，每日都是如此。

过了差不多半个月，有天晚上，崔眉州咣地敲了一下大钵，发现凉棚前的水井中跳出一只大蛤蟆，大如脸盆，全身紫红，蹲在井沿上一动不动。

崔眉州不管它，兀自诵经，读完了，双手合十，再咣地敲下大钵，那蛤蟆咕地叫了一声，跳回水井里。

自此之后，每当崔眉州敲钵念经，它就跳出来安静倾听，念完了，就回水井。崔眉州觉得这蛤蟆好玩，自己诵经辛苦，唯独它能陪着自己，是个不错的伴侣，故而从不打扰。

春来夏往，秋收冬藏，一晃七八年过去了。

有一天晚上，崔眉州诵完了金刚经，双手合十，咣地敲一下大钵，发现那蛤蟆蹲在井沿上，并没有像往常那样回到井里。

这就奇怪了！

崔眉州起身，走到跟前，发现那蛤蟆两条后腿交叉而坐，两条前爪抱于腹下，竟已坐亡！

崔眉州惊叹不已，将大蛤蟆捧起，奉在桌案上，焚香膜拜。

第二日，崔眉州请来顶杠和尚、高道长、贾老六等一干十字坡要人。

大家都觉得不可思议。

桌案上的那只蛤蟆依然保持着昨夜的姿势，通体透明，双目如生。这时候，崔眉州咣地敲了一下大钵，随即大笑起来。

贾老六问："你笑什么？"

崔眉州说："苦修了七八年，老子没悟，它倒是悟了！奶奶的，老子不如它！"

第五十二

顶杠和尚（二）

自打破头和尚圆寂之后，顶杠和尚发现少了很多乐趣。

再也没人在他脖子上挂个木牌，画个嘴巴，打个叉，让他禁言。

再也没人突然跳起，点自己的麻穴，将自己放翻。

再也没人拿着那根捆妖绳手脚麻利地用各种复杂捆法、以各种姿势，把自己吊在梁上。

再也没人和自己杠。

连妖精都不怎么来了。

是呀，已经很长时间没看到妖精了。那些好玩儿的妖精。

深山中的老树、溪流里的水獭、土穴中的天狐、幽谷里的花精……一个个，漂漂亮亮的，身材好，脸蛋好，说话嗲嗲的，有的被捆起来的时候还会脸红。

多好的妖精呀！

可自从破头和尚圆寂之后，就再也不来了。

了无乐趣。

顶杠想呀，念呀，那些妖精。

顶杠礼佛的时候想，诵经的时候想，吃饭的时候想，上厕所的时候想，和人杠嘴的时候想，甚至睡觉的时候也在想。

然后有一天，卧室墙上贴了一张纸条，上面写着："你好过分哦！"文字很秀气，话语里带着相当的不甘和愤怒。

应该是个女妖精吧。顶杠想。既然贴在自己的卧室里，肯定是写给自己的。但为什么会带着不甘和愤怒呢？

顶杠呵呵一笑，将纸条揭下来放在一边儿，继续想那些妖精。

第二天，又见墙上贴了一张纸条，上面写着："这么多年，也没见你想过我！"

哦，看来是自己身边的妖精。

顶杠皱起眉头，看着周围。斗大的僧舍，没多少东西，怎么看怎么不像藏妖之所。

第三天，纸条上的内容又变了："负心郎！"

顶杠局促起来，他虽是个和尚，但也不想戴上这样的帽子。

顶杠去找张青花。

张青花说："师兄，这妖精吃醋呢。"

顶杠问："那我赔礼道歉行不行？"

"那不行，哄女孩子，要说好听的，或者送礼物。"

"可我不知道她是谁呀。"

"要不请方丈来试试？"

"可拉倒吧，他水平还不如我呢。"

"那只有找高道长或者小高道长了。"

"不好吧，我们当和尚的，请道士来寺里捉妖？"

"要不然呢？"

顶杠叹了一口气，出门去清凉观找高道长。

高道长不在，小高道长和春四娘正在院子里做豆腐呢。

顶杠说了一通，直叹气。小高道长笑。春四娘也笑。

春四娘说："顶杠呀，这是好事呀。"

顶杠说："哎呀，其实是误会，我只不过多念叨了其他妖精几句，她就吃醋了。"

小高道长说："我特别理解你！"

春四娘闻言，冷冷哼了一声，小高道长赶紧低头磨豆腐。

顶杠说："有什么办法让她现身吗？起码给我一个解释的机会吧。"

小高道长说："哎呀，这个我帮不了你，我学的都是降妖除魔的办法。"

顶杠苦着脸，说："你帮帮我呗。"

春四娘不忍心："我倒是有个法子。"

说完，春四娘从兜里掏出一个瓷瓶，交给顶杠。

春四娘说："这里面放着的是蝎尾香，夜里你涂在眼皮上，若是有妖精，便能看到。"

顶杠说："四娘，你真好，跟那些妖精一样好。"

春四娘笑得花枝乱颤。

顶杠回到金刚寺，等天黑了，在眼皮上抹上蝎尾香，然后蹑手蹑脚地溜进自家院子，躲在窗户下偷看。

房间里，一个小小的女孩子正在忙碌。她的身形娇小，着一身青衣，皮肤白白的，鼻梁高高的，睫毛长长的，正细心地帮忙收拾经书、打扫地面、整理床铺……

顶杠推开门，一把拉住她的手："对不起哦，以后呀，我只想你！"

女孩吓了一跳，见是顶杠，低着头，脸红了。

顶杠觉得手里一轻。再看去，发现女孩不见了，手里抓的，分明就是那只青绸纹绣的花枕头。

哦，好像跟着自己十来年了。

"你好过分哦！"

"这么多年，也没见你想过我！"

想着纸条上的字，顶杠觉得自己心里酥酥的、麻麻的。

那天晚上呀，他抱着枕头，睡得真香。至于之前的那些妖精……

嗯，似乎一点儿印象都没有了。

第五十三

刘算述（一）

刘算述是十字坡的裁缝。

他原先不是裁缝，是个石匠，就是拿着大锤、凿子在终南山采石、雕石的那种人。后来改行当了裁缝，捏起了剪刀和绣花针。

虽然是半路改行，但刘算述手艺很好。他做的那些衣服，不仅穿起来舒服，而且布料上乘、款式新颖、针脚细密，更懂得颜色上的搭配，谁穿了都会成为十字坡最靓的仔和妞儿，所以很多人找他。

后来，连长安城的贵妇、小姐们都听说了，时不时请刘算述进府里量体裁衣。这所有的主顾里面，刘算述最喜欢青雀小姐。

青雀是礼部尚书裴知日的女儿。裴尚书只有这么一个女儿，视若掌上明珠。青雀什么都好，论容貌，长安达官显贵的千金里，没几个能比得上她；论学识，据说写出来的诗文连翰林院的文人都竖起大拇指；脾气也好，不管对方出身豪门大户还是贩夫走卒，均以礼相待，和气友善，尤能体恤贫苦，心肠好得很。

唯一的不足，就是身子骨差，好像是从娘胎里带来的，动辄生病，又患哮喘，所以一直待在闺房。

裴尚书心疼女儿，想方设法让女儿开心，听说刘算述衣服做得好，便让府里的老妈子领着刘算述给青雀做几套衣裳。

刘算述使出浑身解数，用蜀锦做底子，采来终南山的雀羽，为青雀做了一件锦羽衣。

青雀穿上那件衣服，如同化成了一只灵巧的雀儿，引得院子落满了鸟。裴尚书重赏了刘算述，说女儿自打生下来，从来没笑得那么灿烂过。

后来，刘算述隔三岔五便去尚书府。有时是请过去的，有时是自己要去的。

刘算述的心里，念着青雀。

除了做衣服，他也会和青雀说说话，说十字坡的那些人、那些事儿，说终南山的云，说青木川的荻花，说密林里打劫的马贼，说云居岭的雨。

"云居岭，是距离十字坡五六十里地的一处高山，终年云雾缭绕。下雨的时候，和别处不一样。你站在岭下面，静静看着，能看到那些水气在草木的叶子上升腾、生长，它们慢慢往上飘、不断汇聚，成为雾，然后成为云，等飘到岭半腰，就淅淅沥沥下起了雨。往往一场雨刚下完，阳光斜斜一照，就会出现彩虹。

"云居岭的彩虹，和别处的彩虹也不一样。别处的彩虹虽也五光十色，但没有神韵。云居岭的彩虹，特别大，特别美，好像眼前有无数颜色的布料铺展、飞舞，特别好看。"

…………

刘算述讲的这些故事，青雀喜欢听。听着听着，便咯咯地笑起来。

她笑，刘算述的心就甜。

日子如此悠悠而过，有一天刘算述讲故事的时候，青雀轻轻地拉住了他的手。

青雀和刘算述的爱情，很快被裴尚书知道了。

裴尚书勃然大怒。

这个大家都能理解——尚书唯一的女儿，怎可能嫁给一个石匠、裁缝呢？

自此，刘算述再也没有接到尚书府的邀请。青雀的闺房，也被裴尚书下令锁了起来。

刘算述没心思再做衣服了，每天呆呆地看着长安城的方向，看着绵延而来的官道，期望有一天，尚书府的人能再来。

两三个月后传来消息——青雀抑郁而终。

刘算述哭了，跌跌撞撞跑去尚书府，求裴尚书开恩，让自己见青雀最后一面。裴尚书不允。

刘算述说："那就让我给她做一身衣裳吧。我做的衣裳，她爱穿。"

裴尚书说："长安城的裁缝多得是！你赶紧滚！"

刘算述失魂落魄地从长安走回十字坡，谁看了都难过。

贾老六说："算述呀，这种事儿，无可奈何，你把青雀小姐忘了吧。"

刘算述说："老六呀，怎么能忘了呢？青雀在我心里，已经生了根。那根扎得好深好深，深到骨髓里，深到灵魂里。"

贾老六说："你和青雀小姐相爱一场，虽然尚书不允许你参加葬礼，不过之后去凭吊一下，也是可以的。"

刘算述说："对！不让我见青雀，我就自己去看她。我要给她做一件世间独一无二的衣裳！连宫里的娘娘都没有的衣裳！"

贾老六觉得刘算述脑子坏了。

大家都觉得刘算述脑子坏了——他去了云居岭，抱着针线盒，爬到半山腰，坐在悬崖旁边的巨石上，呆呆地看着天。

日升日落、风来风去、雾涌雾动，他就在那里。

谁也搞不清楚刘算述要干吗。最后还是高道长看出来了他的心思。

高道长说："他莫不是对云居岭的虹霓动了心思吧？那可是一等一的灵物，侵犯不得。"

贾老六没听明白，问："怎么回事儿？"

高道长说："云居岭上的虹霓，已成了精怪，前两年，我去山中采药，看到那虹霓出来，一头挂在山上，一头落在溪里面喝水呢。"

贾老六觉得不可思议。

刘算述在云居岭待了十好几天。

有一天，风雨大作，比以往都厉害，天昏地暗，云居岭半山腰，雷霆、霹雳倏忽而下。

大家担心刘算述，赶紧去找。找到的时候，刘算述披头散发，抱着一个木盒，笑着说："成了！成了！"

贾老六问："什么成了？"

刘算述说："我给青雀做的衣服，举世无双的衣服，成了！"

贾老六说："我看你是失心疯了。"

刘算述向高道长借了驴，匆匆下了山。

贾老六不放心，跟在后面。一路尾随，走了一两天，来到渭水旁的一处墓地。在那里，刘算述找到了青雀的坟。

一座大大的坟，埋着他心爱的、小小的青雀。

刘算述跪在坟前，号啕大哭。他哭了一天一夜，哭够了，便把木盒拿了出来。

刘算述说："青雀呀，你去的时候，我进不了府，连你最后一面都没见上。我给你做了一件衣服，一件世界上最美的衣服！你看你喜不喜欢？"

刘算述打开了木盒。

躲得老远的贾老六看到了。

刘算述没有说谎，那绝对是世间独一无二的衣服！五光十色、绚烂无比、光彩熠熠的，用虹霓裁剪而成的衣服！夜半的坟地亮得如同白昼，光华万道，氤氲斑斓！

贾老六看到了穿上衣服的青雀。好美的一个女孩子。

她依偎在刘算述的怀里，满脸是笑，那样幸福。

第五十四

刘算述（二）

刘算述是个裁缝，除了做衣服，还有两个爱好。

一个是喝酒。

刘算述喝酒和韦无极不一样，韦无极是豪饮，高举一坛春风酿，张开嘴咣咣喝完；刘算述酒量很小，他只备一小壶，置一小盏，小口品咂，往往能喝一晚上。

另外一个爱好，则是吃菌。

十字坡四周草木疯长，不远又是终南山，每到夏季，尤其是连续的阴雨天之后，四处都会有簇簇菌子冒出，颜色各异，亭亭如伞盖，摘开洗净，放入锅里烹煮，加点儿肉干、羊腿之类，不需其他作料，只要放一点点儿盐，那味道鲜得能掉人舌头。

冉配上一壶上好的春风酿，乖乖，给个神仙也不换。

刘算述爱吃菌，每年入了夏，雨水一来，他早早就关了裁缝铺，背上竹篓，采菌去。

刘算述看不上寻常草甸所产之菌，那些菌，不过是腐草、烂木所化，个头儿不大，味道也不行，大多带着一股土腥气。

要想吃到好菌，需向深山行。幽谷老林，清泉明月，古木怪石，天地精气之所在，一朝逢甘霖，便会化出大菌，有的稀罕无比，为造化之物，可遇不可求。这种菌碰上都算运气，若是得了，吃上一口，全身打个哆嗦，飘飘欲仙，何其快哉。

寻菌之路荆棘丛生，磕磕绊绊。深山之中，豺狼虎豹、蛇蚁毒虫甚多。刘算述不以为意，一边寻，一边游山玩水，身过丘壑，心生层云，自以为乐。

这一年，刘算述运气似乎出奇的差，在山中晃悠了七八天，虽说菌见了不少，但都是寻常之物，所谓的好菌，一个都没看到。

一日黄昏，过山穿岭，在一小潭边歇息。天气炎热，刘算述脱了衣裳到潭中泡着去暑，一抬头，见潭边山壁高出，隐隐有一处雪白，似是一枚大菌。

刘算述跳跃而出，缘壁而上，果然发现石上有一古冢，不知年月，草深过膝，倾塌破败，冢上有一菌，白如霁月，大如伞盖，含露浸水，鲜艳可爱。刘算述采菌多年，从未见过这等好物，小心翼翼采了，用树皮包裹，小心下来。

当晚，刘算述在潭边架起铁锅，将菌洗净切开，躺在旁边，等着水开下锅。怎料迷迷瞪瞪睡了过去，恍惚做了一个梦。

梦见一老者，穿戴有古风，缓缓而来，说："我本秦人，秦灭后为躲兵乱入山，死后葬于此处，见后生你如此，特来相告：此菌乃是异物，不可食，食则生疮。"

刘算述骤然而醒，见水开四溢。想起老者的话，觉得蹊跷，可看那大菌，口中生津，哪管得了那么多，撒菌于锅中，佐以羊腿，取酒品尝，果真是奇鲜无比！大快朵颐后，刘算述酣然入睡。

又梦那老者来，顿足而告："后生不听我言，晚矣！"

早晨起，刘算述忽觉得胸前奇痒难耐，揭开衣服察看，发现前胸生一疮，大如碗口，上有人面，五官皆备，宛若真人。

刘算述道了一声"苦也"，不听老者相劝，果然有了祸事。不敢停留，急忙寻路下山。

路上走了半日，觉得饥饿难耐，取出干粮，吃了几口，发现那疮竟然张开大嘴，似乎也有讨吃之意。刘算述觉得有趣，递过肉干，大疮将其吞入口中，咀嚼有声。又戏以酒水，竟也饮之啧啧，不一会儿面红耳赤。

刘算述对大疮说："我见你有耳有口，能听得我话、说得言语不？"

大疮打了个饱嗝，说："能！"

刘算述更乐了，说："入得我身，也是缘分，不知疮兄有何来历？"

大疮说："我本隋人，炀帝广修宫殿，派人入山采木，我亦在其中。凄苦无比，又得大病，遂死于山中，被弃尸崖上。日晒雨淋，风吹兽啃，尸骨为土尘，侥幸化为一菌，有幸为君所食。"

刘算述问："那老者，是何人？"

大疮说："我尸骨在他冢前，我俩是邻居，却是不合，打斗了无数年。"

刘算述说："他梦中让我不吃那菌，为何？"

大疮惨然道："在下尸骨无存，魂魄渺渺，化为一菌，日头暴晒，几日便败，到时自然化为虚空，了了再无。被贵人你吃下，便可附你身体，不复有消散之苦。"

刘算述说："原来如此。然则，你会害我吗？"

大疮道:"贵人解我消散之危,哪敢有想害之意?"

刘算逑大笑,说:"也是。"

了解了事情原委,先前那慌乱也便没了,刘算逑起身悠然而行。

一路上,问哪里有菌,大疮皆知晓,所指之处,皆是鲜美之物。又带刘算逑去看前隋伐木之所,见一神祠,败落无比。

大疮说:"此神祠乃祭拜木神之所,后面的土中,我曾埋下二百金,贵人可取之。"

刘算逑挖开,果然还在。

在深山中晃荡了一两个月,待雨季过去,刘算逑才尽兴而返。因有大疮,不但尝遍了美菌,也有了个谈笑风生的伴儿,甚是惬意。

回到十字坡,依然是开铺营生,生活如昨。

来裁缝铺的客人,见了他胸口上的大疮,刚开始都吓一跳,后来见大疮好玩,不但能说故事,还能唱曲儿,都很喜欢,一来二往,裁缝铺热闹无比,很多人不做衣服,也来看热闹。

后来有一天,毛不收来,见了大疮,吃了一惊。

毛不收说:"算逑呀,医书里记载过人面疮这么个事儿,可我还是头一次见。"

刘算逑说:"哦?"

毛不收说:"在你身中,耗你精血,此乃恶疮,宜速速去之。我有妙法,手到病除。"

刘算逑摆了摆手,说:"不收呀,我知道你是为我好,可我不打算把它除了。"

毛不收问:"为啥?"

刘算述说:"一来它身世太凄苦,我心不忍。二来,不收,你也是一人生活,平日不觉得寂寞吗?"

毛不收想了想,点了点头。

刘算述说:"是呀,一个人吃饭,一个人睡觉,一个人忙来忙去,有个能跟你说话、懂你心思、相互逗乐子的伴儿,不挺好的吗?"

毛不收说:"也对。不过,这到底是个恶疮呀!"

刘算述说:"在你眼里,是个恶疮,在我心中,却是挚友,我与它虽比不上伯牙子期,也不比管鲍之交,可相逢一场,也是缘分。"

毛不收说:"话虽有理,但总要耗你性命。"

刘算述说:"我总觉得,人生不能用时间来衡量。若是每日都碌碌无为、简单重复,便是有彭祖之寿,也是无聊;若是日日有新奇,纵是早死,又有何妨?"

接着又说:"不收呀,我和大疮相处得很好,你就别管我们了。"

刘算述和那人面疮称兄道弟,引为知己。

他活了八十二岁,无疾而终。

第五十五

高天赐（一）

小高道长和春四娘谈恋爱谈了一两年，彼此感情很好，无话不谈。

有天晚上在酒店门口的大槐树下喝酒说情话，不知怎的聊到了老高道长。

春四娘对小高道长说："你师父年轻时候长得一定很帅！"

小高道长问："你怎么知道？"

春四娘说："这还用讲吗？你看看他，七十多岁了，还那么仙风道骨，人见人爱，都能被荻花精看上。"

小高道长又问："你和荻花精很熟吗？"

春四娘说："原本关系还行，主要是她长得太漂亮了。漂亮的女妖精，不光你们人喜欢，我们妖也喜欢。但是她记性不好，我也懒得去一次次解释，很费劲，时间长了关系便疏远了。"

小高道长说："哦。"

春四娘又说："你师父那么帅，怎么就成了道士了呢？"

小高道长说："师父也并非生来就是道士，原本有妻有子的。"

第五十五　高天赐（一）

春四娘来了兴趣，问："怎么回事？"

小高道长支支吾吾不愿讲，被春四娘倒提起来亲得快岔了气，才不得不出言相告。

小高道长还特别叮嘱："这事儿，你可千万别跟别人说。"

高道长是扬州人，出身豪门大户，人长得帅，在扬州城很有名，基本上每次出门，他的马车都会被围得水泄不通。走在大街上，大姑娘、小媳妇儿有意无意凑过来揩油，搞得高道长十分痛苦。

二十岁那年，高道长他爹高老爷觉得儿子老大不小，不能这么晃悠了，便说了一门亲事。对方也是扬州城有头有脸的人物，曾在朝廷担任过要职，后来辞官回来，做了寓公。高道长娶的，便是这位寓公的小女儿，名唤凤娘。

一对新人，结婚之后，举案齐眉，相处融洽，过了两三年，凤娘的肚子却没动静，全家老少都着急。

不久之后，高老爷带人贩卖丝绸来长安，半路被强盗杀了，接着又闹起瘟疫，高家阖府就剩下高道长和凤娘两人活了下来。

家业中落，高道长没办法，只能带着妻子做点儿小生意，勉强度日。一来二去，二人都过了四十岁，仍膝下无子。看着别人家其乐融融，自家却是冷冷清清，便是高道长不说，凤娘也难受。

有一年，高道长听说长安丝绸价高，合计着做笔大生意，便拿出所有积蓄，买了一车丝绸，雇了两个仆人，出了车。

怕凤娘一个人在扬州不安全，高道长把凤娘也带上了。

一行人餐风饮露往长安赶，虽说辛苦，但一路上看看风景、见识各地人间烟火，也增添了不少乐趣。

一日，车子过商州，前不着村后不着店，高道长见荒山上有座庙，让仆人赶着车子进了去。

庙里无人，破败不堪，高道长寻了一个偏殿，打扫干净，吃喝完毕，和凤娘歇息。

半夜，听到外面传来吵闹、责打之声，高道长觉得奇怪。推开门，见院中空荡无物。闹了几回，高道长也累了，便不再理会。

第二日早晨起来，见院中有个小儿坐在墙角哇哇哭，年纪约莫三四岁，虎头虎脑，十分可爱。

凤娘就问怎么回事。

小孩说："我被拐带出来，昨天半夜，那伙儿歹人不知为何打闹起来，扔下我逃走了。"

凤娘说："你知道爹娘在哪里吗？"

小孩摇了摇头。

高道长为了难——若是丢下不管，这荒山野岭，小孩十有八九喂了虎豹豺狼，若是管这事，小孩又不知道老家在哪里……

凤娘说："咱们俩多年无子，这孩子我喜欢，不如收养了，将来长大了，你我也有个养老送终之人。"

高道长想了想，也觉得不错，答应了。因这番奇遇，故而给孩子取名"天赐"。

到长安卖了丝绸，赚了一笔钱，高道长夫妇在西市旁租赁房屋，做点儿小生意，日子也算有了起色。

最开心的，是这捡来的儿子。

高天赐这孩子，真是没话说——虽然年纪小，但为人机警灵透，高道长抱着他算账，账目有出入，他能给一一指出。不光如此，各地丝绸的质地、价格，他无师自通，说得头头是道。又有过目不忘之能，诗书典籍，无有不通，还写得一手好字，便是长安大儒们，也是望尘莫及。

十来岁时，高天赐在长安声名鹊起，被誉为神童。

自家儿子如此了得，高道长夫妇自然高兴。尤其是凤娘，对高天赐不仅如若亲出，那简直是宠爱得没边儿了。

高天赐十三岁那年的上元节，高道长夫妇商量，这孩子一年到头不是帮着照顾店里的生意就是学馆苦读，不如歇业一天，带他去外面玩玩，看看花灯。谁知高天赐连连摇头，说不舒服，一副心慌意乱的样子。

高道长觉得可能是读书累了，便牵着手，强行拖出去。

一家人穿行于车水马龙之中，说说笑笑，自是欢乐。到了朱雀大街，突然从拐角钻出来个大胖和尚，盯着高天赐不放。

胖和尚说："这孩子，你们哪里得来的？"

高道长有些生气，说："我们夫妇俩生的，怎么了？"

胖和尚大笑，说："此子乃是我五台山的小龙，从我手里逃了，混迹于此，怎会是你生的？"

高道长正要分辩，见那和尚口诵梵音，高天赐两眼一翻，爬伏于地，化为一条赤色小龙，全身金鳞，闪烁无比。胖和尚道了句阿弥陀佛，将小龙收进随身的大口袋中，转身倏忽不见。

没了儿子，凤娘昏厥在地，片刻后醒来，放声大哭。高道长也是心痛。夫妻两个日日思念，久久不忘。

没过半年，凤娘郁郁而终。

给凤娘送了葬，高道长变卖了店铺，千里迢迢去了一趟五台山。

他找了很多庙，最后在一大殿中发现五百罗汉中的"降龙罗汉"，模样长得跟那个胖和尚一模一样。

降龙罗汉手中擒的那条小龙，全身金赤，俨然是当初被收走的儿子。高道长站在跟前抹眼泪。

看庙的和尚见了，十分不解，问缘由。高道长便将事情讲了一遍。

和尚啧啧称奇，说："好些年前，有一日雷雨天，霹雳交加，大雨倾盆，贫僧早晨起来见降龙罗汉手中这条小龙不见了。半年多以前的上元节那晚，贫僧奉香时，又见小龙赫然在上，没想到，竟还有如此故事！"

高道长将身上所有的钱都给了和尚，拜托他悉心照顾那小龙雕像，切莫让人损坏了去。

交代了一番，高道长下了山。

下山之前，他对小龙雕像说："天赐呀，你我父子一场，也算是缘分，你娘念你过度，已经逝去，我也老了，再不能照顾你，往后，你自己保重。"

说完这些话，高道长看到那条泥塑的小龙双目潸然，流出两行清泪。

春四娘听了这故事，也是哭得不行，急急问道："后来呢？"

小高道长说："后来我师父就当了道士。"

春四娘问："奇怪呀，既然他儿子是降龙罗汉的小龙，他为啥不当和尚呢？"

小高道长说："你傻呀！自家儿子被罗汉擒了去，他怎么可能去当和尚呢？！"

春四娘叹了一口气，说，也是。

春四娘还说："咱俩吧，不能像你师父那样，咱俩得自己生个儿子。"

小高道长闻言，一蹦三尺高，说："我师父是我师父，我是我！哎呦喂！哪儿跟哪儿呀这是！"

第五十六

高天赐（二）

　　清凉观大殿缺一主像，一空就是许多年。

　　这事情很多人说过。贾老六、方相云、韦无极、白铁匠，等等，十字坡凡是去清凉观参拜的人，几乎都会说。王不愁说得最多，因为他是最虔诚的一个香客。

　　有天，王不愁拉着高道长进了正殿，说："道长呀，我跟你提了很多回了，所谓家有千口，主事一人，这清凉观是咱们十字坡的脸面之一，堂堂正殿，竟然没有主像，总是不妥。你看看人家金刚寺，大雄宝殿供的主尊，乃是一尊金铜铸造的五六丈高的大佛，那气势，那风采……"

　　高道长嘿嘿笑，说："咱们是小观，比不上人家。"

　　王不愁说："这和大小没关系，和规矩有关系，哪儿有道观里没主像的？"

　　高道长连连点头，说："是，你说得对，我原来想立一尊老君像。"

　　王不愁说："老君好，我喜欢老君。"

　　高道长说："金铜咱是弄不起。我原来想过用石头雕，可终南山的石头都不行，要是从别处运过来，花费也大。"

王不愁说："是是是，得不少钱呢。"

高道长说："那就只有用木头雕了。"

王不愁说："是是是，金铜、石头咱们弄不起，木头到处都是呀！"

高道长说："也不能这么说，一般的木头，那是不行的。"

王不愁问为什么？

高道长说："你想呀，这可是用来雕刻老君像的，要接受无数人的顶礼膜拜，那不是木像，就是老君本人呀。如此神圣之物，一般木头怎么行？"

王不愁问："是这个道理，可什么样的木头才有资格呢？"

高道长说："得用灵木。"

王不愁又问："什么样的木头，才能叫灵木呢？"

高道长说："起码得是生长了千儿八百年的古树，吸收了日月精华，灵气十足，方才好。"

王不愁张着嘴说："千儿八百年的古树？道长，说来说去，你是看中我家的那棵老桐了吧？"

王不愁家后头有一棵桐树，高七八丈，参天而立，枝干遒劲，树冠铺展，荫翳足有一亩地。这是十字坡最古老的一棵树，更是王不愁的心肝宝贝。

高道长有点儿不好意思，笑着说："实不相瞒，你那棵树，我看上不止一天两天了。"

王不愁"嗨"了一声，拍了一把大腿，说："那真是我的命根子，换成别人，我肯定不答应。可谁让你是高道长呢？再说，老桐有灵，若是能成为老君的替身像,也是它的造化。只不过,要想伐倒可不容易。"

高道长说:"我就是为这事儿发愁。"

那棵大桐树,左边是良田,右边是悬崖峭壁,若是用正常的伐木之法,不但会坏了周围好几亩土地,而且大桐树倒下来,很有可能引起山土倒塌,让伐木人丢了性命。再者,悬崖高二三十丈,树木若倒下去,滚擦摔蹭,再好的木头也会干裂崩碎。

高道长说:"所以这么多年,我也束手无策。"

这事儿成了所有十字坡人头疼的难题,三四年里,都没人能想出个好办法。

有一年,从长安城来了宰相。据贾老六说,这可是个大官——大唐的右相,权势滔天。

这位右相来十字坡的那天,仪仗和护卫犹如一条长龙,摆出了五里地。无数年来,十字坡从没来过这么大的官。

右相是带着家人来金刚寺礼佛的。

金刚寺高僧大德殷勤招待,寺里的那一尊尊摩天佛像,也让右相很是满意。

礼拜完了,下山的时候,右相经过清凉观,来了兴趣,提出进去游览一番。结果进去之后,惹出事儿了——刚开始还行,见清凉观虽小,但拾掇得很干净,高道长和小高道长的修行也不错,右相赞叹有加。可进了大殿,抬头见上面空空荡荡,右相的脸上顿时起了乌云。

右相说:"你们这俩道士,真是狗鼠辈!天下谁不知道我大唐天子乃是太上玄元皇帝的后裔?这观里竟不立圣像,倒是何所想?"

右相当即发飙，命人将高道长和小高道长关押。好在方相云出面求情，右相卖了个面子，对高道长说："给你十日，圣像不立，你师徒二人皆下天牢。"

高道长和小高道长被关在观中，有人把守。两人愁眉苦脸，不知如何是好。眼见日子一天天临近，第九天晚上，高道长和小高道长沐浴斋戒，做好了进天牢的准备。

吃完斋饭，高道长躺在床上，做了一个梦。

梦里，一赤色巨龙从天而降，化为一人，飘飘近前，说："爹，这事情，你别操心了。"

高道长一看，这不是自己的那个儿子高天赐吗？

高道长就说："天赐呀，你怎么来了？"

高天赐说："我在五台，感知爹你有困厄，特来相助。"

高道长说："如何是好？"

高天赐说："这你就别管了，明日天明，一定让你老人家安然无恙。"

言罢，跪倒磕头，倏忽不见。

当晚，十字坡上空阴云密布，风雨大作。那大桐树被连根拔起，凌空飞入观中，周围禾苗不曾伤了一株，山石不曾滚下一块！继而，天雷滚滚，霹雳呼啸而下，如同利斧，对那大桐一次次砍斫。

大桐木色赤红，质液如血，乱枝飞夫，天明，竟成一尊三丈高的老君像，神韵天成，庄严无比！

此像一出，不光十字坡人，连同那些看守的兵卒也是佩服得五体投地、顶礼膜拜。

消息传到长安，右相欣喜无比，亲自来看，连称"国之祥瑞"，重赏了高道长和小高道长，让人把木像装上车，运往长安，说是送入宫中，给圣人亲自供奉，可保大唐千秋万代！

据说，因为这事儿，圣人龙颜大悦，对右相越发恩宠，相关人等皆是升官的升官，得赏的得赏。

只有清凉观，还是那个清凉观。两个道士，一座小院。

正殿的上方，依然空空荡荡。

第五十七

韦无极（三）

韦无极四十岁时，刀法已臻化境，平日屠狗，晚必饮酒，饮酒必十坛。

酒酣时，出横刀于手，于庭院中舞动，不见人影，毫光冲天，刀有龙吟虎啸之声，人不敢近。

因崔眉州事，屠渭河龙，韦无极名动长安，始为人所知。长安城达官权贵，纷纷派人延请，意聘其为大宅看护，亦有执千金而意诚者，无极皆不应，世人惜之。

白铁匠为这事儿，专门问过韦无极。

白铁匠说："无极呀，以你的身手，若是投军，必得将军之位，开边拓土，挥斥方遒，何其快哉？"

韦无极说："老白，率十万之众纵横天地之中，非吾愿也！卫青霍去病者，不过人之鹰犬，至我朝，哥舒翰的下场，你也不是没看到。"

白铁匠说："是，一将无能累死三军，若圣人无能，朝纲不正，英雄无用武之地，早晚死于劣夫之手。"

韦无极答，然也。

白铁匠说："既然不投军，于富贵高门家做一守护，也可得富贵。"

韦无极说："那般行径，吾更耻为，不过人之奴尔，污了我这口刀。"

白铁匠说："既不投军，也不投于高门，何不周游天下，修行于深山，做个剑仙，也快活。"

韦无极说："那般，虽潇洒，却也寂寞。不如这人间烟火气有趣。"

白铁匠说："便是如此，你这般的本事，屠狗于乡间，真是埋没了。"

韦无极说："吾幼时，最爱项王，与群雄逐鹿天下，何其快哉！苦练二十年，游走四方，见朝廷腐败，人如杂鱼追名利为饵食，又见官官相卫，无数英雄空有抱负而困顿于槽枥之间，便对这天下、这朝廷失望至极。太白有诗曰：'大道如青天，我独不得出。'真至理也！"

白铁匠说："你这般，真好似羊脂之玉落于茅厕、千里之马劳于耕犁！可叹！"

韦无极长叹一声："奈何？！"

虽这般说，韦无极对自己的生活，倒没有多少抱怨。看着他屠狗卖狗，为几文钱起早贪黑，十字坡人都觉得亏了他。韦无极却是淡然，喝酒舞刀，自是风流。

一日，韦无极与顶赞一起山中缉盗，见一小庙藏于林木之中。庙不大，不过一间院落，里头有一个看香火的庙祝。

二人进去歇脚，喝完茶水，韦无极迈入大殿，见上头供着一尊项羽神像，威武肃穆，不由得呆了。

韦无极问："此地怎会供项王？"

庙祝说："我也不知，庙虽小，却也有许多年头。此尊项王最为灵验，也最为直爽，若是虔诚相拜，必有回应，若有丝毫亵渎之举，定然难逃其报应，故而周边小民，多有供奉。"

韦无极看着项王，神情凄然，取香拜讫，跳上像座，搂着那神像脖子，号啕大哭："大王！老天待你何其不公！大王英雄，竟不能得天下！无极我这般身手，竟不能得所用！何其不公！天之亏大王！天之亏无极！"

说罢，韦无极搂着那神像，一把鼻涕一把泪，哭得肝肠寸断。

庙祝吓得面无人色，对顶赞说："完了完了，你这朋友竟如此无礼，搂大王脖颈，将鼻涕抹得大王一身，恐怕今晚就会遭报应！"

顶赞也吓得不轻，赶紧将韦无极拉下来，向庙祝赔礼道歉，庙祝气得不行。

这晚，韦无极喝得大醉不醒，安然无事。

至于那庙祝，晚上点香，举烛火于大殿，照见项王，发现那神像满面湿透，竟垂泪不止！

第五十八

韦无极（四）

韦无极有一次去长安，在东市看到一个胡商，高鼻凹目，仪表绝伦，弓马之术纯熟，心生欢喜，遂延揽入酒肆，喝酒聊天。那胡商不仅功夫了得，酒量也好，和韦无极脾气对路，俩人很快成为知己。

韦无极每次去长安，必去找那胡商，若几日不去，胡商也会兀自前来十字坡相会，友情之笃，令人羡慕。

如此相处了两年多，一日，胡商在平康坊花满楼设宴，美味佳肴，胡姬舞唱，一夜花费千金。韦无极觉得让胡商破费了，有些过意不去。

胡商却说："实不相瞒，我不远万里来到大唐，人生地不熟，又想念故乡，所以闷闷不乐。自从结识了兄长，方才有些乐趣。如今在长安做完了生意，明日便要启程回去，特此设宴。自此一别之后，山高路远，不知何时才能和兄长相会。"

韦无极听了，心中难过，宽慰了胡商几句，解下腰中的那把横刀，送予胡商。

胡商说："万万不可，兄长这口横刀，乃非凡品，向来爱之如命。"

第五十八　韦无极（四）

韦无极说："屁！宝刀赠英雄，你我兄弟一场，回国之路万里迢迢，你且留着防身，也算你我之间有个纪念。"

胡商勉强收了，牵来一马，递缰绳于韦无极，说："兄长且收此马。"韦无极不愿意。

这马，从头至尾长一丈，自蹄到背高八尺，全身赤红如血，无一根杂毛，嘶啸咆哮，如腾龙入海之状，价值连城。

胡商道："兄长，此马非寻常之马，乃龙马也。"

韦无极问什么是龙马。

胡商说："西域有一国，国都外高山上有龙池，大龙潜于池中，常化身与马交媾，诞下小驹，便是龙马。当年我过那国，救一牧民，乃以之相赠。此马素有灵气，数次救我于水火，且不避邪魅，又可日行千里，送予兄长，也是小弟之愿。"

韦无极虽不太愿意，但终究退却不了胡商的情谊，只得收了此马，和胡商挥泪而别。

骑这龙马回十字坡，每日好生照顾，闲暇时分骑着游走山林，狩猎玩耍，呼啸南北，也是快活。这马果真奇异，深山沟壑，如踏平地，端坐其上，如坐毛毡，性格刚烈，遇猛虎不避，逢走兽不畏，时间长了，韦无极简直片刻都不能相离。

有一日，和往常一样，韦无极忙完了事，翻身上马，打算去终南山打猎。当时是夏季，终南山草木葱茏，走兽肥硕，游猎最佳。

几十里的山路，片刻便到。入得山来，韦无极拉弓搭箭，所获不少，一时兴起，往深山高处而行。

才过一二里，天空忽乌云翻滚，闪电撕裂长空，雷霆滚滚而下。韦无极踏马寻避雨之所，遇见前方一雷球，大若磨盘，光芒闪烁，悠悠迎面而来。

韦无极往左，雷球亦往左；韦无极往右，雷球亦往右。

惹得韦无极暴怒，说："此雷甚是可恶！"遂拔刀斩之！

但听得轰隆一声响，雷球被一斩为二，当下炸裂，半山皆摇晃，周围草木皆成齑粉！

韦无极衣裳破为碎片，满面乌黑，却是丝毫未伤，倒是那龙驹，栽倒在地，口吐白沫，全身抽搐。

韦无极大惊，连忙叫人来，将龙驹运到十字坡，请来毛不收医治。

毛不收诊断了半天，说："你们一人一马，你无事，马亦无大碍，真是稀奇了！"

韦无极说："既无大碍，为何不起？"

毛不收说："此马性命虽无忧，但为雷所击，雷威仍在，须静待几日，再看结果。"

韦无极没办法，只得将马放在院中大槐树下，好生照顾。可过了好几天，依然不见起色，韦无极急得不行，只得去找刘长寿。毕竟在十字坡，被雷劈的人并不多，而被劈了之后还能活下来的，只有刘长寿。

刘长寿听了韦无极的话，说："无极呀，你别急，这事儿，我问问我们家三爷。"

刘长寿家里供奉着雷部阿三，向来灵验。

韦无极说好。

刘长寿摆出香案，供了一只烧鸡，对着神像叩头上香，折腾了半日，竟毫无回应。

刘长寿说："真是奇了，平时我家三爷闻鸡起舞的，今日为何没动静？"

韦无极说："你问我，我问谁呀？"

刘长寿说："估计是我家三爷跑出去玩了，你先回去，等我家三爷回来了，我告诉他，让他去看看你那马。"

韦无极说好。

回到家，坐在堂上，但等着刘长寿家的雷部阿三。怎料等了两三个时辰，也不见影子，韦无极便靠在柱子上呼呼大睡。正睡得香，忽然被什么声音吵醒。

睁开眼，见槐树下站着一个两丈多高的家伙，和刘长寿家中画像上的那位一个模样——全身漆黑，长着一对巨大的肉翅，穿着红裤子，腰上系着虎皮，不过现在半身缠着绷带，撅着屁股在那赔礼道歉。

就听这位雷部阿三说："哎呀呀，我也不是有意的呀！那山头有几个和尚，平日里大鱼大肉，我好不容易逮到机会，行云布雨，想要恐吓一番，赚些酒肉吃，怎料到都搞好了，正要去，便碰到你家那刺儿头！不让我过去也就算了，竟然挥刀砍我！你看看我这屁股，被砍成什么样了！我炸了，那也不是我的事儿！"

这时候，就见那龙驹腾然而起，全身赤焰涌动，咆哮如雷："炸了固然不是你的事，可你为啥要劈我？"

雷部阿三说："哎呀呀，韦无极那人谁不知道？他连渭河龙都给屠了，我若劈他，还能有好结果？！所以，只能委屈您了……"

龙驹咆哮了两声，举起盘子大的蹄子，将雷部阿三当面撂倒，一边儿猛踩一边儿怒道："敢情你的意思是，我他妈的就好惹了是吧！是吧？！"

雷部阿三说:"哎呀呀,不是的啦!不是的啦!哎呀呀……别踩脸好不好!"

第五十九

张道士（三）

张道士有时觉得挺憋屈的。

同样是道士，凭什么自己就混得这么惨？十字坡拢共就仨道士，高道长和小高道长虽然只拥有一个小小的清凉观，但大家见到他们都客客气气，异常尊敬，说两位道长老的仙风道骨，小的灵透可爱，有啥好吃的，家家户户都想方设法送去观里。

不光是尊敬，高道长都七十了，还能和荻花精谈恋爱。那个荻花精，张道士曾偷偷看过一回，容貌真是倾国倾城，怎么就能看上那么一个糟老头子！还有小高道长，和春风酒肆的春四娘打得火热，那生活过得真叫一个精彩。

反观自己，身无立锥之地，体无换洗之衣，蓬头垢面，发乱如鸡窝，大人小孩都不待见，每次都说："呀，骗吃混喝的张道士又来了！"

自己一身的本事，怎么就成了骗吃混喝的了呢？思来想去，张道士决定必须得争一口气。

至于怎么争气，他没想好，就去问贾老六。

贾老六当时正和媳妇儿李树精在屋里烙饼呢，见张道士来，吓了一跳，赶紧把锅盖盖上。

张道士说："老贾呀，别盖了，我都看到了。"

贾老六没办法，只得客气邀请张道士一下，没料到张道士三下五除二将烙饼吃得干干净净。

吃饱了，张道士拍了拍肚皮，把话说了。

贾老六想了想，说："你要想赢过高道长和小高道长，似乎不可能。"

张道士说："佛争一炷香，人争一口气，不可能也得可能啊！"

贾老六说："长相、风采、口碑，你一样都不如人家，怎么争？"

张道士说："似乎……也是。"

贾老六说："实在想争，也只能在一个地方争。"

张道士问："什么地方？"

贾老六说："本事呀！你们道士，最高的目标是什么？"

张道士说："修仙呀！"

贾老六拍了拍手，说："对呀！你若是修成了仙，岂不是能彻底盖过他们的风头！"

张道士啪地打了一下自己的脸，说："我的天！我怎么就没想起来呢！多谢老贾你提醒。"说完，抓起旁边的一块烙饼揣进怀里，掉屁股出去了。

李树精说："相公呀，你这不是害他嘛。"

贾老六说："我只是提个建议而已。"

从贾老六那里出来，张道士就上了终南山。

第五十九　张道士（三）

必须修成仙！到时候再回到十字坡，嘿嘿。届时足踏祥云，万民叩拜，把那俩道士的脸给踩地上！

张道士寻了一处高岩深洞，栖息其中，每日禅坐、念咒，饿了挖山里的黄芩、摘树上的野果，渴了喝山里的泉水，遇到虎豹豺狼，急攀上树，哆哆嗦嗦过一夜……

如此，吃尽千辛万苦，过了两三个月，把自己搞得野人一般，可仙气一点儿都没多，炼丹时甚至还爆了炉，差点儿毁了容。

不应该呀！张道士坐在洞口唉声叹气，见一道长径直而来。

这道长一身青衣道袍，目光迥然，来到近前，坐在对面，直勾勾看着张道士。

张道士被他看得心慌，说："你要作甚？"

那道长呵呵一笑，说："我见过无数修道修仙的，可从没见过像你这么笨的！简直有愧道门！"

张道士一听这话火冒三丈，站起来就要动手，却见那道长宽大袖袍中雷霆闪动，这才恍然大悟——对方定然是个厉害人物。赶紧躬身施礼，以师待之，说："有眼不识泰山，不知仙人到此，祈请教授小子。"

道长说："你何求？"

张道士说："愿修成仙果。"

道长从袖中摸出两枚枣子，大如龙眼，递与张道士，说："且吃下。"

张道士接过吃了，觉得两股热流贯穿身体，顿觉神清气爽，不时肚响如鼓，急忙奔于山石之后，拉了十几次，几近虚脱，所排之物，臭不可闻。

道长说："欲得仙果，须除世俗之气。红尘中，七情六欲、五谷杂粮皆是累赘，沾染一丝，皆亏损道体，不得成仙。"

张道士点头称是。

道长说："你且随我。"

自此跟着道长，上了高山之巅，见洞穴之中，美玉为床，玛瑙为樽，用具皆金银，修吐纳之法，参天地灵气，观日升月落，渐不知岁月流转。

那道长十分严厉，张道士跟着，虽动辄挨骂挨打，却渐有所获。

一日，道长唤张道士近前，递给其一枚丹丸，呈赤金之色，上有龙形丹纹绕动。

道长说："此丹，名为换魂丹，吞服之后，便筑实了道基，再也不是俗人，自此可成道体，再过百年，可得道果。"

张道士拿着丹看了看，说："师父，吃了这丹，便再也不能为俗人了，是也不是？"

道长说："是，吞服之后，再返尘世，便会身死道消。此丹珍贵，我五六百年间，才炼成两颗。"

张道士说："多谢师父眷顾。弟子这些年，有件事情想不通。"

道长说："何事？"

张道士说："修仙，所为何？"

道长说："自然与清风明月为伴，餐风饮露，寿与天齐，跳出红尘，自得风流。"

张道士说："红尘不好吗？"

道长说："当然不好！你看那些俗人，争执于名利，困顿于情欲，如同那扑火的蛾虫，不知寿元不过百，身死一抔黄土，一场空而已。"

张道士说："成了仙人，就好了吗？"

道长说："当然好！"

张道士说："师父，这些年，不知为何，我总想起红尘。"

道长皱起眉头，说，哦？

张道士说："比如十字坡，以前在那里，总是被人取笑，有人放狗咬我，有人说我骗吃混喝，灰头土脸。可我在山上这么多年，总想念春风酒肆的酒香，想念金花婆婆光着膀子晒太阳的模样，想念贾老六媳妇儿给我包的包子，想念方相云家里的酒和院子里的花，想念白铁匠铺子里面叮叮当当的响声，想念毛不收一身的药味，想念他们的笑，想念他们的愁眉苦脸，甚至想念十字坡满街牛羊骡马粪便的味道！"

张道士说："师父，那是红尘，为何让我如此牵挂？"

道长说："你不仅笨，而且痴！"

张道士说："是，我这个人一向不聪明，嘴也贱。师父，你老人家已经成仙了，这么多年，你就没觉得……没觉得寂寞吗？"

道长说："当然不觉得！"

张道士说："师父，你别嘴硬了，我又不是没看过你对着一朵白云发呆的样子。若不是寂寞，你为啥会找我这么个废物当弟子呢？"

道长面红耳赤，怒道："这丹，你吃还是不吃？！"

张道士跪下来，咣咣咣给道长磕了仨响头，说："对不起师父，比起仙人，我更喜欢那人间烟火气！"

言罢，连夜下山

来到十字坡，张道士发现已经过了十年。

而十字坡还是那个样子，一点儿都没有改变。大家看到他，也一点儿惊诧都没有——很多人照样说他是骗子，孩子们照样放狗咬他，金花婆婆照样光着膀子从他面前走过，贾老六媳妇儿照样喊他去家里吃包子……

张道士觉得自己鼻子酸酸的，使劲吸了一口气，牛羊骡马粪便的味道，他觉得好闻极了！

他大步走在十字坡的街道间，和每一个遇见的人热情打招呼。一瞬间，他觉得无比幸福。

当然了，碰到高道长和小高道长，他还会像以前那样扬起下巴。

以前的他，心里有些许自卑。如今不同，他内心充满了自信——"妈妈的，老子终究还是和你们俩不一样，老子是曾经可以成仙的人！"

第六十

张道士（四）

十字坡有段时间赌博盛行。

不知从哪里传来的一种方法，与以往的骨子牌、击球、双陆都不同——在地上画一线，距离线三四丈处画一小三角，赌博之人双脚站于线外，手中银钱往三角处投掷，距离最近者或投入三角者，可赢。

此种戏法很简单，却令十字坡人乐此不疲，男女老少都聚在一起玩耍。

贾老六觉得长此以往十字坡的风气就坏了，所以特意写了一纸告示挂出去，禁止赌博，凡是抓住的，一律给十字坡做劳役。

这一招果然刹住了歪风邪气，但总有一些人忍不住，三五成群，晚上找个偏僻的地方偷偷赌，其中以王无忧最甚。这家伙刚开始领着七八个年轻人跟贾老六打游击，东躲西藏，后来找到十字坡五里外的土地祠，把那里当成了根据地。

土地祠平时去的人就少，周围又都是荒地老林，在那里赌博，贾老六根本找不到。一来二去，得知消息的人都往那里钻，最后竟有二三十口子，每晚夜半聚拢，天没亮散开，神不知鬼不觉。

赌博本来就有输有赢，王无忧常年撒鱼，出手最准，故而经常赢钱，时间长了，竟积累下几十贯之多。

　　这一晚，王无忧运气不错，又赢了两三贯，正在兴头上，周围的人都说钱输光了。

　　王无忧怒道："不过两三贯，竟没了？！"

　　话音未落，走来一人，身穿短衣，满脸胡须，头戴黑帽，额角高高鼓起，道："我与你赌！"

　　王无忧乐道："好胆！且看你爷爷我手彩！"

　　怎料那人手艺极高，一来二去，将王无忧身上的钱都赢了去。

　　王无忧满脸通红，道："明晚你来不？"

　　那人道："来呀，如何不来？"

　　王无忧说："好！明晚好战一场！"

　　那人呵呵一笑走出门，飘然而逝。

　　第二日，果应约而来，照样赢得王无忧不剩一钱。

　　第三日、第四日皆是如此。

　　十来天，王无忧不但将先前赢的那几十贯输得精光，反倒还欠了不少。他懊恼无比，垂头丧气在门口寻思着如何是好，见张道士摇摇晃晃走了过来。

　　张道士来到近前，看看王无忧，道："无忧呀，半个月不见，你怎么满脸鬼气？"

　　王无忧听了，拎着张道士就要揍。

　　张道士说："我说真的，你最近做了甚？"

　　王无忧说："没做甚！"

　　这天晚上，不出所料，王无忧又输了三贯钱，想起白日里张道士的提醒，长了个心眼儿，从头到脚仔仔细细打量了那人一遍。顿时觉得蹊跷。

这人并不是十字坡的人，周围的村子王无忧也经常去，不曾见过这般生面孔。这么长时间，问他姓名，他也不说，每次赢完了钱就走，从不多嘴。

那人见王无忧看他，笑说："明晚，再战！"言罢，转身就走。

王无忧悄悄跟在后面，见这人出了土地祠的门，便倏忽不见。王无忧觉得不妙，第二日找到张道士，将事情说了一遍。

张道士听完，笑道："定是有蹊跷，明晚你且去，我暗中察看一番。"

第二晚，王无忧早早就到，那人夜半现身，和往常一样。

刚要赌，张道士从门外进来，说："人这么多，我也来玩两手。"

那人见了张道士，神色慌张，转身想冲出去，见张道士拦在门口，掉头奔入土地祠正殿。众人跟着追进去，发现大殿里空空如也，人影子都无。

王无忧毛骨悚然，问张道士："如何？"

张道士呵呵一笑，领着众人来到大殿偏角，指着一个泥俑问："你们且看看，那人和这泥俑像不像？"

像！

王无忧目瞪口呆。那泥俑，乃是判官下面的一个小鬼儿，牵着马儿。不管是打扮，还是长相，都和那人一模一样！

张道士来到近前，转了转，捅破了泥马的肚子，只听得叮叮当当，几十贯铜钱从里面倾泻而下。众人蜂拥去抢，算一算，数目和大家输的分文不差。

王无忧就问怎么回事儿。

张道士有些不好意思，说："这事儿都怪我。前段时间，我炼丹，找来找去没找到合适的地方，后来觉得此地幽静，就在这里安了丹炉。忙活了一个多月，炼出十来颗，吃了俩，觉得不错，就将剩下的八颗藏了起来，留着以后用。"

王无忧问："你为啥藏起来呀？搞得跟耗子一样！"

张道士说："我身无长物，装在身上，你们放狗咬我，容易丢啊！那么好的丹！"

王无忧说，也是。

张道士说："藏在什么地方呢？思来想去，我就看上了这个泥俑。这家伙肚子是空的，又张着嘴儿，正是藏丹之地。"

王无忧说："所以你就把丹塞进了它肚子里？"

张道士说，然也！

他举着拂尘，抬头看了看屋顶，说："你们看，这土地祠年久失修，上头漏雨，雨水淋下来，渗入泥俑的肚子，催发了那丹，倒是便宜了这货！"

王无忧听了恍然大悟，想起之前被这泥俑戏弄，气得不行，抬手就要毁了泥俑。

张道士急忙阻拦，说："哎哟，你毁它干吗？它也不过是觉得好玩儿而已，你们纯粹是自己找苦头吃，赌博这玩意儿终究是不好的。今日输了几十贯，明日就会是几百贯，赌得厉害了，又没钱，便会铤而走险，打家劫舍，最后难免死于非命，成了它这般的小鬼儿。"

一番话，说得王无忧等人低头不语。

经历了这件事，十字坡人对张道士的印象大为改观。

王无忧说："这夯货，还是有些本事的。"

第六十一

张青花（三）

在金刚寺，张青花是出了名的刺儿头。

当初，破头和尚没圆寂的时候，还有人能管得了他，破头和尚一死，无人能制，他在寺里随心所欲，让管事僧十分头疼，后来没办法，报告给方丈了然。

了然和尚把张青花叫进禅室里，想跟他好好谈谈。

了然说："顶好呀，你来寺里也有些年头了，为什么如此不懂事？"

张青花说："方丈，甚叫个不懂事？"

了然说："我们出家人，应该诚心礼佛，除此之外，打扫庭院、淘米洗菜等，也都是功课，一样重要，为什么别人都干活，你偏偏不听安排？"

张青花说："方丈，我有活儿要干呀！"

了然说："我只听闻你除了诵经、出去晃悠，就是睡觉，没干什么活儿。"

张青花说："方丈，我晃悠、睡觉，和礼佛一样重要呀！"

了然讲不过他，说："事情既然都报到我这里来了，我若不管，不能服众，怎么着我也是方丈，你给我个面子行不？"

张青花说："行呀，也就看在你的面子上。"

了然说："我先谢谢你。得给你分配个活儿，你想干啥？"

张青花说："淘米洗菜我是不干的。"

了然说："打扫清洁，如何？各处都有人了，唯有后面阎罗殿缺人，你去吧。"

张青花说："领方丈法旨。"

出来，找管事僧要了一把笤帚，去阎罗殿打扫。

阎罗殿，应该是金刚寺最有年头的大殿了，来祭拜的人很少，疏于打理，蛛网遍布，尘厚三指。

张青花扎着头巾，里里外外打扫了一遍，累得够呛，靠在柱子上一边歇息，一边看墙上的壁画，见画中有个牛头阿旁，身穿黑衣，手拿铁链，须发贲张，不禁哈哈大笑，用手中笤帚咣咣拍其脸面，说："这厮真是丑！"

晚上在屋里诵经，忽听得门外风雨之声，房门自开，阴冷无比。张青花抬头，见灯下立着一个黑影，高一丈多，黑衣牛头，执铁链，与白日里所见壁画上那牛头阿旁一模一样。

牛头阿旁问："你是张青花吧？"

"是我，作甚？"

牛头阿旁冷笑道："你这厮可恶！素闻你劣迹斑斑，有辱佛门，近日侥幸，犯在我手里，锁你入阴！"

张青花说："我寿元未尽，定是你这货公报私仇。"

牛头阿旁从袖中出一谍文以示，说："你这厮且看清了，此乃判官所下谍文，非我公报私仇！不过，今日你这厮竟说我丑，嘿嘿，犯到我手，定让你吃尽苦头，快起，随我走！"

张青花看了看谍文，果然见上面写着："张青花，某年某月寿元尽，特令锁入阴间，重生六道。"

张青花说："罢了罢了，人如草木，皆有一死，随你去也可，不过我这经文才诵了一半，待我诵完如何？"

牛头阿旁大怒，道："你这厮好生混账！阎王让你三更死，不会留你到五更！竟和我讨价还价！"

言罢，举手中铁锁链砸来。

张青花也是暴怒，跳将起来，骂道："你爷爷的！老子已答应随你去，竟不让老子诵完经，甚是无理！你这狗鼠辈，也是欠教训！"遂手持平时外出的铁杖迎击。

一时之间，禅房里叮当作响，火星乱冒。

打了一个多时辰，倒是张青花越战越勇，飞起一脚，踢开铁锁，将那牛头阿旁摁倒在地，骑在身下，抡起斗大的拳头噼里啪啦砸下去，砸得对方鬼哭狼嚎。张青花还觉得不解气，将牛头阿旁的头发、胡须拔个精光，打得累了，才拎起对方丢出门外，骂道："下次，叫你家阎罗王来见我！"

第二日，顶杠来，问昨晚房间里怎么那么大动静。

张青花将事情说了一遍，道："师兄，我原本不想与它一般见识，怎料这货欺人太甚！妈妈的，没看到老子身上这刺青上的字句！"

张青花全身都是刺青，密密麻麻，皆是蛇蝎蜈蚣之类，两臂上更有字迹，左边是："生不怕京兆尹"；右边是："死不怕阎罗王"。

顶杠说："妈妈的！揍得好！下次再来，你叫上我。"

两个人哈哈大笑。

这事闹得寺里人人皆知。了然方丈听了，赶紧去阎罗殿，见壁画上那牛头阿旁果真是头发、胡须都没了，成了秃瓢一个，面目凄苦，而主壁上的阎罗王，也没了平日里的和颜悦色，此时竟怒发冲冠，杀气腾腾。

了然赶紧找来张青花，说："顶好呀，事情闹大了。你那哪里是打牛头阿旁呀，分明是扇阎罗王的脸。他掌管阴间，断人生死，岂能饶你？"

张青花说："方丈呀，一人做事一人当，这事儿你就别管了，反正我不会连累寺里面。"

张青花依然如故，该吃饭吃饭，该溜达溜达，该睡觉睡觉。一连几日，风平浪静。

这天下午，寺里面僧人挖土，不料挖出一个大陶瓮来，高一丈多，想必是前人储粮之用。

张青花见了大喜，让人洗刷干净，道："哈哈，这瓮装我尸体，正好！"

他混账的样子，众僧习以为常，不与他一般见识。

张青花将那大陶瓮搬进房间，找来顶杠，说："师兄，我今晚要吹灯拔蜡了，有件事交代于你。"

顶杠说："你这不活得好好的嘛，说这话作甚？！"

张青花说："不骗你，今晚真活不成了。我死之后，莫要把我烧了，也莫要下葬。"

顶杠说:"那怎么办?"

张青花指着那大瓮说:"你把我光溜溜地装进这大瓮里,放入后山的山洞中,亲自看守三日。"

顶杠问:"就这些?"

张青花说:"是,务必照我说的做。"

顶杠说:"行,你放心吧。"

交代完毕,张青花上了禅床,双腿盘坐,念了一句佛号,双眼一翻,吹灯拔蜡了。

顶杠上前试了鼻息、摸摸脉搏,发现张青花真的嗝屁了,便照他的吩咐,扒光衣服,清洗干净,装入大瓮里,又让几个僧人抬着放入后山的山洞,自己则在洞口的树下端坐,拿着门杠,好生看护,不敢怠慢。

一、二日,倒是无事。待第三日晚上,忽听得山洞之中轰隆巨响,如同雷鸣一般。

顶杠诧异,正要看个究竟,就听得有一青龙长啸一声,自洞中腾然而去,接着又有一大虎咆哮而出,奔入山林。随后,蜘蛛、大蛇、蜈蚣等物,足有几十之多,累累从洞中出,散入草木间。

随后,张青花光溜溜地从里头出来,全身皮肉雪白一片,原先身上的刺青,尽数消失。

顶杠说:"你这是作甚?"

张青花呵呵一笑,叉腰道:"师兄,你莫管,借你手里门杠一用。"

顶杠把门杠交给张青花。

张青花接过,抡了抡,道:"这门杠,确实好用!"

话没说完,忽听得阴风怒号,一牛头阿旁现身近前,后有一辇,富丽堂皇，上坐一人，气象威严，俨然是那阎罗王。更有数百大鬼，手拿各式兵器，簇拥而来。

见了张青花，牛头阿旁指着，对阎罗王道："便是这混账！"

阎罗王喝道："你这夯货，寿元已尽，不但不服羁押，竟还殴打鬼差，今日本王亲来，还不束手就擒？！"

数百大鬼齐声呐喊，纷纷上前。

张青花道："且慢！"

阎罗王说："你还有什么话说？"

张青花说："你们要拿的，是谁？"

阎罗王说："自然是张青花！"

张青花说："是不是满身刺青者？"

阎罗王说："然也！"

张青花哈哈大笑，道："真是瞎了你的狗眼！爷爷我全身雪花一般的好肉，不曾有半点儿刺青，如何唤作张青花？我乃顶好是也！"

阎罗王上下打量了他那光腚溜溜，道："你这厮要滑头！"

张青花道："你管我呢！反正爷爷我不是你们要拿的人，速速滚蛋，若是惹恼了爷爷，信不信我用这门杠放翻你，顺便也拔光你胡须、头发，让你也秃瓢一个？！"

阎罗王气得全身颤抖，声如牛吼，一帮鬼差，也不敢动。

牛头阿旁问："大王，如何是好？"

阎罗王一巴掌扇过去："还能如何？！软的怕硬的，硬的怕愣的，愣的怕不要命的，这货太狠，扯呼！"言罢，率一帮大鬼倏忽而逝。

顶杠在旁边，看得乐死，说："顶好呀，你这事儿干得漂亮！解气！"

张青花叉着腰,说:"我也这么觉得!"

顶杠又说:"不过,还是有点儿不完美的。"

张青花问:"啥?"

顶杠说:"赶紧穿上衣服吧!这光腚溜溜的,实在是不雅观,不雅观啊!"

第六十二

贾老六（三）

贾老六有一天和他媳妇儿李树精吵架，也不知道为什么吵，两口子刚开始在房间里杠，后来一发不可收拾，从屋子里吵到院子里，从院子里吵到大街上，搞得前来围观的人摩肩接踵。

贾老六气得够呛，对李树精说："你走！你走！"

李树精哇的一声哭了，掉头就走。

大家都说，老六呀，你这太过分了，大老爷们儿一个，咋能这么对待媳妇儿呢？

贾老六说："这些女人呀，平时太惯了，蹬鼻子上脸，我非得治治！爱走不走！"

十字坡还是有心善的人，比如金花婆婆，她光着膀子往村口追，过了一会儿，咋咋呼呼回来了，说："老六呀，可不得了了你媳妇儿！"

贾老六听了有些慌，忙站起来，问："怎么了？"

金花婆婆说："你媳妇儿走到村口，往那里咣地一戳，变成了一棵大李树，还在那儿哭呢。哎呀，我活了这么多年，从来没见过树哭成那样的,噼里啪啦往下掉眼泪,跟下大雨一样,你快去看看吧!"

贾老六坐回去,说:"我才不去!不能给她脸!"

大家见劝说不住,也只能各回各家。只有金花婆婆对这事儿上心,三天两头来汇报情况。

金花婆婆说:"老六呀,你媳妇儿还哭着呢!"

金花婆婆说:"老六呀,那么大一棵树,在近前哭出来一条小溪!"

金花婆婆还说:"哎呀,老六,你媳妇儿这回哭得,都开始落叶了!"

贾老六蹲在门口,仰头看天,说:"爱哭不哭!得好好给她上一课!"

又过了两天,金花婆婆急急忙忙来了,说:"老六呀,你赶紧去看看吧,不知道哪里来了一帮人,似乎看上你媳妇儿了,拿着铁锹、锯子,要动手呢。"

贾老六一蹦三尺高,提了木棍,又叫上韦无极等人,奔到村口把那帮无赖子打得满地找牙。

打完了,贾老六说:"你妈妈的,竟敢动我媳妇儿,瞎了你全家狗眼!"

大家乐得不行,说:"老六呀,别嘴硬了,赶紧把媳妇儿领回去得了。"

贾老六说:"这不行,一码归一码,她要认识到错误,自己回去!"说罢,扛着棍子大摇大摆走了。

那棵大李树枝叶乱颤,哭得更凶了。

十字坡人觉得这事儿得管,一方面贾老六和李树精感情很好,是十字坡模范夫妻,大家经常以此为榜样教育小青年们。万一他俩的感情破裂了,影响十字坡声誉。另外一方面,贾老六是里正,管着十字坡大大小小的事儿，这段时间因为和李树精吵架，心情很不好，十字坡一摊子事儿都撂挑子了。

可思来想去，大家也都没啥好办法，便让高道长给出主意。

高道长说："别扯了，让我一个道士去管人家两口子的感情问题，亏你们这帮人想得出来！"

王不愁立马插话说："道长，你这话就胡扯了，你和荻花精谈恋爱，大家可都知道。"

高道长老脸红得跟猴屁股一样。

春四娘踢了王不愁一脚，对高道长说："爸，我倒是有个办法。"

高道长吓一跳："你叫我什么？"

春四娘说："爸呀，有问题吗？"

小高道长在后面拽春四娘后衣襟，说："你胡叫什么呢！咱俩八字还没一撇呢！"

春四娘说："没一撇，我也叫爸！先叫着呗。"

王不愁捂着脸说："你看你们这关系乱的！"

韦无极看不下去了："别扯这些乱七八糟的了，让四娘讲讲啥办法。"

春四娘说："你们一帮臭男人是没法理解我们女人的。现在看，贾老六是不可能服软的，只能从李树精那里想办法。"

王不愁说："有道理！可有啥办法呢？咱们和她都不熟，要不你去？你们都是妖精。"

春四娘说："我呀，也不行，我脾气太暴，我怕没和她说几句，就想揍她。我最看不惯人哭哭啼啼的样子。"

王不愁说："那咋办呀？"

春四娘说:"只能请咱妈了。"

王不愁问:"谁呀?"

春四娘看着高道长,说:"爸,你去青木川把咱妈找来,跟李树精好好说说呗。"

王不愁瞠目结舌:"你让高道长去找荻花精?"

春四娘说:"是呀!荻花精不光人长得美,声音好听,脾气又温柔,和李树精对路子,让她劝一劝,保准儿没问题。对不啦,爸?"

高道长有点儿含糊:"这个,行吗?"

春四娘说:"保准儿行!"

事情就这么定下来了。

在大家的撺掇下,高道长骑驴去了青木川,晚上就把荻花精接了回来。这还是十字坡人第一次看到荻花精,除了王不愁。

长得真美呀!皮肤白白的,头发长长的,鼻子高高的,双目如两泓秋水,双眉似终南黛色,酥口贝齿,音如天籁!

大家都说:"高道长,你太不像话了,这么美的仙子,怎么能你一个人看呢!"

高道长说:"也就……一般般吧。"

春四娘拉着荻花精的手,说:"妈,这事儿就拜托你了。"

荻花精点了点头,独自去了村口,也不知说了些什么,一直到天快亮了,终于领着李树精回来了。

李树精满脸是笑,依依不舍告别了荻花精,回了贾老六屋子里,二人不仅和好如初,反而更腻歪了。

王不愁竖起大拇指,对荻花精说:"还是你厉害!比你男人厉害多了!"

为了感谢（实际上是想找一个欣赏荻花精的机会），十字坡人在春风酒肆摆了酒宴。那晚去的人可多了，不仅把酒肆坐满了，外面的坡地上也全是人。

大家端着酒盏，挨个儿向荻花精敬酒。荻花精来者不拒，张着小口咕嘟咕嘟，一口一盏，脸蛋儿红红的，说话声嗲嗲的，可把大家瞧得头晕目眩。

高道长在旁边很担心，一个劲儿说："差不多了！少喝点儿吧！"

最后大家都醉了，醉得一塌糊涂。

春四娘搂着荻花精，端着酒，说："还是你厉害，我很好奇，你到底跟李树精说了什么，让她回心转意了？"

荻花精笑笑，说："其实也没什么了啦。"

春四娘说："哎呀，你别蹬鼻子上脸哈！赶紧给老娘说说，老娘也学一手，将来对付小高。"

荻花精说："世间男人都那样，不管多大年纪，不过是个孩子，要哄的，哪能和男人杠起来呢。"

春四娘说："也不能没原则吧？"

荻花精说："甜言蜜语，不管是谁都喜欢的。总之一句话，要想尽方法，让男人挂念着你。你看高道长，七十多岁了，有时候还是不懂事，我和他相处，就让着他，不和他一般见识，谁让他小呢，对吧？"

春四娘说："也是，贾老六在李树精面前，也不过是个孩子。"

荻花精说："是呀，咱们做女人的，得心疼、体贴男人，忍让一下。再用点儿手段，男人自然就服服帖帖的了。"

春四娘说："哎呀，我最喜欢使手段了！你给我好好说说。"

荻花精说:"比如我和高道长,如果我不说我失忆,他能每年屁颠儿屁颠儿地去青木川找我?正因为我这样,他才会觉得有种新鲜感。"

春四娘目瞪口呆:"妈呀!你每年都忘记以前的事儿,竟然……是假的?!"

荻花精说:"当然啦,这就是手段,善意的手段。你看看,我和高道长关系有多好现在……"

话还没说完,一旁躺倒在地的高道长蹦了起来。老头子气得胡子都撅起来了,指着荻花精,痛哭流涕:"好啊!好啊!你竟然骗我!太过分了!你走!你走!"

俩人当场杠了起来。

大家都愣了,赶紧去劝架。

王不愁说:"道长呀,你这太过分了,大老爷们儿一个,咋能这么对待媳妇儿呢?"

高道长哇哇地哭,说:"这些女人呀,平时太惯了,蹬鼻子上脸,我非得治治!爱走不走!"

荻花精站起来,哭哭啼啼走了。

大家让高道长赶紧去追。

高道长说:"我不去!我要和她分手!立马分手!"

金花婆婆怕出意外,跟着荻花精出去,过了不久,跑回来了,说:"哎呀,可不好了!"

高道长问:"怎么了?也跟李树精一样,在村口杵着呢?"

金花婆婆说:"比李树精阵势大多了!你们赶紧都去看看吧!她往村中间一站,咱十字坡瞬间成芦苇荡啦,那家伙,到处都是荻花,飘得下雪一样，我都迷路了！哦，赶紧去救贾老六！"

高道长又问："贾老六怎么了？"

金花婆婆说："他不是有哮喘嘛，荻花飘得到处都是。哮喘犯了，翻着两眼，一口气儿没上来，瘫了！李树精正和你媳妇儿在村里打架呢，又是抓又是咬，还扯头发！没想到么美的姑娘，打起架来，那么酣畅淋漓！"

王不愁在一边提醒："婆婆，你这形容词用错了！"

高道长觉得头大。

小高道长问："师父，怎么办？"

春四娘说："爸，要不你去劝劝妈吧？"

高道长抱着脑袋，仰头望天，说："让我静静，让我静静，我现在，他娘的有点儿乱！"

那是十字坡人第一次听到高道长爆粗口。

第六十三

张青花（四）

荻花精这事儿闹得有些大。

倒不是因为她和高道长吵架，而是因为她严重影响了十字坡人的日常生活。大家推举王不愁为代表，去找贾老六。

王不愁说："老六呀，你得赶紧去找荻花精说说，咱们十字坡现在都变成森林了！到处都是两三丈高的芦苇，街道、院子、酒肆、茶馆、田地，到处都是，曲曲绕绕，大家出门就迷路。昨天康昆仑带着一帮手下来打劫，从早晨绕到晚上还没进村，直接气哭了，说再也不来了，搞得大家很过意不去！还有，荻花那玩意儿跟蒲公英一样，钻进鼻子、嗓子眼儿里，可难受了！大家只能扯布自己做口罩，没布的，只能用枕巾，头脸蒙得死死的，呼吸困难，经常还迎面撞在一起……"

贾老六蹲在门口，脑袋上也罩着个枕巾，嗡嗡地说："你找我也没用呀！一方面，我有哮喘；另外一方面，她上次跟我媳妇儿打架，把我媳妇儿打惨了，我要是去，我媳妇儿肯定不愿意，她再离家出走，又在村口杵成一棵树，哭哭啼啼的，岂不更乱？！"

王不愁觉得贾老六言之有理，只能讪讪地出来。正发愁呢，迎面撞着个人，仔细一看，是张青花。

张青花没有蒙头，鼻孔里塞着两根筷子，说："你们这里到底怎么回事儿？荻花都飘到金刚寺了，刚开始那帮家伙以为是下雪，个个装清雅，又是沐浴又是熏香，说是赏雪咏诗，结果推门出来，被荻花搞得当场窒息了七八个！方丈让我来问问。"

王不愁把事情讲了一遍，说："青花呀，这事儿，你能不能给管管？"

张青花双手合十，说："不愁，我现在叫顶好，你再叫我青花，我跟你急！妈妈的，这名字一叫，阎罗王要来找我的。"

王不愁改口说："顶好啊，你给管管吧！"

张青花说："妈妈的，这事儿，你为啥不去找高道长呢？"

王不愁说："高道长说他已经和荻花精分手了，没关系了。"

张青花说："前一晚还郎情妾意看月亮，转脸立马说分手，男人果真没一个好东西！荻花精现在在哪儿呢？"

王不愁说："住在春四娘的春风酒肆。"

张青花说："行，我去找她。"

到春风酒肆门口，但见荻花如雪，深可没腰，进了店中，见荻花精哭得梨花带雨，泪飞而生花，飘飘荡荡。

张青花坐下，聊了几句，说："你和高道长的事儿，是你们俩的事儿，如今搞得十字坡鸡犬不宁，怨气冲天，时间久了，怕是上天要责罚于你。"

荻花精说："我也知道呀，可收法术的办法，我给忘了。"

春四娘在一旁听得恼火，说："被你整糊涂了，你这记性，到底是好是坏呀？"

荻花精说："有时好，有时坏。"

张青花说："也罢，这事儿，我帮你解了，事情完了，你得跟高道长和好，别整事儿了。"

荻花精说："好"。

张青花向春四娘借了一个铜盆，又借了几匹大布，在门外搭建了一个帷幕，铜盆装上水，放置其中，嘱咐人不得进，举步入帐，高声诵经。

夜幕四合时，听得空中有风雷之声，一物落于帐内，水花翻响，继而腥气扑鼻。春四娘好奇，爬到屋檐上看，见铜盆中潜伏一物，通体青色，头生双角，鳞甲赫然，才知是龙。

张青花盘腿而坐，以手中禅杖敲龙头，嘀嘀咕咕，龙沉声而应，夜半，腾空飞去！

是夜，十字坡风雨大作，霹雳交加，轰隆之声不绝于耳，众人皆龟缩室内，不敢出门。

第二天早晨，十字坡原本的万千芦苇悉数不见，街道、房舍干干净净。荻花精对张青花千恩万谢，转头就去找高道长和好了。

春四娘问张青花："昨晚那龙咋回事儿？"

张青花大笑，说："让你看笑话了，那龙，乃是当年我文在身上的刺青，没啥大用，想不到这次派上用场了。"

春四娘问："那么多的芦苇，被龙弄哪里去了？"

张青花说："这个我也不知道。"

过几日，有过客来十字坡，在春风酒肆歇脚，说终南山一处山岗，原本土岭一个，无草木，忽有一夜，大雨霹雳齐下，一青龙盘领，翌日满山长满芦苇，当地人皆以为奇，称之为"龙苇岭"。

第六十四

贾老六（四）

贾老六和媳妇儿李树精感情很好，相敬如宾，举案齐眉，但就是有个小遗憾——结婚好几年了，还没生下个一男半女。

十字坡人经常为这事儿拿贾老六打趣，比如王不愁。每次见到贾老六，他都会说上一句："老六啊，你到底行不行啊？"

贾老六回："怎么不行呢？！男人，无论如何也不能不行啊！"

白天忙工作，晚上忙耕耘，贾老六觉得自己仿佛一头拉着犁子哼哧哼哧的老牛，竭尽全力，田地还是一片荒芜。

为这事儿，贾老六专门去找过方相云。

贾老六说："怀不上孩子，是不是因为我俩物种不一样呀？"

方相云问："啥？"

贾老六说："我的意思是说，人和树，能生崽儿吗？"

方相云说："这种事情吧，得看天意。"

贾老六认为方相云说得有道理，自此有空便带着李树精去跪拜，金刚寺、清凉观……据说连长安的胡僧祠都去过，但李树精的肚子依然不见动静。

有一次贾老六在春风酒肆喝闷酒，碰到了毛不收。

毛不收说："老六呀，你媳妇儿是大李树，体寒，应该调理调理。"

贾老六问："怎么调理呢？"

毛不收说："最好是饮食上调理一番，比如多喝点儿鱼汤。"

贾老六记住了，一日三餐给李树精喝鱼汤，把李树精喝得看到鱼就反胃。

后来，毛不收说，鳖汤也行。

贾老六又满世界找老鳖。夏天、秋天还好，鱼呀鳖呀，得来容易，可到了冬天，天寒地冻，河面结冰，就难抓了。

贾老六看着家里的鱼缸，正发愁呢，王不愁来了。

王不愁问："这愁眉苦脸的，咋了？"

贾老六说："鱼没了，鳖也没了，孩子也要没了。"

王不愁说："我估摸着你应该山穷水尽了，特意跑一趟。"

贾老六大喜，拽住王不愁问："你有办法？"

王不愁说："南塘那边，可以整一整。"

南塘是十字坡南边的一片水地，有十几亩，王不愁在那里种了藕，冬天的时候挖出来到长安卖。

王不愁说："塘里有一片水，阔约一亩，经年不干，好多年都没拾掇了，你我两个，打上坝子，把水排出去，我挖藕，里面的鱼虾都给你，岂不美哉？"

贾老六握着王不愁的手，感动得一把鼻涕一把泪："不愁呀，你可是帮我大忙了！"

说干就干。俩人到了南塘，打了坝子，三天三夜没合眼，总算是把水清干了，却没看到一只鱼虾！

王不愁觉得奇怪，走到中间的水坑里，看了看，叫道："天，怪不得一条鱼都没有，原来这里有鳖哦！"

贾老六去看，果然见坑中有俩鳖，大如车轮，全身黝黑，趴着不动。

王不愁说："真是稀奇了，鳖是灵物，风吹草动便会逃之夭夭，这俩看上去也有百岁，为何这么老实趴在这里。"

贾老六说："不管了，这俩大鳖宰了，半月的鳖汤足够！"

俩人费力把大鳖捆上，拖出来。

王不愁又下水，叫道："还有呢！"

水坑里，两只鳖原先趴着的地方，密密麻麻冒出好多小鳖来，每只大如碗口，足有上百之多。

王不愁说："老六，你且放心吧，这些鳖，足够让你媳妇儿的鳖汤喝到开春。"

贾老六也说是。

两人取来竹篓，将小鳖丢入篓中，见先前那两只大鳖奔到篓前，趴伏在地，对着贾老六频频做磕头状，双目流泪，嘶嘶乱叫。

贾老六蹲在跟前儿，说："不愁呀，你帮我把这些鳖放了吧。"

王不愁说："你脑子坏了！放了这些，你媳妇儿的鳖汤哪里找？"

贾老六长叹一声，说："我为生子费尽心力，这俩大鳖，孕此百子，想必更是艰难！我子是子，鳖子亦是子！我为求子，而杀鳖百子，与禽兽何异？放了吧！"

王不愁问："你想好了？"

贾老六说："想好了。"

王不愁和贾老六抬着竹篓，将那数百小鳖放入青木川，又将那俩大鳖送走。大鳖入水，徘徊良久，乃去。

是夜，贾老六做了一个梦，梦见一男一女俩黑衣人来到近前，长揖而拜，说："善人放我百子，无以为报，愿为善人子！"

言罢，倏忽不见。

第二年开春，王不愁说打渔时在青木川看到死了两只大鳖，应该是先前放走的那俩。

不久之后，李树精天天恶心吐酸水，贾老六请毛不收来，毛不收诊了脉，说李树精怀上了。

十月怀胎，一朝分娩，李树精一生就是俩，一男一女，甚是可爱。贾老六老树开花，十字坡以之为盛事。孩子满月那天，贾老六摆了几十桌，请所有人入宴。

那俩孩子长得真是好，就是皮肤太黑，煤球一样。满月后，贾老六抱着俩孩子去祖坟告祭，过青木川，一个大浪打过来，木船倾覆，俩孩子卷入浪中，转眼就不见了。

贾老六趴在船帮上呼天抢地，正哭号呢，见水花四起，那俩崽子在水中扑腾、游弋，如履平地！

贾老六哭笑不得，叉腰而骂："这俩夯货，果然是鳖羔子！"

第六十五

刘算述（三）

有一年，刘算述生意很不好。

那一年天下大乱，狼烟四起，生灵涂炭，生者如草芥，死者填沟渠。性命都朝夕不保，谁还有心思做衣裳？刘算述的裁缝铺几个月都没人上门，虽说一人吃饱全家不饿，可赚不了钱，柴米油盐总归成了问题。

刘算述见王无忧驾着一条小船在烟波中来去，每晚总能得两三尾大鱼，心生羡慕，便取来针线、砍下院外青竹，制成钓竿，披上蓑衣，去青木川做个渔翁。

钓鱼这件事儿听起来优雅，面对一池碧水，听得风吹鸟鸣，观云升雾腾，应该很惬意。但这种风雅只限于清玩之客。刘算述没这个心思，毕竟他钓鱼是为了填饱肚子。

在青木川晃悠了三五天，别说大鱼了，连尺把长的小鱼都没钓到一条，真是呜呼哀哉。

一日出门，碰到张道士，打了个招呼，却被他一把扯住："算述呀，你这又要去青木川钓鱼？"

刘算述说:"是啊。"

张道士说:"早晨我心里突突直跳,算了一卦,今日有灾于西北方,祸从水中出,应该是青木川,你最好别去。"

刘算述说:"我不去,你管我饭啊?"

张道士说:"我还不知道哪里吃饭呢!"

刘算述说:"那你说个球呀!"

言罢,扛着鱼竿,就要走。

张道士说:"你这人真是牛脾气。乡里乡亲的,别说我没帮你。这个拿着!"

张道士从背篓里拿出一个陶罐。

刘算述接过去,还挺沉,就问:"这里面装的什么?"

张道士说:"乃是黑狗血,极为珍贵,遇到凶险,便泼洒出去,关键时刻,说不定可救你一命。"

刘算述说:"我用不着这玩意儿。"

张道士苦着脸:"我这一片好心被你当成驴肝肺!算我求你了,拿上吧!"

刘算述推脱不了,只得拿了陶罐,晃晃悠悠去了青木川。

刘算述在岸上坐了几个时辰,腚都疼了,依然无鱼咬钩,正要收拾东西回家,却见半天突然阴云密布,闪电叱咤而下,天雷隆隆而来!刘算述立在雷雨之中,只觉得头发倒竖,抖如筛糠,心说,完了!不听张道士的话,今日真的要算述了。

正念叨着,忽见半空浓云中现出一雷公,鸟嘴鸦面,肋生双翅,狰狞无比,手持雷锤,击下霹雳,落入河中,水幕炸起,地动山摇,便是礁石，也化为飞灰。继而，河中闷响，一鲇鱼大如渡船，全身漆黑如墨，被雷炸得血肉横飞，尾焦皮烂。

鲇鱼四处躲闪，终逃不出雷阵，浮出水面，露出巨大头颅，对着雷公叩拜，似有求饶之意，双目含泪，甚是可怜。

那雷公嗷嗷乱叫，毫不客气，踏云来到河岸，骂道："你这孽障，私自修行，坏了天道正统。妖者，异端也，饶你不得！今日且让你灰灰了去！"

刘算述听了这话，顿时来气，大声道："你那鸟嘴人！我有话问你！"

雷公转头，见刘算述站在芦苇中，先是吃了一惊，又道："凡人速去，本神尊在此办差，休得打扰！"

刘算述说："人家一条鲇鱼，自己玩儿自己的，辛苦修行，关你甚事？"

雷公道："天道鸿鸿，肖然正气，妖者，违犯天条，自当惩戒！"

刘算述问："这鲇鱼吃人了没？"

雷公答："不曾。"

刘算述又问："那它吃牲畜了？"

雷公答："不曾。"

刘算述再问："它干坏事儿了？"

雷公答："似乎，也不曾。"

刘算述问："一没吃人二没吃牲畜三没干坏事儿，你凭什么杀它？"

雷公说："就凭它是妖！"

刘算述火冒三丈，弯腰拿起陶罐，甩手对着雷公就砸了过去。

雷公见黑乎乎一物迎面飞来，一拳打过，陶罐应声而碎，被里面的黑狗血从头到脚洒了一身。

只见雷公惨叫一声："啊呀！"自空中一头栽倒，大头朝下，跌落在河滩上。

刘算述走到跟前，举起手里的钓竿，噼里啪啦将雷公一通暴揍："就因为人家是妖，你就要取人性命！你他妈也不撒泡尿照照自己，就你这模样，比妖怪都难看！"

雷公双翅耷拉着，两手护住脸："我是雷神！贼子，怎敢如此！"

刘算述干脆用脚踹："还雷神？雷神长你这模样？我看你，不过也是雷部里面的一个小狗腿子！再说，今日你无理，便是雷神亲自来了，老子也照打不误！"

一通猛打，打得雷公鬼哭狼嚎，最后拖着翅膀，跳入河里，一溜烟儿逃了。

刘算述神清气爽，回头见河中，那巨鮎已消失不见，又见河滩上一物金光闪闪，走过去捡起来，竟是雷公先前用的雷锤，赤金所作，重十斤有余。刘算述大喜，连夜去长安城卖了，得钱五百千，不仅自己买了吃穿用度，更雇了好几辆大车，挨家挨户送粮食和衣服。

整个十字坡喜气洋洋。

刘算述还特意给张道士送了份大礼，张道士接了，喜不自胜，问刘算述哪里发的财。刘算述将青木川的事情说了一遍，把张道士吓得不轻。

张道士问："雷公你也敢打？"

刘算述说："那般不讲理，欺负人，不打他打谁？对了，多亏你的黑狗血，不然我十有八九打不过他。"

张道士叫声苦也，说："这下可算是惹事儿了。你那般打他，他岂能饶你？说不定过几天便会降下雷霆劈死你。"

刘算述说:"那怎么办呀?要不,你帮我去跟雷公说说情?"

张道士说:"可拉倒吧!我只会降妖除魔,跟雷公谈判的事儿,不会。"

刘算述说:"那就是说,我一定会灰灰了去?"

张道士沉吟了半天,说:"这种事儿,你去找老高吧。"

刘算述去了清凉观,把事情说了一遍。

高道长哈哈大笑,说:"你揍的那个家伙不是什么雷神,是雷部专门降雷收妖的雷七,我听说,这家伙一直名声不好,喜欢欺负那些没根底的妖怪,逼着人家献上供奉。你且宽心,雷击杀人,那是需要雷部正神同意的:一来雷七这事儿本身就不地道,他只能打碎牙齿往肚里咽;二来,他若真击杀了你,也只会吃不了兜着走。"

刘算述乐得不行,回家该吃吃该喝喝。高道长说得不错,这事儿,就跟屁一样,放了就放了。

一晃好几年过去了。

有一年,刘算述去太原走亲戚,到黄河的时候,天快黑了。

当时天气也不好,风雨大作。前不着村后不着店,只有上了渡船到对岸,才有歇息的驿站和村落。刘算述一路小跑来到渡口,见那渡船正要开拔。

刘算述飞奔而去,跳上渡船,心中直道运气。

正喘着气呢,忽见渡口上来了个老头儿,大声道:"刘公子!刘公子!切莫渡船!"

刘算述见老头对自己喊,又不认识对方,道:"老人家,你认错人了。"

老头来到跟前,一把扯住刘算述,说:"这船你不能坐!"

刘算述说："你谁呀？别碍事儿！"

老头急得不行，薅住刘算述，说："反正你就是不能坐！"

两人在船上撕扯，船上其他的二三十个渡客急了，都道："你们打架下去打，别耽误我等赶路！"摆渡的船工也很生气，把刘算述一竿子捅下了船。

站在栈板上，见大船悠悠驶入黄河，刘算述气得要命。

"这可是最后一班船，错过了，我晚上要在野地里淋雨了！"

老头指了指黄河，道："刘公子，你看！"

刘算述转过头去，见那大船驶入河心，忽然波涛翻滚，一个大浪打来，樯倾楫摧，船上二三十人连同那船工，皆被浊浊黄河水吞没！

刘算述直冒冷汗，对老头长揖而拜，连连道谢。

老头说："此小事耳。刘公子是我恩人，小老儿实不忍心见你做黄河水下鬼，特地现身相救。"

刘算述纳闷儿："老先生，我实在不认识你呀？"

老头说："刘公子还记得当年青木川的那条大鲇鱼否？"

言罢，老头哈哈大笑，跳入黄河，游荡而去。

第六十六

刘算述（四）

刘算述有一次去长安，给监察御史徐公做衣服，见徐公书房外有一簇竹子甚是奇异——通体紫色，温润如玉，竹节如金，颀长而直，扣之有金石之声，不似常物，十分喜爱。

做完了衣服，刘算述服侍徐公穿上。

徐公对镜看了看，笑道："四十年前考中科举，大雁题名，曲江游宴，圣人亲赐一装，风雅而贵，你这巧手，不比宫中匠人差。"

刘算述说："您太过奖了，不过是讨生活的手艺而已。"

徐公很高兴，要重赏刘算述。

刘算述说："小子我冒昧，不想要银钱，想跟徐公您讨样东西。"

徐公问："你想要什么？"

刘算述指着窗外，说："我很喜欢徐公窗外的那簇紫竹，想请您赏我几株。"

徐公大笑，道："你这小子，真是识货。此物乃是川蜀有人深山中得，以为奇异，当地官员转呈送入大内，圣人不喜，转而赠我。此竹风节贵于凡竹，铮铮铁骨，又姿态万千，也是我心头爱物。你既喜欢，且分几株去。"

刘算述大喜，小心翼翼分了三两株竹子，连夜运回自己家中，于院角栽种，每日悉心照顾。

说来奇怪，那紫竹生命力顽强，两三个月，就长满庭院。风雨之夜，听雨打竹叶之声，是刘算述的一大乐事。

一晚，刘算述像平时那样，取酒对月，忽听得有呻吟声自院里传来，似是十分痛苦，起来踅摸一番，院里一个人影儿都没有。

自此之后，呻吟声每晚都响起，而满院的紫竹，竟全部枯死。

刘算述觉得怪异，摆了香案，祭奠一番，说："不知你是何怪，有何事，且来找我。"

当晚，刘算述做了一个梦，梦见一大汉，穿着不是本朝衣衫，捂着右眼，对刘算述说："我非人，鬼也，生于汉，亡后葬于你家院角。原本相安无事，但你那灵竹坏我棺椁，损我骨骸，夜夜痛苦，还请相救则个。"

第二天醒来后，刘算述找来锄头，在院角刨下去，不过三尺，果然见一棺，木已朽坏，紫竹根扎入其中，盘踞尸骸，一小根已深入骷髅右眼，甚深。

刘算述清理了竹根，买了口棺材，将那骨骸收殓，好生葬于十字坡南田中。

晚上，梦见那人大步而来，满脸是笑，说："多谢刘君，不仅解我痛苦，还为我重葬，魂魄安生，乃是大恩，定当相报！"

刘算述说："小事一桩，不用客气。你既然在我院角地下，应该早相见，我这人就喜欢交朋友。"

那人说："实不相瞒，我乃枯骨而已，早就灵散，因你那紫竹沾染了灵气，我方才魂结魄回。"

刘算述说："如此说来，那紫竹倒是灵物。"

那人说："然也，此物世间罕见。"

二人在梦里聊了一夜，话很投机，惺惺相惜。

第二天早晨醒来，刘算述乐得不行，只觉得事情好玩儿而已，并未放在心上，哪想干活儿之时，发现了怪异——水缸里的水满了，桌上放着热腾腾的饭，要剪裁的布匹也被整理得整整齐齐……

又听到舂机响，来到偏房一看，见舂机似有人踏，起起伏伏，正在那儿舂米呢！

此后，家中杂事，彻底不需刘算述操心，都是那鬼来做。白天一块儿做活儿，晚上则一起喝酒聊天，刘算述称对方为"鬼友"，日子过得好不逍遥。

有一晚，刘算述和鬼友聊天，鬼友唉声叹气。刘算述就问怎么回事。

鬼友说："实不相瞒，明晚还请刘公你不要在家中留宿，可出外躲避一晚，否则有性命之忧。"

刘算述问原因，鬼友也不说，喝完酒，拜辞而去。

第二天是八月十五，刘算述喝得大醉，早把鬼友的话忘到九霄云外，摇摇晃晃回到家中，倒头就睡。哪料到夜半火起，借着风势，席卷升腾，刘算述困在火龙之中，眼见得要墙倒屋塌、死于非命，就见一黑影循迹而来，正是那鬼友，他将刘算述夹在腋下，腾空飞出。

刘算述双脚沾地，一身冷汗，正要道谢，那鬼友拱手拜了拜，倏忽不见。

翌日清晨，贾老六跑来找刘算述，说不知怎么回事，刘算述的那块地直冒烟。刘算述到了地边，发现烟从鬼友的坟中起，忙和贾老六灭火，扒开坟墓，见鬼友木棺烧得稀烂，骨骸无存。

刘算述一屁股坐在地上，直扇自己耳光。

贾老六问怎么回事。

刘算述看着那坟说："若不是昨晚喝了那些黄汤，我也不会没了鬼友！"

自此，那鬼友再也没有出现。

有时，刘算述会去偏房看看那春机。他很希望再听到春机的响声，能再见那鬼友一面。

第六十七

顶赞（三）

　　顶赞自从娶了绿珠，家里开销一下子大了起来。

　　武候的薪水很少，所以除了干好本职工作，顶赞琢磨着，闲暇之余得赚点儿外快。可干什么好呢？十字坡巴掌大的一片地方，家家自给自足，要挣钱，还得别处想办法。

　　有一次在山里稽捕盗匪，时值盛夏，山中花树葱茏，早熟的果子又大又香，远比田里种的要新鲜有味。顶赞找了个篮子，晨时采摘，盖上荷叶，洒上清水，骑马奔入长安。

　　那果子青翠可爱，沾染着露水和山气，味道美得很。顶赞本就心灵手巧，每颗果子都是他精挑细选的，所以很快就卖完了。

　　日日去长安，顶赞的名头传开了。很多人都知道有那么一个小伙子，卖的果子好。渐渐地，顶赞积累了一些固定的主顾。

　　顶赞不摆摊了，隔三岔五便将水果送入雇主家，如同走亲戚一般。

　　最大的主顾，是万年县令。

　　这位县令五十多岁了，生性恬淡，无欲无求，爱吃顶赞的果子。顶赞也很喜欢县令，送的果子不仅分量足、质量好，而且总会随着时令，将当季最新鲜的水果放到县令案头，再加上顶赞喜欢讲一些乡间传闻，县令更是喜欢得很，经常留顶赞一起吃饭。

有一年大旱，四五个月没下雨。土地龟裂，禾苗干枯，连终南山也蔫巴起来。顶赞给县令送果子时，有些不好意思。

顶赞说："今年缺雨水，果子长不大。"

县令说："能吃到果子已经很不错了，再不下雨，恐怕老百姓连饭都吃不上了。"

县令很忧愁。

县令的心情，顶赞很理解。

那年开春，绿珠在十字坡北面开辟了两亩菜园。她是个好女人，虽出身侍女，但后来成为大将军的宠姬，从没摸过针线，更别说农事了。见顶赞辛苦，绿珠总想着帮衬点儿。那两亩菜园，绿珠举着锄头一点儿一点儿垦出来，一双玉手磨得满是血泡。种上了菜，每日悉心呵护，本想着能有个收成，赚些银钱，可因这大旱，菜秧凋零，急得绿珠每天从四五里外的河里挑水，即便如此，仍是杯水车薪。

县令心情不好，就喝酒，而且让顶赞一起陪着喝。两个人喝了六七坛，眼见得快到宵禁，顶赞赶紧起身告辞。

上了马，急急出了长安城，阵阵凉风吹过来，顶赞只觉得头重脚轻，吐得昏天黑地。走了几里地，顶赞晕头转向，实在行不了路，掉转马头往林子里去。

这一带他很熟悉，林中有座小庙，供奉的是龙王，年久失修，无有僧人、庙祝，倒是个休憩的好地方。

第六十七 顶赞（三）

进了庙，顶赞把马拴在院子里，将门从里面插上门闩，于大殿走廊处寻了个地方躺下，呼呼大睡。

不知睡了多久，恍惚听到有人敲门，声音很响。顶赞听得大殿中传来声音："什么人？"

外头回答："得上命，让我找龙王行雨！"

大殿中的声音说："龙王全家去东海做客了，没人。"

外头明显着急了，道："此乃上命，耽误不得，如何是好？"

大殿中的声音沉默了一会儿，道："无法也！"

外头道："廊下卧者，可乎？"

大殿中声音道："不过是个凡人过客，恐不堪大用。"

外头道："死马当活马医，只能如此了。"

言罢，一白衣人出现在顶赞跟前，让顶赞起来。顶赞晃晃悠悠站起，不由自主跟着白衣人走出庙外，却见周围云气升腾，恍然仙境。

门口爬伏一兽，全身漆黑，宛若蟠龙。白衣人让顶赞上了兽身，递给顶赞一个金瓶，嘱咐说："且捧着这瓶出去，一会儿降雨，你莫乱动，随此兽动作即可。"

说完，那兽腾然而起，飞升入空。

顶赞捧着金瓶，只觉得耳边风声呼啸，往下看，见下方山川河流历历在目，村舍小如螺壳。那金瓶之中水声骤响，一滴滴水飞出瓶外，化成雨水，淅沥而下。

顶赞知是行雨，心中大喜。周游一番，来到一处看了看，发现正是十字坡，顶赞暗道："四五个月没下雨，这一两滴如何够？"

他偷偷将金瓶倾斜，倒了一股水下去，暗乐。

忙了一阵，随兽落于庙前，白衣人收了金瓶，带着那兽隐去。顶赞进庙，见自己身体还躺在走廊下呼呼大睡，这才发觉自己是灵魂出窍，赶紧归体醒来。

此时天快亮了，顶赞忙上马回家。一路上，见田地湿透，草木葱茏，顶赞甚是欣喜。

怎想，到了十字坡，却见一片汪洋大水，铺展如湖，村中水过人腰，贾老六正带人排水，家家户户叫苦不迭。

顶赞忙问贾老六怎么回事。

贾老六说："也不知道是哪个天杀的龙王！昨晚下雨，别处都是下得不多不少，唯独我们十字坡，简直如同天河水往下倒，转瞬之间，一村人成了鱼虾！你赶紧回去看你媳妇儿吧！"

顶赞目瞪口呆，蹚水入家，见绿珠不在，四下寻觅，见绿珠站在菜地旁发呆。

辛辛苦苦开垦出来的两三亩菜地被冲得面目全非，已成了一个大大的池塘。

顶赞狠狠扇了自己两巴掌，把事情原原本本讲给绿珠听。

顶赞说："我真傻，真的！我原以为多倒点儿水，咱们十字坡就能多下点儿雨，哪知道下这么大！"

绿珠转过脸，看着顶赞，神情严肃地说："顶赞呀，我跟你商量个事儿……"

顶赞插话说："绿珠，我知道你肯定恨透我了，你要打我一顿？"

绿珠摇头，皱着眉头，说："不是。"

顶赞说："难道……难道你要跟我离婚？"

绿珠伸手将顶赞推倒在地："想什么呢你！"

顶赞坐在泥水里，仰着脸道："那你要干吗？"

绿珠说："因为你个狗东西，好好的菜地成了池塘，我在想，咱就养鱼吧！"

顶赞忙说："好呀好呀，只要你不跟我离婚，养龙都没问题！"

绿珠说："养个屁的龙！"

两个人站在水里相互看着，面面相觑，忽然又同时哈哈大笑起来。

第六十八

顶赞（四）

听到黑背鸦叫了一声，顶赞便起床了。

此时，天往往还没亮。世界沉浸在混沌里，沉浸在雾气里。

顶赞最近很忙。

两三亩大的鱼塘里刚放了鱼苗。正是成长的时候，鱼儿胃口很好，每天都能吃掉一大车的青草。坡南的六七亩地种了高粱，吃了水，噌噌长，顶赞已经跟春风酒肆的春四娘说好了，等高粱熟了，就拉去酿最好的春风酿。但除草匀苗这种事儿，终究是少不了的。

最头疼的是青木川旁的那块滩涂地。那块地种不好庄稼，顶赞觉得荒着太可惜，便和绿珠商量了一下，种上了牡丹，母株是从万年县令那里要来的，听说来自宫廷呢。等花开了，就拿到长安城卖，应该能卖个好价钱。要想花好，逮虫、施肥，一样都少不了。

除了把武候干好，顶赞还要操持这些事儿，日日累得筋疲力尽。绿珠看在眼里，疼在心上，把家里存下来的五贯钱拿出来，让顶赞去长安牲口行里买头犍牛，这样也能顶顶人力。

第六十八　顶赞（四）

顶赞乐呵呵地把钱揣在怀里，起了个大早去长安。等到了牲口行，已经日上三竿了。

那里人头涌动，马、牛、骡子、驴……牲口们和人挤在一起，叫得欢快。

顶赞背着双手，在牲口中穿梭。这是家里仅有的五贯钱，得好好掂摸，买一头最划算的犍牛！

晃悠了一两个时辰，都没看到合适的，要么价格太高，要么牛不合适。中午时分，顶赞饿得肚子咕咕叫，正要去外面买几块胡饼，就听得身后传来喧嚣声。

顶赞凑过去，见一匹大青骡子躺倒在地，口吐白沫。

骡主是个汉子，对周围人说："各位，谁懂调理牲畜，给帮帮忙？"

大家都笑。

有人说："调理个屁呀！请大夫灌草药的钱，都能买这骡子了。"

话说得没错，那骡子太老了，牙口都快磨平了，皮包骨，颤颤巍巍，一阵风吹来估计就会倒下去。

主人对着骡子猛踢了几脚，骂道："直娘贼，原本指望你能卖些钱，偏偏这时候出状况！混账东西！"

骡子被踢得全身颤抖，两行老泪潸然而下。

骡子哭了，人也哭。主人蹲在地上，直抹眼泪。

顶赞就问怎么回事，这么老的骡子，还卖个啥。

大汉说："这骡子，打我小时候就在家里，我也知道很老了，卖不了几个钱。可我家老娘重病在床，家里一文钱都没了，想着多少能卖些，给我老娘抓药，可你看这……"

大汉说完，又要打骡子，让顶赞给拦住了。

顶赞说："你这骡子，打算卖多少钱？"

大汉说："干不了活儿，你要是买，就给个肉钱，一两贯就行。"

顶赞把五贯钱全给了大汉，说："骡子我要了，钱你拿回去给你娘看病。"

大汉千恩万谢走了。

顶赞请兽医给骡子收拾一番，牵着回家了。绿珠看到了觉得奇怪，问："不是给你钱让你买犍牛吗？怎么牵回一匹大青骡子？"

顶赞笑笑，没回话。

骡子安下家，顶赞更忙了，除了要当武候，照顾鱼塘、田地、牡丹，还要伺候骡子。

骡子牙不好，须将青草铡得细细的，有时还得用麦子、豆饼给骡子补充营养，天热的时候，三天两头赶到河里洗澡，天冷了，还要给生火取暖……

半年不到，那匹骡子简直变了个样儿——精神焕发，走起路来也不紧不慢，从容不迫。尤其那一身毛，清如水，明如镜，无一点儿杂色，犹一片天青。

顶赞乐得不行，给骡子取名大青。

十字坡人都说顶赞哪里是买骡子，简直买了个爹回来养。可顶赞从来不后悔，他觉得挺好——每天忙碌完，牵着大青，慢悠悠地在十字坡各处转，在池塘边看看鱼，在田地边看看高粱，抑或到青木川看牡丹花丛在水中的倒影，看看云光，看看山色，再听着大青打个响鼻，或是扯上一嗓子，这心里一下子就满满当当了。

第六十八　顶赞（四）

顶赞说："人呀，一辈子就这么几十年，操心劳力，一生少有安闲，跟骡子没啥区别。"

顶赞说："骡子也挺惨，累了一辈子，最后还得被人剥皮割肉。"

顶赞还说："我现在的确是穷，可再穷也不缺这钱。大青嘛，就算我养的一个朋友吧，等它老了，我给它送终。"

一晃两三年过去了，大青不仅成了顶赞家的成员，更是成了十字坡的一员。

顶赞有时候忙，顾不上，就解开缰绳，让大青自己出去逛。大青迈着小碎步，踢踏踢踏踢踏，在春风酒肆门口闻闻酒香，到白铁匠的铺门前看一会儿打铁，到贾老六门口看两口子吵架，或者独自到村口，仰头看天。

大家都说大青不错，从来不偷吃偷喝，性格服帖，小孩子扯它尾巴它都不会踢踹，碰到人，还会扬起脖子打一声招呼。

一晃，大青在十字坡待了两年多了。

这两年，顶赞的日子蒸蒸日上——鱼塘、高粱田大丰收，牡丹花更是卖得好，最高兴的是，绿珠怀孕了。

顶赞更忙了，可忙得欢欣鼓舞。有时候不沾家，就让大青在家照顾绿珠。

绿珠身子重，靠在躺椅上翻个身都难，有什么想要的，便喊大青去拿，大青用嘴咬着，一拿一个准儿，有次想吃杏子，只不过随口一说，大青踢踏踢踏出去，一两个时辰，拖了一枝山杏回来，一看就是山里弄的，可把绿珠感动坏了。

秋天时，绿珠要生产了。那几天，顶赞紧张得不得了，早早将事情安排了。

这天,绿珠喊肚子疼,顶赞赶紧请来金花婆婆给接生。

金花婆婆在房间里折腾了几个时辰,走出来,跟顶赞说:"顶赞呀,你媳妇儿不太妙,依我的经验看,怕是难产。"

顶赞顿时慌了,忙问怎么办。

金花婆婆说,恐怕凶多吉少。

顶赞双腿一软,一屁股跌坐在地。

这时候毛不收上门了,拎着个盒子。

金花婆婆问:"你跑来干什么?"

毛不收问:"顶赞媳妇儿难产?"

金花婆婆问:"你咋知道的?"

毛不收打开盒子,从里头取出个东西,递给金花婆婆,说:"你赶紧给绿珠吃下去,看看有没有效果。"

那东西通体赤红,大如核桃,还带着血迹,不知道是何物。金花婆婆接过去,转身进屋了。

顶赞问毛不收,那是什么东西呀?

毛不收在顶赞旁边坐下来,说:"你没发现你家大青跑了吗?"

顶赞看了看周围,说:"我忙坏了,没注意,好像从绿珠肚子疼的那时候就没看到过。"

毛不收说:"跑我那里去了。"

顶赞纳闷儿:"它跑你那里干什么?"

毛不收说:"刚开始我也觉得奇怪。它跑我那里,咣当一下趴在地上,嘴里含着一个锤子,把脑袋伸到我跟前,简直莫名其妙。"

顶赞问:"然后呢?"

毛不收说:"我搞不清楚它的意图,它倒急了,看着你家的方向叫。我问是不是顶赞媳妇儿生产出状况了?它就直点头。然后,它把锤子送到我手里,又把脑袋伸到我跟前儿。"

顶赞问:"它是要干啥?"

毛不收说:"刚开始我也糊涂,不过后来一下子想起件事儿——我在一本古书上看过,说有的骡子,脑中会长出一种东西,名叫驴丹,如同牛黄狗宝一样,极为难得,能治疗很多疑难杂症,其中就包括难产。"

顶赞嘴巴张得盆一样大。

毛不收说:"你家大青肯定知道绿珠不妙,所以让我敲开它脑壳取驴丹。"

顶赞嘴角抽搐:"你下手了?"

毛不收说:"我哪里愿意呀!这两年,咱十字坡有谁不稀罕大青?可它对着我直叫唤,又是蹦跳又是撕扯,见我不下手,双目流泪,自己一头撞死在我那院子里。我这才破脑取丹,赶紧送来。"

正说着呢,就听见房间里传来一声婴儿响亮的啼哭。

金花婆婆欢天喜地出来,说:"生啦!生啦!不收,你那玩意儿,是什么神丹妙药,吃下去,立马生了个大胖小子!"

顶赞站起身,大哭道:"婆婆,那是大青的性命呀!"

绿珠母子平安。

顶赞将大青埋在了青木川的牡丹花丛中,那是大青最喜欢去的地方。

儿子满月那天,顶赞抱着孩子去上坟。烧完纸,一阵小旋风在坟头刮起,忽忽悠悠往孩子跟前凑。儿子哇地就哭了。

顶赞说:"别哭别哭,那是大青,它逗你玩呢。"

第六十九

顶杠和尚（三）

黄泥巴岭，应该是终南山最年轻的一座岭了。

原先没有这山，有一年地震，四周地陷，硬生生地挤出这么一道岭。山不高，也不大，占着方圆几里地，窝窝囊囊地趴在那里，草木不多，也看不到山石，毫不起眼儿。

原先那一带都是十字坡的田地，黄泥巴岭冒出来之后，十字坡人不得不翻过去耕作，天天从上头走，时间长了，大家就觉得这山有些莫名其妙——春天，夏天，别的山都草木葳蕤，它跟秃头一样；秋天，别的山落叶斑斓，它却开始冒芽；冬天，群山萧瑟，它反而开花，而且开花也没个规律，有的时候一两个月不开，有的时候三天两头开。

这些事儿吧，大家没放在心上，一座小山岭，爱干吗干吗。

有一年冬天的一个晚上，顶杠和尚做完法事回来，半夜过岭，被花丛绊倒，滚到山沟里，摔得鼻青脸肿，差点儿丢了性命，可算是恼了。

顶杠和尚说："妈妈的，老子得教训教训它！"

第六十九　顶杠和尚（三）

第二天早晨，大家就看见顶杠和尚站在黄泥巴岭下面，指着山岭，在那里指手画脚，训骂呵斥，唾沫横飞。从早晨到晚上，骂了整整一天，晚上回了金刚寺，第二天又照样出来骂。

一连十多天，天天如是。

大家觉得这事儿肯定没完了——顶杠和尚杠上的事儿，那一定得有结果才行。可是，和跟一座山岭杠，何苦呢？

大家托贾老六去劝劝，贾老六不肯去，找顶赞。顶赞正想去黄泥巴岭，结果顶杠和尚主动找来了。

还没等顶赞开口，顶杠和尚手一伸，说："你把捆妖绳借我用用。"

顶赞问："你借捆妖绳干什么？"

顶杠和尚说："你管我呢！"

顶赞说："大师兄，你跟黄泥巴岭杠上了？"

顶杠和尚说："嗯！咋的了？"

顶赞说："你好好的和尚，不去诵经念佛，跟一座山岭杠，吃饱了撑的吧？"

顶杠和尚说："我早就想收拾这狗东西了！太过分！"

顶赞说："一座山，怎么就过分了？"

顶杠和尚说："这你就别管了，赶紧把捆妖绳给我！不然，咱师兄弟做不成了我告诉你！"

顶赞没办法，只能拿出捆妖绳递给顶杠和尚。顶杠和尚接过，大步流星走了。

顶赞放心不下，去金刚寺找张青花。

顶赞说："二师兄，别吃了，赶紧跟我一起去看看大师兄，他跟黄泥巴岭杠上了，又从我这里借走了捆妖绳，我怕他惹事儿。"

张青花说："放心吧，他从来就没吃过亏。"

顶赞说："还是去看看吧。"

张青花死活不愿意。

顶赞说："那你别怪我用隔空点穴手……"

张青花这才悻悻地跟顶赞出了门。

二人来到黄泥巴岭下面，已经是晚上了。

远远地看见，岭下升起一堆篝火，顶杠和尚站在火堆旁边意气风发、唾沫横飞，对面，一棵老槐树下，金光闪闪的捆妖绳绑着一个看上去二十啷当岁、穿着一身黄衫的小青年，鼻青脸肿。

顶赞和张青花走到跟前，听顶杠和尚拎着柴火棍，教训得正在兴头上。

顶杠和尚说："春天，你就应该春草茵茵，顺便开些花。开啥花呢？开一枝桃花，一枝粉嘟嘟的桃花！一枝灿若云霞的桃花！夏天，你就应该草木葱茏，满山翠色；下雨的时候，山林染黛；刮风的时候，林莽滔滔，里面藏着鸟雀，跑着走兽！秋天，你就应该落叶，丛林尽染，倒出那秋水长天的影子，映衬那天高云淡，凄清也是一种美！冬天，你就该好好窝着，等待一场大雪呼啸而来，等待一片白茫茫遮盖天地，然后冷不丁儿地催开一朵红梅！为什么偏偏是红梅呢？因为呀，红梅老子喜欢！红梅花儿开，朵朵真可爱！"

顶杠和尚又说："一座山，就应该有一座山的样子。"

顶杠和尚还说："别的山都那样，你再看看你！混账玩意儿，随心所欲，瞎他妈折腾！"

…………

顶赞在旁边听了，直竖大拇指，对张青花说："二师兄，想不到咱大师兄口才这么好！"

张青花说："他呀，这才发挥了一半而已，要由着他，能说十天十夜不重样。"

顶赞说："别介了，我看树上捆着的那孙子挺可怜的，咱们劝劝吧。"

师兄弟俩走上去，一边劝一个。可顶杠和尚说什么也不干，非要教训完才行。那小青年态度倒是很好。

顶赞收了捆妖绳，小青年双膝跪倒，对着顶杠和尚说："大师！小的我知道错了！我这变成山也没多久，不知道规矩，孟浪了，你给我个机会，我改，我改还不行吗?！"

那模样，一把鼻涕一把泪，惨兮兮的。

顶赞问顶杠和尚："这孙子谁呀？"

顶杠和尚说："还能有谁？黄泥巴岭呀！"

顶赞哦了一声，把小青年搀扶起来，说："行啦，我大师兄脾气就这样，说得有点儿多，不过都是为你好，你且去吧。"

小青年一路小跑，钻入山岭中，消失不见了。

这事儿发生后，黄泥巴岭果然人有改观——春天发芽开化；夏天催生草木；秋天咔咔落叶；冬天窝着等雪，只要顶杠和尚经过，保准儿开出一枝红梅来。

顶赞觉得黄泥巴岭懂事了。

可第二年冬天，顶杠和尚又来找顶赞借捆妖绳。

顶赞很纳闷儿："大师兄，黄泥巴岭这不挺规矩的吗？和周围的山一样，该干吗干吗。"

顶杠和尚说："刚开始我也觉得是，但时间长了，为什么觉得索然无味呢？"

顶赞问："怎么个索然无味了？"

顶杠和尚说："人家开花它也开花，人家落叶它也落叶，那还有个什么意思？你赶紧把捆妖绳给我！"

不由分说，顶杠和尚扯了捆妖绳就走。

七八天后的一个晚上，顶赞家来了个客人。对方的脑袋肿得猪头一样，跪在地上，哇哇哭。

顶赞问："你谁呀？"

对方说："我，黄泥巴岭呀！"

顶赞看了看，虽然模样很惨看不出确切容貌，但衣服还是那身黄衫。

顶赞说："哦，原来是黄泥巴岭。你跑我这里干吗？"

黄泥巴岭以膝代步，上得前来，一把抱住顶赞的大腿，哭得泪雨涟涟："大师呀，我求求你，你别借捆妖绳给顶杠和尚了！太过分了他！"

顶赞问："怎么了？"

黄泥巴岭抹着眼泪说："他来我这里，咔咔把我捆上，训了我七天七夜，又是打又是骂……"

顶赞说："我跟他说了，你这一年做得很好啊！"

黄泥巴岭说："是啊！一座山，就该有一座山的样子，我完全按照他的意思去做呀，该开花开花，该落叶落叶！可他变了！"

顶赞说:"他让你做啥了?"

　　黄泥巴岭说:"他让我爱干吗干吗,爱啥时候开花就啥时候开花,爱啥时候落叶就啥时候落叶!"

　　顶赞说:"这是好事嘛,随心所欲,自由自在。"

　　黄泥巴岭说:"可我凌乱了呀!我他妈现在也不知道啥时候才能开花,啥时候才能落叶呀!"

　　…………

　　顶赞安抚了一晚,才把黄泥巴岭打发走。

　　送走之后,顶赞长长叹了一口气。他觉得这世界好乱。真的。

第七十

顶杠和尚（四）

顶杠和尚四十岁的这一年，瘫了。

刚开始是左腿瘸，走起路来一摇一摆的，看起来像只鸭子，顶杠和尚折了根青竹做拐杖，还能走。后来，右腿也瘸了。

他就瘫了。

瘫了的顶杠和尚终日坐在房间里，一句话也不说。

张青花挺着急的。

他知道大师兄是个闲不住的人，平日没事儿便要出去逛，瘫了，肯定很焦躁。可顶杠和尚除了长时间发呆，情绪还算稳定。张青花就给顶杠和尚找各种乐子，比如采来牡丹花，比如用竹叶做小船，再比如买来各种炮仗，晚上对着金刚寺的天空放烟火。

可顶杠和尚还是那样，古井无波。

有一天，顶杠和尚让张青花去买笔墨纸砚。

张青花觉得挺奇怪，和师兄一起待了这么多年，也没见过他摸笔。

笔墨纸砚买来后，顶杠就疯狂地写写画画，从早晨到晚上，几乎不停歇。张青花站在窗外，踮脚看了一下，发现顶杠和尚画的，都是些陌生的山山水水。前前后后，画了一两百张。

画完了，顶杠和尚让张青花帮着挂起来。

张青花发现，顶杠和尚画画水平很高，比方丈厉害多了。画上，山是山，水是水，天空是天空，云朵是云朵，光影翕合。那些山水景色，和长安附近的截然不同。

张青花问顶杠和尚画的是哪里。

顶杠和尚说："都是我去过的地方。"

挂完了画，顶杠和尚就会把张青花赶出去，叮嘱他将房门关上，窗户也关上，然后一个人在屋子里，神秘兮兮的。半天之后，又让张青花开门进来，把挂在墙上的画收了。

天天如此，不厌其烦。

张青花问顶杠和尚在房间里搞什么，顶杠和尚也不说。但张青花多少发现了一些状况。比如有一次，他进屋收画的时候，看见顶杠和尚一身的白雪，寒气逼人，要知道，当时可是盛夏。又有一次，张青花从顶杠和尚的身上闻到了明显的海风味道。还有一次，张青花看到顶杠和尚手里捧着一条西域胡女的纱巾。

…………

时间长了，张青花忍耐不住，偷偷拿着一些画，去请教高道长。

高道长将画轴展开，不由得赞叹道："哎呀，顶杠和尚比我要雅呀！"

张青花问："怎么了？"

高道长说："入画境，神游万里，可不是雅吗？"

张青花恍然大悟。他特意请教了高道长，画上画的都是什么地方。

高道长说，有昆仑山、祁连山、阴山、天山、长白山，有南海，还有天竺……

张青花有些生气。

大师兄去过这么多地方，竟然从来不跟自己说。

第七十一

王无忧（三）

王不愁和王无忧父子俩一直相互看不上，老掐架。

王不愁有天气呼呼地找贾老六，说："老六啊，咱们《唐律》上有没有一条，凡是不孝子，官家可以拉出去杖毙的？！"

贾老六吓了一跳，说："不愁啊，你吃错药了？好好的儿子为什么要杖毙呢？"

王不愁说："这兔崽子打小儿就跟我过不去，我说往东他往西，我让他打狗他撵鸡。小时候还能揍，现在他翅膀硬了，我想打又打不过，三天两头和我顶嘴吵架，得治一治！"

贾老六咧着嘴笑："别胡扯了。父子之间都这样，平时针尖对麦芒，可毕竟是父子，关键时刻还是靠得住的。"

王不愁说："屁！儿子能靠得住，母猪都能上树！"

杖毙什么的，不过是气话，扯了两句，王不愁还是老老实实回家，继续跟儿子杠，整日鸡飞狗跳。

王不愁老了，打不了渔了，便把小船交给了王无忧。王无忧风里来雨里去，是把好手儿，每日都能带鱼回家，有时候多，有时候少，勉强能维持生活。

白铁匠很羡慕王不愁，说："不愁老弟啊，你家这儿子好，比我儿子强多了。"

王不愁说："好个屁啊！他打的鱼，每条都是半死不活的。"

嘴上虽然这么说，可心里还是高兴。

有一次王无忧捕鱼，碰上狂风大雨，船翻了，差点儿没命。王不愁心疼儿子。都说瓦罐井边破，将军阵上亡，捕鱼使船的，相当一部分是淹死做了水鬼的，不是个安稳差事。

王不愁辗转反侧，一晚上没睡着，第二天将一辈子的积蓄拿出来，又找人借了些钱，想买些田地，让王无忧做个庄稼汉。种地虽辛苦些，可总比水上安稳。

钱不多，想买良田不太够，经贾老六撮合，王不愁在十字坡南二十里外买了十亩旱地。贾老六带着王不愁去看过，虽是荒地，可土肥，费些工夫清理出来，绝对算得上好田。唯一的遗憾，就是离家远。

买下后，王不愁带着王无忧辛辛苦苦整了一两个月，总算是将石头瓦砾清理干净。

王无忧说："真理解不了你！打渔多好，吹着风晒着太阳，优哉游哉的，非得让我伺候这地，面朝黄土背朝天！"

王不愁听了来气，怒道："面朝黄土背朝天怎么了？总比做溺死鬼强！我这都是为你好！"

王无忧嘟着嘴，撅着腚，捡着石头。

王不愁说："迟早有一天，你得把我气死！我怎么养了你这么个儿子？！"

第七十一　王无忧（三）

　　王无忧说："你生我的时候，跟我打招呼了吗？你要觉得我不好，找别人给你当儿去！"

　　王不愁举起手里的锄头就打。父子俩在田里转了八圈，周围的人看着乐。

　　田地收拾好了，耕地下种。农忙时节，因为离家远，王无忧便在地边搭个窝棚住着，省着来回奔波。王不愁呢，和儿子赌气，也不去田里看他。

　　十字坡人都说，这对父子简直跟冤家一样。

　　有一天晚上，王无忧忙完一天的活儿，躺在窝棚里和白敬福聊天，忽然见自己家的老黄狗跑了过来。老狗风尘仆仆，嘴里叼着个裤腰带，见到王无忧，上蹿下跳，神情焦急。

　　白敬福说："你家这狗好玩嗨，叼这玩意儿……"

　　王无忧急了，说："不好！我爹可能出事了！"

　　白敬福问："怎么了？"

　　王无忧说："这是我爹的裤腰带，大黄狗平时和我爹形影不离，我得回家看看去！"

　　白敬福说："三更半夜的，路上不太平，前几天听人说林子里来了一头斑子呢。"

　　所谓的斑子，是指老虎。

　　王无忧说："就是来了阎王，我也得回去！那可是我爹！"说完便急吼吼地牵过青毛驴，跳上去，呼啦啦走了。

　　一路风驰电掣，来到山口林子时，毛驴突然停滞不前，看着斑驳林影，打着响鼻，全身颤抖。王无忧心道不好，前头肯定趴伏着那头老虎呢。夜半正是猛虎捕食的时候。

仔细一看，果不其然，一棵大树之下，那大虎正眈眈盯着自己。

王无忧管不了那么多，站起身来，对着林子大呼道："斑子！都说你是灵物，我跟你无冤无仇。我急着回去看我爹，求你放我过去！"

大虎听了后，看了看王无忧，掉转屁股，走了。王无忧赶着驴子，一口气奔着十里路，来到桃花溪边。

桃花溪是条小溪，平时水浅，蹚着就能过去。可那段时间连日暴雨，溪水猛涨，奔腾呼啸，将原本溪上的木桥冲得一干二净。

过不了溪，王无忧急了，将毛驴拴在树上，在溪边踅摸，忽见溪里面浮出来一根黑乎乎的大木头。王无忧大喜，脱掉鞋，跳上大木，手脚并用往前爬。

那木头湿漉漉、腻歪歪、滑溜溜、软乎乎，等王无忧爬到对岸，木头呼啦又沉了下去。

王无忧一路狂奔，到家之后，四处寻找，在茅房里看到了王不愁。

原来，王不愁半夜上厕所，一不小心掉进屎坑里，若不是王无忧回来得及时，铁定溺毙。

王无忧将王不愁捞出来，又是掐人中又是抚后背，好歹给救醒了，又打来清水洗涮一番。

王无忧一边忙活一边嘟囔："我真是服了你！这么大一个人，上厕所还能掉屎坑里去！"

王不愁老脸通红，由着儿子训，等儿子训完，问："你怎么回来了？"

王无忧说："咱家老黄狗叼着你的裤腰带，我一琢磨，肯定你出事儿了！"

　　王不愁说："这半夜三更的，你孤身一人，多危险呀！"

　　王无忧说："是呀，山口林子里碰到了斑子，好说歹说才让我过。"

　　王不愁目瞪口呆。

　　王无忧说："桃花溪木桥也给冲走了，我爬着河里的浮木才过来。"

　　王不愁说："胡扯八道，水那么急，怎么可能有浮木？！"

　　王无忧说："真的呀！又湿又滑，你看我这身上！"

王不愁看了看王无忧的衣服，又闻了闻，脸色大变，说："儿子，那哪里是浮木？！那是溪里的大蛟蛇呀！很多年前就在那一带了！"

　　王无忧吓得面如土色，说："那为啥没吃我，还助我过溪呢？"

　　王不愁说："混账东西，我的话，难道有假？！"

　　王无忧说："你的话，怎么就不能有假了？！"

　　两个人说着说着，又掐起来。

　　这时候，有人在头顶说话了。

　　是张道士，他正骑在院子里的梨树上。

　　张道士说："我是来偷梨的，原本不应该现身说话，不过我他妈实在是看不下去了！"

　　王不愁和王无忧仰着脖子看张道士从梨树上跳下来。

　　张道士咬了一口梨，说："妈妈的，猛虎、蛟蛇主动帮忙，都弥补不了你俩的感情裂痕！你们父子俩，合该一起被杖毙！"

第七十二

王无忧（四）

　　王无忧娘死得早，但王无忧很孝顺他娘。

　　逢年过节，王无忧都会到他娘的坟头烧纸磕头，时不时地还给烧些衣裳、纸人和纸马。

　　对此，王不愁很嫉妒，说："你这个兔崽子，对我能有对你娘一半的好，我半夜就笑醒了。"

　　王无忧说："能一样吗？我娘要是活着，我肯定不会像现在这么苦，整天受你气！"

　　王无忧经常跟别人说起他娘，在他的描述里，他娘一会儿是个美若天仙、出口成章的倾国佳人，一会儿又是个手提宝剑、行侠仗义的女剑客，又或是个不幸流落人间的仙子精灵，反正混乱得很。

　　大家发现他的描述相互矛盾，就打趣。

　　王无忧说："哎呀呀，我娘死的时候，我很小，哪里记得清她的样子？！"

　　大家就问："真的一点点儿印象都没有了？"

王无忧说:"也不是,我唯一能记得的,是娘把我抱在怀里,拍着我,摇呀摇,摇呀摇,真是幸福。"

说得大家也感受到了他的幸福。

有一年,王无忧突然想给他娘做点儿什么,就去找张青花商量。

王无忧说:"青花啊,下个月是我娘忌日,我娘离开我二十多年了。生前我没孝顺过她,我打算替我娘操办操办。"

张青花问:"你要给你娘配个阴婚?"

王无忧说:"去你的!我是想让我娘在地下过得舒服点儿。"

张青花说:"那就花钱请寺里头做一场水陆法事,好好超度超度。"

王无忧说:"可拉倒吧,那帮秃头的本事我又不是不清楚,纯粹糊弄鬼呢。"

张青花说:"那就给你娘重新修坟呗,这事儿可以找高道长。"

王无忧也不干:"我娘睡得好好的,为什么要修坟啊!"

张青花被他搞得有些不耐烦,说:"那就只有做佛了。"

王无忧说:"什么做佛?"

张青花说:"就是请人做个佛像,以你娘的名义供养到寺庙里,这是功德无量的事儿。"

王无忧觉得这个主意很好,问:"那我自己做,也行吧?"

张青花说:"当然更好了。"

王无忧问:"材质上有要求吗?"

张青花说:"没要求,有金银的,有铜铁的,也有石头、木头雕刻的。这种事情,主要在于心意。"

王无忧说:"金银我是没有,铜铁、石头我雕得不行,木头倒是可以。实不相瞒,我手头正好有一段白檀木,可香可香呢。"

张青花说,白檀木好。

王无忧高高兴兴回去,到白铁匠那里借了斧子、凿子之类的工具,又扛着白檀木去了金刚寺,在张青花那里住下了。他说寺里氛围好,能专心雕刻。

接下来的日子里,王无忧盘腿坐在禅房里,整日仰着脸雕刻那段白檀木。

张青花有时也会去看看,还别说,王无忧雕刻的手艺还不错,挺像回事儿。

王无忧问张青花:"你说,我把菩萨的脸雕刻成我娘的,行不行?"

张青花说:"这个似乎没要求,不过,你娘的脸你还记得吗?"

王无忧想了想,说:"不太记得了。"

张青花说:"那你说个屁!"

王无忧说:"我就凭着感觉雕吧,我想象中的我娘的样子。"

张青花说:"你爱咋咋的。"

王无忧就继续雕。

有一次,张青花进去给他送饭,见王无忧坐在佛像下面抹眼泪。张青花看了看,发现菩萨像完成了,慈眉善目,温柔带笑,真挺好。

张青花说:"这么好的事儿,你哭什么?"

王无忧看着菩萨像,一边哭一边说:"我想我娘了!"

张青花说:"那你就多哭会儿,哭够了,咱们一起找方丈,让他给像开个光,便可以放到大殿供奉了。"

第七十二　王无忧（四）

王无忧哭了一下午，然后照着做了。

新做成的菩萨像放在大殿的角落里，方丈亲自给开了光，现场气氛搞得隆重而热闹。眼见着即将圆满完成，方丈突然叫了一声，跟被狗咬了一口似的。

王无忧问："怎么了？"

方丈指着那尊菩萨像，问："这颗莲子，你放的？"

王无忧凑过去看，发现雕像的心口处，嵌着一颗莲子。

王无忧说："没呀。"

张青花也仔细看了看，说："这莲子不像是被塞进去的，和周围的木质浑然一体，跟长出来的一样。"

王无忧说："别胡扯了，白檀木怎么可能长出莲子呢？！"

方丈说："哎呀，不管怎么说，这都是吉祥的事儿。"

方丈把那颗莲子抠下来，递给王无忧，说："这是佛、菩萨对你孝顺母亲的奖励。"

王无忧觉得没准儿就是，便把莲子攥在手里，出了金刚寺，回家去。一路上，他都在想这莲子。

这莲子比普通的要大，手指头粗细，又黑又亮，沉甸甸的。放哪儿好呢？放家里，说不定哪天被老鼠拉了去；放身上，没准儿哪天给弄丢了。

王无忧正琢磨着，一头撞到了刚忙完农活回来的顶赞身上。

顶赞问怎么回事，王无忧把事情仔细说了一遍。

顶赞说："我觉得吧，你干脆扔水里，让它长成莲花不就得了，又好看，又能留个念想儿。"

王无忧说:"你这个主意好!可扔哪里呢?"

顶赞说:"我那不是有个鱼塘吗?两三亩地呢!"

王无忧和顶赞一起到了鱼塘旁边,将莲子扔进水里。

第二天早晨,王无忧还没睡醒,顶赞就着急忙慌地把他从船上拽了起来。

王无忧问,怎么了?

顶赞说:"你赶紧去看看吧!我的天,简直了!"

王无忧蓬头垢面地跟着顶赞来到鱼塘,发现那里站满了人。

两三亩的水面,长出一片巨大的莲叶,几乎占据水面的一半,茎竟足有水桶粗细!活了这么多年,谁也没见过这么大的莲!

王无忧也愣了。愣了一会儿,他脱掉鞋袜,走入池塘。大家都不知道他要干吗。

王无忧撅着屁股爬到莲叶上头,盘腿而坐。莲枝晃悠,竟然稳稳撑住了他。

一阵风吹过,枝叶摇动。坐在上头的王无忧哈哈大笑,随后又哇哇地哭起来。

顶赞问:"无忧呀,你哭个甚?"

王无忧说:"小时候我娘抱着我、哄我睡觉,拍一拍,摇一摇,就这感觉!一模一样!呜呜……我好想我娘!"

第七十三

康昆仑（三）

康昆仑有次来十字坡抢劫，带着一二百个手下，每个人都骑着高头大马，呼啦啦过来。

十字坡人早就得了消息，高兴得跟过年一样，齐刷刷站在村口迎接，又是敲锣又是打鼓的，那股子热情，搞得康昆仑很不好意思。他骑着大白马从土坡上下来，一边飞驰一边给大家打招呼："十字坡的父老乡亲们，好久不见，很想你们的嘛！"

然后他突然就不见了。

十字坡人一片哗然。

还是贾老六反应快，大喊："不好啦，昆仑掉坑里了！"

大家赶紧跑过去搭救。

小高道长一边跑一边问贾老六："不可能啊，土坡下面根本就没坑啊！"

贾老六说："是啊，是没坑啊。"

等跑到跟前，见康昆仑仰面朝天窝在里面呢，身底下那匹大白马腿断脖折，肯定活不成了。

灰头土脸的康昆仑说："你们不厚道的嘛！这怎么还专门挖了坑等我的嘛！"

贾老六让人用绳子一边拉一边笑，说："谁有闲心在这里挖坑啊？"

康昆仑爬出坑，又把那匹死马拽上来，发现坑底下露出累累的杂乱白骨。

小高道长皱着眉头说："亲娘，怎么会有这么多尸骨？"

康昆仑又跳进去了，这边摸摸，那边看看，说："这里头起码有二三百具，看样子死得很惨的嘛，全让人砍了脑袋了的嘛。"

他这么一说，贾老六想起来了。

贾老六说："当年安史之乱的时候，贼军攻入长安前，和官军在城外战了一场。那场仗打得惨，贼军兵强马壮、人多势众，官军兵败如山，留下一队人马断后。这伙官兵就有二三百人，有老有少，虽被当成弃子，但死战不退，最后全都被砍了。打仗的时候，十字坡人的都跑到山上了，没想到贼军把这伙人的尸首埋在了这里。"

康昆仑说："哎呀，那真是好汉的嘛！"

十字坡人商量着该怎么办。

贾老六说："还能怎么办，把土回填了得了。"

康昆仑爬出坑，说："这不行的嘛！"

贾老六问："怎么就不行了？"

康昆仑说："这二三百个，都是义士！被这么乱七八糟地扔在坑里，太惨了嘛。既然是我发现的，那就说明和我有缘分，我觉得，应该给他们重新安葬的嘛！"

贾老六有点儿惊讶:"这也行?"

康昆仑说:"行的嘛!钱我出的嘛!"

既然他这么说,那事情就定了。

十字坡家家户户出动,买来二三百口棺材,将坑里的尸骨一具具小心抬出,清理干净,入殓,再将棺材重新安葬在青木川旁边的高坡上,高道长和小高道长又带着大家举办了一场风风光光的法会,好好超度了一番。

这事儿,花了康昆仑好多钱。

康昆仑说:"钱是王八蛋的嘛!花在这上面,值得嘛!"

这事儿让十字坡热闹了好久,慢慢地,大家就都忘了,该干吗干吗。

大概两年以后,各地闹起了瘟疫。这种瘟疫不光传染性强,而且致死率高,凡是染上的,绝难活命。原本平和安宁的世界,突然变得面目狰狞。

各种消息不断传入十字坡,听说瘟疫开始传过来,附近不少村子有人染上,整村整村地死人,搞得人心惶惶。贾老六组织日夜巡视,可即便这样,大家还是觉得难逃一死。

有一天早晨,康昆仑骑着马跑来了。这一次不是抢劫。

康昆仑跑到贾老六的院子里,嘀嘀咕咕说了一通,贾老六又把十字坡管事儿的几个人都叫了过去。大家围桌而坐,好奇发生了什么事。

贾老六说:"瘟疫要来咱们村了。"

大家顿时哗然。

事情是这样的——

昨天晚上，康昆仑做了一个梦，梦见有一群人站在自己床前，有老有少，看不清脸，或者这些人干脆就没有脸。他们立在浓雾里，若隐若现。

其中有一人，似乎是个领头儿的，对康昆仑说："明日，有疫鬼来，十字坡恐怕要整村死绝。吾等受壮士及十字坡村人大恩，肝脑涂地，也要报答！可惜既无刀兵又无战甲，还望壮士能让村人糊刀三百把、甲胄两百领，夜半于十字路口烧于我等！"

康昆仑醒来，觉得不可思议，再睡，又梦见那帮人，如斯再三，觉得不妙，这才急忙赶来。

贾老六问大家怎么办？一帮人七嘴八舌，有的说干脆弃村逃跑吧，有的说躲入终南山得了。

小高道长说："到处都是瘟疫，出村也是个死，不若信一回。"

众人商量定了，全村出动，糊刀三百把、甲胄两百领，夜半在十字路口烧了。点火时，火焰腾空而起，阴风呼啸，隐隐听得通通脚步声径直而来，随即龙卷风起，刮着那火头、灰烬铺散开去。

这天晚上，十字坡家家关门闭户，心惊胆战地听外面的动静。

半夜，忽听得村口传来咚咚的战鼓响，随即人喊马嘶之声、甲胄撞击之声、刀剑交鸣之声、鬼哭狼嚎之声、厮杀呐喊之声，阵阵绵延传来，直到天亮时才彻底沉寂。

一夜未眠的十字坡人打开家门，来到村口，麦地倒伏几十里，到处是扭打之状。土路上留下无数凌乱的脚印，有的是人，有的似兽非兽，十几棵老树被连根拔起，青木川河水殷红。

那一年，十字坡周围一二十个村子皆因瘟疫成了死村，而十字坡，无一人染疫。

第七十四

康昆仑（四）

康昆仑在山寨里有个习惯——每日晚饭后，到出寨山腰一处石台散步。

自从做了马贼，康昆仑苦练功夫，石台距山寨三里地，走到那里正好消化好食物，即可练功。

所谓的练功，指的是抛石。

石台上散落着大大小小各色青石，小者一二十斤，大者千儿八百斤。刚开始，康昆仑捡一二十斤的，左手抛入空中，右手接着，然后右手抛入空中，左手接着，以此来锻炼臂力。

如此，时间长了，臂力见长，三五十斤、七八十斤皆能抛甩自如。

有一晚，康昆仑正抛得满头大汗，见一黑汉从林中转出来，哈哈大笑。

黑汉说："你这厮，区区小球，竟汗流浃背，太羸弱。"

康昆仑不服气，说："狗鼠辈，站着说话不腰疼，你抛给我看看的嘛！"

黑汉呵呵一笑，先抓起一三五百斤的大青石，抛来抛去，如同玩弄泥丸一般，后抛得兴起，竟将两三千斤的一块大石背起，抛入山涧之中，面不红气不喘。

康昆仑目瞪口呆，长揖而拜。

黑汉问："有酒否？"

康昆仑道"有"，便取来随身带的春风酿递上，黑汉喝了，大呼好酒。

黑汉说："我观察你也有段时间了，见你如此，不由得手痒，故而现身指点你一二。"

康昆仑说："洗耳恭听。"

黑汉说："练力，须从内而外，先练气，气走百脉，充盈而实；再练皮，皮者，身之形也，须寻老树，以身蹭之，或找大石，撞击捶打，皮糙肉厚为佳。如此，内气浑厚，外皮坚硬，再借外物练之，方能事半功倍。你这般练石，伤及筋骨，日头久了，邪气入髓，年老定死于骨伤。"

康昆仑听了，觉得颇有道理，赶紧磕头拜师。

自此，康昆仑每夜都和那黑汉相会于石台上，按照黑汉的办法勤加苦练，不仅臂力大增，更从黑汉那里学到一套近身搏斗之法，虽三五十人亦不能近身，成了终南山方圆几百里马贼之中最能打的人。

有道是木秀于林风必摧之，康昆仑名头太大，被朝廷盯上了，加上有一次他竟然劫了圣人的御马，惹得圣人大怒，令羽林卫将军亲自率兵剿之。康昆仑原本想和官军决死一战，高道长给他出主意，说不行，不能鸡蛋碰石头，可避其锋芒，疲之弱之，而后才能自存。

第七十四　康昆仑（四）

康昆仑觉得高道长说得对，拉着队伍进了终南山，和羽林卫捉迷藏，不时袭击，搞得羽林卫损失惨重、灰头土脸。

可朝廷的人总是有些歪点子的。羽林卫收买了二当家吴清风，在他的带领下，将康昆仑围在山谷，势必要砍了他的脑袋。

那一仗打得惨极了，康昆仑身边几百个弟兄几被屠尽，康昆仑手提一口陌刀，左突右转，杀得羽林卫心惊胆战，可毕竟双拳难敌四手。眼见得性命不保，忽听得一声怒吼，一黑汉自高处跃下，将康昆仑夹在腋下，翻山越岭而走。

康昆仑说："你赶紧走，不要管我的嘛！"

黑汉说："你我情谊深厚，我不管你，谁管你？"

羽林卫紧跟其后，一路厮杀，穷追不舍。

黑汉将康昆仑藏到一块巨石后，说："看来是甩不掉了，我去抵挡一番，你趁机逃命，咱俩晚上石台见，继续乐呵。"

言罢，黑汉站在山间，抛巨石袭击羽林卫，砸得许多羽林卫尽成肉泥。羽林卫将军高呼放箭，箭如雨下，射到黑汉身上，竟纷纷落下。

康昆仑心道，师父这身皮，练得够厚。

见普通弓箭无用，羽林卫抬出十几张巨弩，噗噗噗，将那黑汉射得刺猬一般。

黑汉口吐鲜血，一头撞向山壁，顿时山岭坍塌，黑汉与羽林卫一起埋入土石之中。康昆仑心痛如绞，一边号啕大哭一边拼命搬石挖土，想把师父的尸体从里面弄出来。

挖了三天三夜，终于寻到尸体。但不是那黑汉，而是一头两三千斤的巨熊！

康昆仑哭得孩子似的，哇哇喊："你不是说咱俩在石台见，继续乐呵的嘛！你是熊你也不告诉我，你这个骗子，做熊不能这么不厚道的嘛！"

第七十五

白铁匠（三）

顶赞在自家地里种了七八亩麦子，起早贪黑地忙活。麦子长得不错，呼呼啦啦的。

麦地里，他埋着一个秘密——在地中间，他特意种了半亩瓜。

绿珠爱吃瓜。

瓜种还是在西市从一个胡人那里买的，花了不少钱。顶赞悄悄把种子撒在地中间，谁也没告诉。这事儿要是让十字坡人知道了，估计有人会盯上，比如张道士。

种瓜比种麦子要费神，顶赞第一次种，按照胡人交代的，施肥浇水，一点儿都不敢大意。瓜也很争气，枝蔓肥嘟嘟的，还挂了果。顶赞看着瓜从指头大到拳头大，最后大得如同脑袋。

再过十天半月，绿珠就能吃到瓜了。

顶赞都能想象到绿珠那时候的幸福表情——坐在走廊上，吃着从井水里捞出来切开的瓜，咬上一口，又凉又甜！

那是幸福和爱情的滋味。

自打跟了自己，绿珠吃了不少苦。顶赞觉得自己这点儿辛劳，值得。

这天早上，顶赞像往常一样挑着水到地里，一下傻眼了——一大半的瓜秧乱七八糟，还没成熟的瓜被咬得七零八落！地上满是蹄印，看上去像是骡子、马之类的牲口。

顶赞气得差点儿蹦起来，想去村里找"凶手"，又怕让人知道了自己种瓜，只好强行压下怒火。

起码还剩下一半。顶赞想，还剩几十个瓜没被偷，也够绿珠享用的了。

出了这档子事儿，顶赞不敢大意了，他在地里搭了个棚子，搬来铺盖卷，守着。

夜里倒是安静得很。顶赞守到半夜，实在困得不行，睡着了。也不知睡了多久，突然听到牲口喘气、打响鼻的声音，赶紧醒来，发现天快亮了，一匹全身雪白的高头大马正在地里撒欢儿。

顶赞大叫一声，举着木棍砸过去，那马嘶鸣两三下，掉头风驰电掣般跑了，转眼就没了踪影。

顶赞在地里转了一圈，眼泪顿时下来了——剩下的瓜，全都被咬坏了。怒火腾然而起，顶赞拎着棍子，顺着马蹄印找过去。

好在这两天下小雨，地上泥泞得很。那串马蹄印极为清晰，一直向十字坡延伸过去。顶赞寻来寻去，到了白铁匠家门口，发现马蹄印消失了。

白铁匠正端着碗呼啦呼啦吃早饭，见到顶赞，赶紧站起来，客气地说："顶赞啊，吃了没？没吃在我家吃。"

顶赞走过去，一棍打翻了碗："吃个屁！你赔我瓜！"

白铁匠被溅了一脸面糊，也恼了，吼道："你他娘的中邪风了？！赔你什么瓜？你赔我碗！"

顶赞说："我辛辛苦苦种的半亩瓜，都被你们家马给祸害了！"

白铁匠说："胡扯八道！我家哪儿来的马？！马毛都没有一根！"

顶赞指着门外说："你自己看，马蹄印到你门口就消失了！"

白铁匠走到门前，看了看，发现顶赞说的没错，便问到底怎么回事儿。

顶赞把事情说了一遍。

白铁匠说："不可能啊，我家的确没马啊！这个你知道的。"

顶赞想了想，觉得也是，白铁匠家里的确没马，而且自己看到的那匹大白马，十字坡也没有。

顶赞说："可那马的确进了你家门。"

白铁匠说："天不亮我就起来了，也没看见什么马啊……"

还没说完，白铁匠突然愣了，说："难道是……"

顶赞说："难道是什么？"

白铁匠说："你跟我来！"

两个人进了屋子，白铁匠指着床头，说："你看到的那匹马，是不是长这个样？"

那是一匹玉马，四五寸高，用上等的羊脂白玉雕刻而成，扬蹄甩尾，俊美异常，跟顶赞看到的那马极为相似。

顶赞问："你这马哪儿来的？"

白铁匠说："上个月我去山里砍柴烧炭，也许是吃坏了东西，拉肚子。蹲在土窝子里正拉着呢，转脸看到黄泥里露出个白花花的东西，扒开了，就是这玩意儿，回来清洗干净，发现是匹玉马，看上去有些年头儿了。"

白铁匠接着道："拿回家，本想着过些天去长安城卖了，结果这段时间太忙，脱不开身。自打这玩意儿进家，我夜里老是听到一些奇怪的声音，有时候是嘚嘚嘚的马蹄声，有时候是呼哧呼哧的喘气声……"

白铁匠还没说完，顶赞指着马嘴说："哎呀！错不了！你看，这嘴里他娘的还有一片瓜皮呢！"

可不是嘛，手指头大的一块瓜皮。

白铁匠这个气呀，呼啦一下把裤腰带解下来，对着白玉马就抽，一边抽一边骂："这个混账玩意儿！我白铁匠一辈子光明磊落，你竟然去偷吃人家东西，真是过分！简直给我白家抹黑！"

抽完了，白铁匠举起白玉马就要往地上摔。

白铁匠儿子白敬福正好进来，见老爹要摔玉马，吓了一跳，赶紧一把抱住，说："爹，你咋摔马呢？"

白铁匠说："我摔了这个偷吃偷喝的混账玩意儿！"

白敬福问怎么回事儿。

白铁匠说了一遍。

白敬福赶紧跟顶赞赔礼道歉，说："顶赞哥，实在是对不住，我们也没想到这玩意儿有那么大本事！你这瓜，我赔，赶明儿我去长安给你买一车。"

顶赞有些不好意思，说："算啦，乡里乡亲的，你又不是故意的。"

白铁匠推开白敬福，举着玉马，说："丢人现眼，还是得摔了！"

顶赞一把抱住，说："算了算了，这马也不容易，你看，吓得全身都是汗。"

可不是嘛，一匹好好的玉马，全身往外冒水珠。

顶赞说："白叔，咱不跟畜生一般见识。"

好说歹说，这事儿算是过去了。

第二天，白敬福去长安拉了一车瓜送到顶赞家里。

至于那匹马，倒是没摔，一直放在白铁匠家里。可说来也怪，只要白铁匠一到跟前，它就全身往外冒水珠。

白敬福每次都笑，说："爹，这马真的被你吓尿了。"

后来，有一次白敬福被召去服劳役，白铁匠让他把玉马带走。一来，白铁匠看着那马就烦，二来白敬福很喜欢，带着也算是个念想儿。

白敬福服劳役的地方离家有三四百里地，经常半夜就回来了，睡一觉，第二天早晨走。

当然是骑着那匹大白马。

白敬福说："真是神了，骑上去，风驰电掣，一转眼工夫就到家。"

白敬福在院子里给马喂草的时候，白铁匠就蹲在走廊下斜眼看。

的确是一匹好马。

白铁匠站起来，走过去，想摸摸。那马哎呀一声惨叫，瘫倒在地，四腿抽搐，羊痫风一样，全身呼啦呼啦掉汗珠子。

白敬福笑。白铁匠也笑。

白铁匠说："这混账玩意儿，还算有点用，就是他娘的胆子太小了！"

第七十六

白铁匠（四）

白铁匠有时候想，自己这辈子，过得还不错。

一生清清白白，当过王府亲卫，练得一身功夫，学得一门手艺，娶妻生子，没干过啥亏心事儿，挺好。

就是一把年纪了，还没抱孙子。儿子白敬福眼见得快三十了，还光棍儿一个。白铁匠挺急的。他跟白敬福说："你得赶紧找个媳妇儿，替咱白家传宗接代，你能有个一男半女，我死也闭眼了。"

白敬福笑。

白铁匠说："不过有一条，你得记住。咱们白家家风正，你可不能跟贾老六他们学，找个妖精回来！"

白敬福说："贾老六媳妇儿不挺好的嘛，脾气好，模样也好，你看她给贾老六生的那一对儿女，可爱得很。"

白铁匠瞪着眼，说："可不行！你要是那样，别怪我翻脸！"

白敬福说："怎么着？你还能把我们赶出门？"

白铁匠指着立在正堂的那大槊，说："何止赶出门？你要是娶妖精进门，我一槊刺死你！"

白敬福说："爹呀，八字儿还没一撇呢，就咱这穷家破院的，妖精还看不上呢！"

白敬福不急，白铁匠急。他算了算家里的积蓄，就开始找媒人，给白敬福四里八乡找对象。来来回回也找了不少，都不太合适。不是白铁匠要求高，就是对方嫌白家穷。

正愁呢，白敬福服劳役回来，竟然给他带回来了个儿媳妇儿！

儿媳妇儿叫巧儿，比白敬福小一轮，白白净净，长得俊，知书达理，一口一个爹，叫得可亲了！关键也勤快，到了家里，洗衣做饭、铺床叠被……把一切收拾得井井有条。原本那个混乱不堪的家，因为有了个女人操持，顿时变了样儿。

白铁匠刚开始还板着脸，后来被巧儿叫得心花怒放，不仅被好吃好喝伺候着，而且孝顺得比亲闺女都亲，白铁匠脸上乐开了花。

十字坡人都跟白铁匠说，你家真是摊到一个好儿媳。

白铁匠摇着头，说："啥呀，也就凑合吧。"

其实心里美得很。

有时，白铁匠也问白敬福，哪里找的这么个媳妇儿。

白敬福说："这年头天下大乱，到处都是流民，我服劳役结束，回家路上见她昏倒在路边，估计是饿的，便救下了，一路上聊天，聊出感情，就带回来了。"

白铁匠问："她家在哪里？家里还有人吗？"

白敬福说："问了，她家在青州，一路逃难，只活下她自己。"

白铁匠挺难过，说："真是苦了这孩子了，你可不能欺负她。"

白敬福说:"哪能儿呢!"

日子就这么幸福地流淌着,过了一年多,巧儿生下来个大胖小子,虎头虎脑。白铁匠高兴啊,终于抱上孙子了,赶紧在春风酒肆摆宴,请十字坡的父老乡亲来热闹。大家为白铁匠高兴,现场热热闹闹。

当然,酒喝得也不少。

白铁匠喝了三坛春风酿,喝醉了,看着巧儿说:"巧儿,你也敬大伙儿一碗酒。"

巧儿说:"爹呀,我可不行!"

白铁匠说:"怎么不行了?在十字坡,大伙儿都是一家人,这两年多亏了大伙儿帮衬。"

巧儿有些急了,说:"爹,我真不能喝!"

白铁匠也急了:"这孩子!让你敬个酒,怎么就这么费劲呢!"

白敬福赶紧打圆场,说:"巧儿呀,你就听咱爹的吧,敬个酒而已。"

巧儿哭着说:"我真不能喝!"

白铁匠倔脾气上来了:"不喝你以后别叫我爹!"

白敬福端过一碗酒,巧儿含泪喝下,转头哭着出去了。

大家都埋怨白铁匠,说,不喝就不喝嘛,随即一起逗弄孩子。

过了一会儿,金花婆婆从外面跑进来,说:"敬福呀,赶紧去看看你媳妇儿吧!"

大家见金花婆婆脸色不好,急忙出去,见春风酒肆门口那棵大槐树下躺着个东西——衣服还是巧儿的衣服,可衣服里面,是个大水獭,正打呼噜呢,一边打,嘴里还一边嘀咕:"爹呀,我真不能喝!"

一帮人目瞪口呆。

尤其是白铁匠，简直炸了锅。他看了看树下的那个儿媳妇儿，又看了看白敬福，大叫道："我当初不是告诉过你，让你别找个妖精回家吗？！"

白敬福说："我哪里知道她是妖精！这两年，你不是说她挺好的嘛！"

白铁匠说："那是两码事儿！她是妖精！"

白敬福说："妖精怎么了？她是妖精我也喜欢！她是妖精，也是我媳妇儿！"

白铁匠"哎呀"一声，抱着脑袋蹲在地上。

白敬福回家把那支大槊扛了过来，插在白铁匠面前，说："爹，你之前说我要是找个妖精，就一槊刺死我。你刺吧！你把巧儿刺死，把我也刺死吧。"

白敬福从绿珠手里夺过儿子，塞到白铁匠手里，说："顺便，你也把你孙子刺死，让我们一家三口团团圆圆去黄泉！"

白铁匠呼哧一声站起来，抱着孙子，看了看，啪嗒啪嗒掉眼泪。

大家知道白铁匠脾气火暴，没人敢说话。

隔了好久，白铁匠忽然对白敬福吼了一嗓子，说："赶紧扶你媳妇儿回家去！"

白敬福问："这槊呢？"

白铁匠说："扛回去呀！将来我还得教我孙子使槊呢！你这混账玩意儿蠢得很，教十几年也学不会，咱白家这门绝技总不能断了吧？！"

白敬福左手抱着媳妇儿，右手扛着槊，回去了。

贾老六乐，说："白铁匠，不刺你儿媳妇儿了？"

白铁匠狠狠翻了贾老六一眼，说："那可是我儿媳妇儿！你这狗鼠辈，喝酒都堵不住你那张臭嘴！"

第七十七

白敬福（三）

白家铁匠铺交到了白敬福手中，整日炉火不熄、炭火不辍。

白敬福勤勉，天不亮就起来打铁，夜半才躺下歇息，一年三百六十五天皆如是。时间长了，白敬福自己都不记得自己打造的铁器有多少，房后炉渣堆积如山。他有力气，自己拉风箱、投木炭、抡铁锤，叮叮当当个没完。

每年风箱要换两个，铁锤换十来把，所烧木炭十万斤。巧儿见他辛苦，让他花钱雇个帮手。

白敬福去长安城雇人，前后来了十几个，都是干了不到一个月便走人了。白敬福很奇怪，自己薪金给的并不少，可怎么就留不住人呢？每次伙计一走，白敬福都问原因，皆不说。

没办法，白敬福只能自己忙活。自从巧儿生下孩子之后，一家老小全靠他，比以前更辛苦了。

一晚，白敬福梦见一人，全身焦黑，虬髯突目，对着他长揖而拜，说："我，炉精也，来你家四五十年，在此拜别。"

白敬福问为什么。

炉精说:"你自己干的事,自己心里没数吗?!"

白敬福问:"咋了呀?"

炉精说:"一年到头,一天到晚,这么叮叮当当、呼呼啦啦,累跑了伙计不说,我他娘的也被你使唤苦了!"

醒来,白敬福赶紧去铁匠铺,发现火炉炸裂,风箱、铁锤等物,杳然无踪。墙上有炉灰写下的一行大字,言简意赅:"爷们不干了!"

第七十八

白敬福（四）

白敬福有天早晨起来，觉得鼻子不舒服，对着镜子照了照，见鼻翼红肿。刚开始不以为意，没想到那红肿越来越大，半月后竟成了一个瘤子。

瘤子鸡蛋大小，坚硬无比，虽说不疼不痒，可挂在鼻头，呼吸困难，而且五官变形，丑陋无比，吓得儿子都不找他。

白敬福去找毛不收。

毛不收看了看，说："你这瘤子挺怪的。"

白敬福说："吃药能化了吗？"

毛不收说："不能。"

白敬福说："那索性割了去。"

毛不收说："五官乃是人之命门，怎能说割就割？万一出了岔子，性命不保。"

白敬福说："那我也不能成天在脸上挂个鸡蛋啊！"

毛不收说："你先回去，我翻翻医书研究研究，看能不能找到对付的办法。"

结果毛不收研究了半年,也没个回音儿。

康昆仑有一次来村里抢劫,大家锣鼓喧天把他迎接来,一起吃吃喝喝,弹弹琴、跳跳舞,白敬福也在。

康昆仑见了白敬福,大吃一惊,说:"你这脸上怎么长了这么个玩意儿的嘛?"

白敬福说:"可不是嘛,愁死我了。"

康昆仑说:"我有办法治的嘛。"

白敬福说:"真的假的?毛不收都束手无策,你一个马贼有这本事?"

康昆仑说:"哎呀呀,你相信我,交给我了嘛。"

白敬福领着康昆仑回家。

康昆仑将白敬福绑在椅子上,端来一盆热水,取来一粒药丸丢进去,融化之后,将热水放在白敬福面前。水中散发出一股幽幽的香气,闻了之后,白敬福觉得自己鼻子里痒得厉害,接着窸窣有声,竟缓缓爬出来个东西,掉入水盆中。

康昆仑大笑,一把将那东西抓住。

白敬福解了绑,摸了摸鼻子,发现那瘤子消失不见,站起来,见康昆仑手里那东西甚是奇异——指头大,长得像个小老鼠,五官、四肢都有,全身雪白,还有一对儿肉翅。

白敬福问:"这什么玩意儿呀?"

康昆仑说:"此乃取宝鼠。"

白敬福说:"怎么会跑我鼻子里。"

康昆仑说:"你是个铁匠的嘛,天天打铁锤铁,还有金银器皿,日久天长,吸入的各种金属粉末甚多,与血气融合,就生了这么个玩意儿。金精所化,便是这取宝鼠了。"

白敬福说:"你怎么知道这么多?"

康昆仑说:"我们胡人擅长识宝取宝,我家里有一本祖传的书,我看过,所以知道的嘛。"

康昆仑又说:"这东西,我给你五百贯,你卖给我,好不好的嘛?"

白敬福说:"五百贯?你脑袋坏了!治了我的病,我还没感谢你呢。你赶紧拿走,算我送你了。"

康昆仑大笑,说:"这么一个宝贝,你可别后悔。"

白敬福说:"男子汉大丈夫,吐口唾沫那就是颗钉子。"

康昆仑说:"好的嘛。"

白敬福很好奇,问:"这怎么就是个宝贝了?"

康昆仑说:"我给你演示。"

康昆仑摊开手掌,对着那东西嘀嘀咕咕了一番,只见它闪动着两只肉翅,扑棱扑棱飞了出去。过了一两个时辰,又飞回来,落入康昆仑手心,嘴里含着一颗大珠。这大珠光芒四射,温润晶莹,一看就是价值连城的非凡之物。

康昆仑将大珠递给白敬福,说:"这珠子,送给你家儿子当礼物的嘛。"言罢,将取宝鼠放进袖中,大笑而去。

那大珠,白敬福让巧儿缝在了儿子的虎头帽上,白日灼灼闪光,晚上放在屋里,灯都不用点。

白敬福觉得好玩。

有一次,白敬福去长安,慌慌张张回来了,一把将儿子的虎头帽取了,摘下大珠。

巧儿说:"你失心疯了啊!"

白敬福说:"康昆仑这个混账东西,这不是害我嘛!"

巧儿问:"怎么了?"

白敬福说:"长安城到处贴告示,说圣人龙冠上的宝珠不翼而飞,正四处搜索呢!"

巧儿说:"那和咱们有什么关系?"

白敬福瞪眼道:"你傻呀!圣人丢的那珠子,就是咱们这珠子!"

第七十九

花不如（三）

十字坡南土地肥沃，有良田三五百亩。

有一年，风调雨顺，禾苗芃芃，大家都说今年肯定是个丰收年。

到了抽穗时节，连续下了几天雨，天色空蒙，浓雾流转。顶赞去田里看麦子，发现地里一片狼藉，赫然有几十个大脚印，每个脚印大若芦席，似乎有什么东西在麦地里追逐打闹。

接连几天，皆是如此，几十亩良田被糟蹋得不像样子。

大家一起去找贾老六。

贾老六说："这肯定是妖怪呀！"

于是大家又转头去清凉观，可不巧，高道长和小高道长去长安访友了，不在家。一众人垂头丧气地回来，在路上碰到了张道士。

张道士掐指一算，脸色大变，说："似乎不是妖怪。"

贾老六说："这么大脚印，还不是妖怪？"

张道士说："对方来头很大，而且心怀怨气，是不是你们谁惹到了神灵？"

大家齐齐摇头。

贾老六说:"我们十字坡人大多安分守己,哪有去惹神灵的。你赶紧想个办法,跟神灵说说呗,别糟蹋我们的麦子。"

张道士说:"神灵的事,我管不了。"

贾老六说:"那就只有等高道长回来了。"

顶赞说:"高道长不知啥时候才能回来,等他回来,恐怕几百亩麦子都完了!"

这时候,花不如刚从春风酒肆里出来,见大家聚在一起吵吵嚷嚷的,便问了一下。

花不如说:"管它神灵还是妖怪呢,民以食为天,天底下没有比这更恶劣的了!这事儿,交给我吧。"

张道士说:"好大的口气,你一个丫头片子又能怎么样?"

花不如说:"且试试看。"

当天晚上,花不如全身上下收拾得干净利索,拿了她的那把铁胎弓,带了一壶雕翎箭,来到麦地中,潜伏下来。

到半夜,听到空中有嬉笑之声,接着跳下来几个庞然大物,落于麦田浓雾中,追打嬉戏,满地麦苗被踩得一塌糊涂。花不如拉弓搭箭,对着那几个庞然大物,嗖嗖射去!

弓如满月,箭如流星,只听得砰砰的闷响声传来,接着是一阵凄惨的叫声。

"哎呀,我的脑袋!"

"我腚,中箭也!"

…………

随即，麦地中呼呼作响，那几个庞然大物抱头鼠窜。花不如跟着就追，一直追到二十里地开外的河神庙，几个怪物倏忽不见。

第二日，花不如将事情说了一遍，带着十字坡人浩浩荡荡来到河神庙。

进了大殿，见河伯旁边站立的三五个泥塑大鬼，全身上下赫然插着花不如的箭。

花不如举起棍子，将那几个大鬼击得粉碎，又跳上河伯的供桌，指着神像大骂："你也是个神尊，竟纵容手下践踏百姓禾苗。禾苗者，民生之根本也！生死事大，可谓渎职，可谓伤天害理的大罪！你还有脸高坐神位！且掀你下来！"

言罢，举棍就要打河伯泥像，被贾老六一把抱住。

贾老六急得眼泪都快掉下来了，说："不如呀，我求求你，河伯打不得！打了河伯，他老人家发怒，咱们十字坡就全完了。"

众人皆如此说。

花不如放下棍子，指着河伯说："明天我去天帝祠告你！"

当晚，花不如写了一份诉状，洋洋千言，放在案头，准备天亮去天帝祠。倒头睡下后，梦见一人乘龙车，着大袍，款款而来，见到花不如，这人双膝跪地，哭声哀求。

花不如看了一眼，发现和庙中河伯一个样子。

花不如问："你为何让那几个小鬼踩我十字坡庄稼？"

河伯惨淡地说："姑娘，那几个乃是吾之子也，素来性格乖张，前些日子，十字坡有人过吾庙，喝酒吃肉，醉了将鼻涕抹在吾子脸上，故而它们才出来……"

花不如说:"即便如此,惩治那人便是,为何踩庄稼?!"

河伯说:"那人……那人惹不起呀。连龙都能屠……"

河伯这么说,花不如就知道是谁了。

河伯又说:"吾那三五子,已被姑娘你教训了一番,还求你莫将此事诉诸天帝,否则天罚下来,吾成尘土也!"

花不如怒火填胸,在梦里骂骂咧咧,教训了不知多长时间,骂得河伯面红耳赤、全身是汗,这才消了气,答应不去天帝祠上诉状。

第二天早晨,贾老六来找,说田地里那些倒伏的麦子,又恢复原状了。

花不如冷笑道:"这厮,倒有些良心!"

贾老六说:"还有个事儿……"

花不如问:"什么事儿?"

贾老六说:"庙里的河伯,不知道怎么回事儿,全身冒水珠,原本雪白的脸,变得桃花一样红艳艳的,擦都擦不掉。"

花不如说:"还知道羞耻,也罢,且饶他一回。"

贾老六问怎么回事儿。

花不如将晚上的梦说了一通。

贾老六对花不如竖起大拇指,说:"不如呀,你可为咱十字坡立了一大功!"

花不如说:"小事儿。"

贾老六又皱起眉头,唉声叹气起来。

花不如问:"你叹什么气?"

贾老六说:"原本我和媳妇儿商量着给你找个婆家呢。你连河伯他老人家都敢动,这事情传出去,哪个敢娶你呀?"

第八十

花不如（四）

花不如突然之间成了十字坡的老大难。

十字坡人都热情得很，花不如自打落户之后，大家对她关心备至。她一个姑娘家，孤身一人，身世凄惨，又救过十字坡人的性命，所以大家都想她幸福。

有道是男大当婚女大当嫁，花不如也老大不小了，姑娘家家的，要长相有长相，要身材有身材，虽脾气暴躁了些，动不动就要放箭射人……可总归还是不错的。

大家把给花不如找婆家的重任交给了贾老六。

贾老六一开始挺积极的，将周围村子里没结婚的后生名字写下来，和媳妇儿李树精一起参谋，细心挑选，正商量得热火朝天，河伯庙那档子事儿便传得百里皆知了，原先答应相亲的小伙子们一听女方连河伯都敢弄，全打了退堂鼓。

贾老六灰头土脸，实在找不到人，问他媳妇儿："要不，你在你们妖精里面趄摸趄摸，找个脾气好、能吃气的，给她凑一凑？"

李树精说:"我早问过了,问了差不多一两百个,提起花不如,全都吓跑了。"

为这事儿,贾老六快要愁死了。晚上去春风酒肆喝闷酒,正好碰到韦无极,俩人拼一桌,一边喝酒一边聊天。说着说着,就说到了花不如身上。

韦无极对花不如赞不绝口,说:"真奇女子也!便是我,恐怕也不一定有那胆魄!"

贾老六眼前一亮,问:"无极呀,你觉得花不如咋样?"

韦无极说:"我不是说了嘛,够胆!"

贾老六说:"不是这意思。我是说,你觉得花不如这个人,咋样?"

韦无极说:"挺好的啊!"

贾老六酒也不喝了,大笑着,一溜烟儿跑到花不如家,咣咣砸门。

花不如正在院里射箭,开门把贾老六放进来,问怎么回事。

贾老六说:"不如呀,你觉得韦无极咋样?"

花不如嘣地射出一箭,说:"挺好的啊。"

贾老六说:"我不是这个意思,我是说,你觉得韦无极这个人,咋样?"

花不如嘣地又射出一剑,说:"就是挺好的啊。"

贾老六拍了一把大腿,大笑:"好好好!"笑完了,掉头就走,搞得花不如莫名其妙。

第二天,贾老六、王不愁、金花婆婆加上春四娘,四个人成立了解决老大难问题工作组。

贾老六尤其兴奋,说:"我真是佩服我自己,我咋这么聪明呢!一下子解决十字坡两个老大难!"

王不愁第一次对贾老六表示认可。

四个人分工合作，贾老六和王不愁去说服韦无极，金花婆婆和春四娘去做花不如的思想工作。

整个谈话过程，十分有戏剧性。

韦无极那边一听就炸了，一蹦三尺高，说："让我娶花不如！？怎么可以呢！不行，我打算一辈子行侠仗义！我是刀客！"

贾老六说："刀客个锤子呀！你就是个屠狗的！不孝有三无后为大！你觉得花不如配不上你？"

韦无极说："不是，花不如人挺好，性格也好。可我俩年龄差距太大了，我比她大二十好几呢。"

贾老六说："爱情面前，年龄不是问题！你俩年龄差距再大，能大得过高道长和荻花精？"

韦无极瘪了。

贾老六说："能娶到花不如，你祖坟冒青烟了我告诉你！"

花不如那边则是另一番景象。

据金花婆婆说，得知这消息后，花不如身体颤抖，差点儿没昏过去。春四娘一巴掌将花不如扇醒后，花不如就变成花痴了——"哎哟，可羞死人家啦！人家不要了啦！"

春四娘说："你再这么说话，信不信我蜇死你！"

金花婆婆说："这事儿你觉得咋样？"

花不如两手捂脸，用蚊子一样的声音说："哎哟，你们看着办吧。"

事情就这么成了。

十字坡瞬间成为欢乐的海洋。大家凑在一起商量着良辰吉日，然后宰牛，准备婚礼。

可在这紧要关口，形势突变！

婚礼的前几天，有一晚，忽然有人半夜喊："这门亲事，我反对！我反对！"声音又响又有穿透力，十字坡人人听得真真儿的。贾老六从被窝里头跳出来，带着王不愁出去找。

那声音跟捉迷藏一样，飘忽不定，一直喊："我反对！我强烈反对！"

第二天晚上消停了，可十字坡人早上起来，发现家家大门上都被写上了斗大的字："我反对！"

也有这样的："我爱花不如！"

或者这样的："韦无极，有种出来单挑！"

贾老六等人焦头烂额，把韦无极和花不如叫到一起。

贾老六说："咱们得把这事儿解决了，不然这婚没法儿结。"

王不愁说："从留言判断，问题出在花不如你的身上。"

春四娘说："是，花不如，你实在不像话！明明在外面有对象，怎么还答应和韦无极结婚呢？"

花不如说："我没对象啊！"

金花婆婆说："新鲜！你没对象，人家会闹那么大动静？我爱花不如，那五个大字，就写在我家门板上！"

花不如说："的确没有啊！但凡有个喜欢我的人，我早嫁了！"

春四娘在旁边直拍桌子："矜持！矜持啊！"

问了大半天，也没问明白。

可巧，高道长和小高道长从长安城回来了。贾老六把这事儿拜托给高道长，高道长乐呵呵答应了。

真不愧是高道长，当天晚上就把对方弄来了。

两条龙拉着的巨大车辇在贾老六家院子里缓缓落下，当那个人走出来的时候，所有人都瞪大了眼睛。

尤其是贾老六，他指着对方："哦哦哦！原来是你啊！"

河伯刚开始还挺有礼貌，对着大家鞠了一躬，然后就一脸无赖地说："对！是我，就是我，怎么着吧？！"

贾老六说："人家郎有情妾有意，郎才女貌，天造地设，你添什么乱呀！"

河伯说："我爱花不如！自打那天见到了她的英姿，我就深深爱上了她！爱一个人，有错吗？"

贾老六说："这和有错没错是两码事儿！人家马上生米煮成熟饭了，你走过来要掀锅盖子！你成心的啊！"

河伯说："我勇敢争取我的爱情，怎么着了？！花不如一日没结婚，我就一日有追求她的权利！这门亲事我就是反对！我强烈要求花不如嫁给我！"

贾老六说："我呸！你咋这么不要脸呢！人家花不如已经答应嫁给韦无极了！"

河伯很伤心，看着花不如，说："不如呀，我难道不如韦无极吗？我一表人才，总管终南山一千多条河流；要钱，我有；要人，我也有。我这车辇，你看，两条龙拉着呢！我能给你更多的幸福！"

花不如被他说得挺感动，叹了一口气，说："你和韦无极都很优秀，可你来晚了。"

贾老六说："是啊，你来晚了！再说，你一个河妖，谈什么爱情呀？"

第八十　花不如（四）

河伯一拳打到贾老六脸上："我怎么就不配谈爱情了？！"

李树精一见老公被打，就花枝招展地蹿上去了："敢打我老公？我跟你拼了！"

…………

那晚，现场一片混乱。

不过，韦无极和花不如的婚礼，还是如期举行了。

那绝对是十字坡最隆重的一场婚礼！而河伯也绝对是那场婚礼中唯一一个伤心欲绝的人。他一口气喝了三十坛春风酿，醉得一塌糊涂，看着身着嫁衣的花不如被韦无极牵入洞房，转身抱着身边的金花婆婆号啕大哭。

河伯一边哭一边说："妖精怎么就不配谈爱情了？怎么就不配了？！我爱花不如，有错吗？有错吗？"

真是听者伤心，见者流泪。

金花婆婆也一把鼻涕一把泪，说："都没错，可你去晚了啊。"

河伯捶胸顿足。

金花婆婆说："别难过了，河伯呀，你看我……怎么样？"

河伯说："挺好的啊。"

金花婆婆老脸通红："我不是那个意思，我的意思是，我这个人，怎么样？"

河伯说："老了点儿。"

金花婆婆啪地给了河伯一个耳光，站起身，捂着脸，哭着跑出门去。

贾老六指着河伯，说："你太过分了！你一个几千岁的河妖，人家没嫌你年纪大，你倒嫌人家老！"

河伯捂着脸,看着金花婆婆的背影,双目闪烁,兀自说:"虽然老了点儿……可这扇我巴掌的力道和感触,很美妙啊……我喜欢!"

第八十一

金花婆婆（三）

金花婆婆突然牙疼。

刚开始还行，能忍受，后来越来越痛，腮帮子鼓得老高，连带着半边脑壳都肿起来，天没亮就赶紧去找毛不收。

毛不收给金花婆婆号了脉，说："哎呀，你这脉象有点儿不正经啊！"

金花婆婆跳起来给了毛不收一巴掌，说："姓毛的，你别玷污老娘我的清白！我可是贞洁得很。"

毛不收捂着脸，说："金花姐，你误会了，我没说你这是喜脉。"

金花婆婆说："废话！我倒是想有喜脉，跟谁喜去啊？！"

毛不收说："你这脉象，一会儿阴沉顺滑，应该是你自己的；一会儿刚烈有力，仿像是个男人的，这分明是两个人的脉象啊。"

金花婆婆说："我守寡几十年，哪儿来的男人？！"

毛不收说："这个，你得去找高道长了。"

金花婆婆大骂毛不收是庸医，转头去清凉观找高道长。高道长正在和荻花精一起打扫院落呢，见金花婆婆那模样，吓了一跳。

金花婆婆将事情说了一遍，高道长也给金花婆婆号了脉，说辞跟毛不收一模一样。

金花婆婆急了，说："道长，你可要维护我几十年的贞洁呀！"

高道长说："这样，我作个法，看看怎么回事。"

很快，高道长收了法，笑道："我知道了。"

金花婆婆问："怎么了？"

高道长说："你牙疼的确是有人故意搞的。"

金花婆婆又问："谁这么缺德啊？！"

高道长说："你那个死鬼丈夫宋烂眼啊。"

金花婆婆暴脾气一下子上来了，说："道长，你把那个混账东西给我叫出来，我有话跟他说！"

高道长就把宋烂眼给召了出来。他还是当年死的那个模样，三十多岁，长相还行，就是一双眼磕碜得很。

金花婆婆揪着宋烂眼的头发，将其摁倒在地，一通猛揍："你个死鬼，嫁你两年你就蹬了腿儿，让我一个人守寡，这些年，我容易吗我！你成鬼了，还让老娘牙疼，良心何在啊你！"

宋烂眼和金花婆婆对打，说："你放手！别揪我头发！别打脸！我告诉你，金花，你生是我的人，死是我的鬼！"

金花婆婆说："这不他妈废话嘛！不然我为啥守寡？"

宋烂眼说："屁！听说你和河伯打得火热！"

金花婆婆问："啥河伯？"

宋烂眼说："就是那个可恶的水妖啊！"

金花婆婆说："放你娘的罗圈屁！我什么时候和他打得火热了？我

金花十字坡一枝独秀，我能看上他？！"

高道长赶紧说："我证明，金花是清白的。"

荻花精赶紧补充："是的，河伯说她老了点儿……"

宋烂眼说："那难道是误会？"

金花婆婆说："不然嘞？"

宋烂眼不还手了，往那一躺，说："我搞错了，金花，你打吧。"

金花婆婆把宋烂眼痛痛快快揍了一顿，随即神清气爽地坐下来喝茶。

高道长把宋烂眼扶到座位上，说："烂眼呀，你死了这么多年，不应该早就托生去了吗？"

宋烂眼说："是啊，原先是这么安排的。后来阴间缺人手，让我当个临时工，时间长了，阎罗王觉得我能干，给转正了，最近又升官了。"

高道长问："什么官？"

宋烂眼咳嗽了一声，整理下衣衫，正襟危坐，说："十字坡人有福气了，我受天命，过几天来咱们十字坡当土地公公。"

高道长说："哎呀，恭喜！"

宋烂眼扬起下巴看着金花婆婆，说："所以，金花啊，你要擦亮眼睛、明辨是非，我现在是神官，比那个河妖强多了！你跟着他，那就是个老妖婆，跟着我，可就不一样了！"

金花婆婆说："屁的神官！跟了你，顶多也就是个土地婆婆！"

宋烂眼说："土地婆婆咋了？你得知道，我要是招招手，来跟我配对的女人，能从十字坡排到长安城去！"

金花婆婆揪着宋烂眼又一通好打："排队是吧？！我让你排队！"

打完了，宋烂眼跟高道长说正事儿："高道长，我上任，那可是咱们十字坡开天辟地的大事儿，咱们十字坡从来就没有单独的土地公公，这回是升级了！"

高道长说："是哦，是哦。"

宋烂眼说："我希望乡亲们在我上任之前能把我的土地庙给盖起来。我的要求不高，前后三进院落，十丈高的正殿，就行了。"

高道长说："这个应当，不过你上任就这几天，这么大工程怕是来不及。再说，三进院落、十丈大殿，这比城隍庙都大，违规哦。"

宋烂眼说："是吗？城隍比我大？"

高道长说："你说呢？"

宋烂眼说："行吧，你让乡亲们尽力而为吧。另外，供奉的神像我自己来，乡亲们没有足够水平表现我的英明神武和英俊潇洒。"

高道长说行。

高道长去找贾老六，贾老六又找来王不愁等人，笑着把这事儿定了。接下来几天，十字坡人济济一堂，在村口大槐树下盖起了土地庙。

到了上任这一天，金花婆婆牙疼了，她站在土地庙门口对大家训话，声音是宋烂眼的。

"宋烂眼"说："你们太过分了哦！我可是十字坡的土地，你们咋给我盖个鸡圈呢？你们自己看看这庙，四根木头立起来，泥糊的墙，茅草搭的顶，连门儿都没有，一泡尿能撒三圈！"

贾老六说："得了吧，烂眼，和别的土地庙比起来，你这算是豪宅了！隔壁村的土地庙，连屋顶都没有呢。"

白铁匠说："就这么的了，你要是不满意，自己盖去！"

王不愁说："烂眼呀，还有一个时辰就是吉时了，赶紧上任吧，这里面还没神像呢。"

宋烂眼唉声叹气从金花婆婆身上离开，随即，一股旋风凭空升起，围绕着土地庙打转儿，忙活了大半个时辰，总算在庙里弄好了神像。

这时候，金花婆婆也苏醒了，大家扶着她一起去看土地像。哪知金花婆婆一看就急眼了，叉着腰破口大骂："宋烂眼你个王八羔子，你自己这磕碜样儿也就算了，凭什么把老娘也塑在你旁边？！老娘还没死呢！"

大家看着那两尊泥塑，笑得快要内伤。

只有高道长没笑。

高道长捂着肚子，憋着笑，说："金花啊，这也是烂眼的一片心意，你看你俩这像，一个烂眼，一个打着赤膊，栩栩如生，真像！"

大家纷纷附和："是哦，真像！真像！"

第八十二

金花婆婆（四）

金花婆婆这人其实还挺好的，性格直爽，有一说一，就是有时候特固执。

她孤身一人居住，年纪也不小了，所以大家闲下来，会去看看她。作为十字坡的里正，贾老六去的最多。

贾老六有次去金花婆婆家，进门就大叫："哎呀，金花呀，你能不能把你家好好拾掇一下！上次进来被铁锅绊倒，我回去躺了三天！这次差点儿又被陶罐给干趴下了！"

不怪贾老六发火，金花婆婆家里确实太乱了。

那么小的一间房子，床铺、火塘都凑在一起，桌椅、柜子、铁锅、衣物、锄头、镰刀……全都胡乱堆在一起，从地上一直延伸到天花板，触目惊心，谁看了都心惊胆战。

金花婆婆端着碗正在床上吃饭呢，见贾老六这样，说："那是你自己眼睛不好，我咋没绊倒呢？"

贾老六站在门口，没进去——里面根本就没下脚的地儿。

第八十二　　　　　金花婆婆（四）

贾老六说："你拾掇一下呗！我真怕哪天那些东西倒下来把你砸死。"

金花婆婆说："有什么好拾掇的？屋子就这么大，东西就这么多，怎么拾掇也是这样子。"

贾老六说："你扔一些出去啊？你看看你这些东西，掉了嘴儿的茶壶、破了洞的筛子……这些破烂儿你扔出去啊！"

金花婆婆说："那不行！这些东西跟了我多少年了，虽然不能用了，可我有感情。"

贾老六说："感情个屁啊！你就是懒！我来帮你行不？"

金花婆婆说："你有多远滚多远！你要是敢扔我东西，我告诉你媳妇儿，说你来我这里不正经。"

贾老六说："行，算你狠。你爱咋咋的吧，反正我也不住这儿。我每次来你这里，看一次堵心一次。"

金花婆婆说："我又没请你来！赶紧滚蛋！"

贾老六摇着头，就滚蛋了。从此再也没去。

凡是去金花婆婆家的人，大部分都会在这事儿上劝上一劝，让她清理一下屋子。金花婆婆每次都不同意，说急了还骂人。因为这个原因，去她家的人越来越少了。

大家不怎么去了，金花婆婆又有意见了，常常说："你们怎么不去看我呢？太没人情味儿了。"

她这么说，大家这么听，一笑了之。

金花婆婆有些寂寞，经常搬个小板凳坐在门口。碰到走乡串户的郎中、算命先生什么的，硬拉着跟人聊天。她最喜欢的，是个货郎。

那货郎三十出头，是个全身上下收拾得干净利索的小伙儿，皮肤白皙，声音也好听。金花婆婆经常买他的东西。

时间长了，知道金花婆婆喜欢什么，货郎就送来什么，有时候金花婆婆不在家，他便把东西放在院子里。有次金花婆婆病了，在毛不收那里住了四五天，病好些回家，路上碰到了货郎。

货郎说："婆婆啊，麻烦你把钱给结一下？"

金花婆婆说："好。"

金花婆婆把货郎请进院子，搬个板凳给货郎。

货郎坐了，掏出账本，摊开，开始一笔笔说给金花婆婆听。

货郎报完了账，说："这半个月的，一共三贯钱。麻烦你老人家。"

金花婆婆说："货郎啊，你这账目不对呀。我看你小伙子挺不错的，怎么能骗我老太太呢？"

货郎说："婆婆，我做生意童叟无欺，怎么可能骗你呢！"

金花婆婆说："你最后这几笔账，再说一遍。"

货郎说："嵌玉金钗一个，八百文；牡丹簪花一个，三百文；胭脂水粉一盒，两百文。"

金花婆婆说："我啥时候买的这些？"

货郎说："前天啊！"

金花婆婆说："胡扯八道，这几天我生病，一直在毛不收家里！"

货郎急了，说："怎么可能?! 前天我到你家门口，你把我拽进去亲自挑选的，当时还有说有笑的，根本不像生病的样子。婆婆，我这是小本买卖，你可不能赖账呀！"

金花婆婆说："我赖你奶奶的腿儿啊！你不信，咱们去找毛不收证明！"

货郎说："行啊！"

第八十二　　　　　金花婆婆（四）

两人到毛不收那里，毛不收说这几天金花婆婆的确都在自家偏房躺着，偏头疼，晕头转向的，连地都下不了。

货郎快哭了，说："可前天分明是婆婆买我的东西啊！"

货郎的样子不像说谎，金花婆婆觉得蹊跷，问毛不收会不会是贾老六媳妇儿变身捉弄她。

毛不收说："不可能，贾老六媳妇儿这几天跟贾老六去长安了。"

毛不收又说："既然有人在你家买了货郎的东西，很有可能东西还在你家，去找找看，不就知道了吗。"

金花婆婆觉得毛不收说得在理。

三个人回到金花婆婆家里，翻箱倒柜找东西。那一屋子乱七八糟的物件，翻起来尘土飞扬，毛不收差点儿被呛死。

毛不收说："金花啊，你这儿真该拾掇拾掇了。"

货郎说："是呀，这么多破烂，没用的我拿出去给你换点儿钱也行。"

金花婆婆满脸通红，说："我还是留着吧。"

从早晨翻到下午，三个人成了泥猴，依然一无所获。出了屋，三个人面面相觑。

毛不收说："金花啊，你家盆在哪儿，我打水洗洗。"

金花婆婆说："还要啥盆呀！屋后有水缸，你自己去洗吧。"

毛不收颠儿颠儿地去了。

货郎说："实在不行，算了吧。"

金花婆婆说："那怎么行，你这是小本生意。我赔你吧。"

两个人正推推让让，听见毛不收在屋后喊："哎呀，找到了！在这里呢！"

金花婆婆和货郎一溜烟儿跑到后面，见水缸旁立着一个大笤帚，枝干早秃噜了，金钗、簪花都插在上头呢，笤帚杆上还抹着胭脂水粉。

金花婆婆气得走过去，大耳光直扇，说："我道是谁，原来是你这家伙充大尾巴狼呢！"

毛不收说："你这笤帚有些年头了。"

金花婆婆说："可不是嘛，我当初嫁给宋烂眼的时候，陪嫁过来的。"

货郎没明白过来，傻傻地问毛不收："大夫，怎么回事儿呀，这？"

毛不收咳嗽一声，说："没事儿，没事儿。这是我们十字坡的特产。"

货郎更不明白了，问："什么特产啊？"

毛不收搂着货郎的肩膀，说："你是外乡人，不知道情况。在咱们十字坡，家里要是不闹妖怪，出门都不好意思跟别人打招呼。"

第八十三

崔眉州（三）

崔眉州去世之后，学堂里没人教书了。

刚开始，大家把孩子领回来，让他们自习，然后委托贾老六去长安城再找个教书先生回来。贾老六腿儿都跑细了，去了不知道多少趟，也没办成。

原因嘛，有很多，比如有人嫌工钱给得少，有人觉得十字坡鸟不拉屎太偏远，更多的是听说十字坡闹妖怪，乌烟瘴气的，吓得不敢来。

耽误了快一年，大家觉得不能再这么下去了，聚在贾老六家里想办法。

王不愁说："老六啊，孩子们已经一年没上学堂了，不能一直自习。"

刘万川说："可不是嘛！我那几个孙子，刚开始一俩月还行，再往后，天天心不在焉！"

贾老六说："我知道啊！可找不来教书先生，我有什么办法？"

王不愁说："要不这样，先让人替一替，你这边再继续找。"

贾老六问："找谁替?！"

大家都不吭声了。

张道士自告奋勇，高举着手，说："我！"

贾老六说："拉倒吧，我可不想咱十字坡的后生们都变成神棍！"

王不愁说："要不，让春四娘试试？我看过她写隶书，写得不错，一笔一画的。"

贾老六说："你难道想将来咱们十字坡出一批杀手？"

刘万川说："要我看，干脆请太仆令吧。咱们十字坡就属他有文化。"

贾老六说："你还真敢说！人家是太仆令，圣人有事才会找，让人家给咱们当教书先生，你不怕一个雷劈了你！"

王不愁说："这也不成那也不成，咋办?!"

贾老六想了想，看着顶赞，说："顶赞，要不让你媳妇儿试试？"

顶赞愣了，说："绿珠啊？"

贾老六说："是啊，你媳妇儿毕竟出身高，琴棋书画都懂，应该没问题。"

顶赞说："她没教过书啊。"

贾老六说："替一替而已，过段时间教书先生就来了。"

顶赞说："行吧。"回去跟媳妇儿一说，绿珠挺乐意的，答应了。

第二天，顶赞收拾了行囊，送绿珠去学堂，一路走一路抹眼泪。

绿珠说："你哭个啥？又不是生离死别，不过是去学堂待一段时间。"

顶赞说："我知道啊，可晚上没你，我睡不着觉。再说，那学堂周围荒山野岭的……"

绿珠说："又不是只有我一个人，还有那帮后生呢。你这样腻腻歪歪的，让人看笑话。"

绿珠进了学堂，别说，教得还挺好。她原本就识文断字，有耐心，而且人也漂亮，孩子们喜欢得不得了。绿珠觉得这事情很好——她喜欢孩子，教书她也喜欢，再有，这学堂环境清雅，让人忘俗。

唯一不足的，就是有些寂寞。

尤其是孩子们早早睡了，她一个人在房间里，总想顶赞。长夜漫漫，带的几本闲书很快翻完了，外面除了风声、山音，什么都没有。世界好像掉进了一口大缸里。

寂寞呀，无聊呀。绿珠说。

这天晚上，绿珠正唉声叹气，忽听得锣鼓响。

当当当当，咚咚咚咚！

只见墙壁之下，六个怪物鱼贯而出。每个都又矮又胖，四四方方，全身都是眼睛，总共二十一只，穿着白衣，衣服上画着一个个红点，模样滑稽，列队走到绿珠面前，只听见为首的喊了一声："且为绿珠姑娘舞乐！"

言罢，六个怪物操练起来，胖乎乎的身体滴溜溜作胡旋舞，转得飞快，接着前滚翻、后滚翻，又两两交替翻滚，三人对打，四人混战，五人驰逐，六人叠罗汉……那表演，绝对比当年在长安城看的杂耍还要精彩，绿珠不由得鼓掌欢呼。

如此耍到半夜，为首的喊了一声："夜半，绿珠姑娘要歇了，诸位，回营是也！"

当当当当，咚咚咚咚！

锣鼓声响起，六个怪物排着队走回墙壁下，消失了。

自此，这六个怪物夜夜现身为绿珠逗乐，每晚节目都不一样，什么踩高跷、云中飞步、舞剑、滑稽戏……绿珠爱看什么就演什么。

渐渐地，绿珠觉得这书院好生舒服。

两个月过去了，绿珠没法儿再教了。不是因为贾老六找到了教书先生，而是绿珠怀孕了。

顶赞高高兴兴地上山，要接绿珠回家。

绿珠说："怪舍不得的。"

顶赞问为什么。

绿珠把六个怪物的事情跟顶赞说了一遍。

绿珠说："回家之后，怕是看不到这么精彩的杂耍了。"

高道长当时正好去书院采艾草，听了之后，哈哈大笑。

绿珠问："道长，你笑什么？"

高道长说："今晚，我替你将这六个家伙擒来。"

晚上，绿珠依然躺在床上，高道长躲在门口。半夜，锣鼓声响，六个怪物粉墨登场。

为首的一个高声说："且为绿珠姑娘舞乐！"

说完，鼻子嗅了嗅，道："哎呀，不好，这里怎么有臭道士的味道！"

六个家伙齐声大叫，转头就跑。高道长从门后走出来，喷了一口法水，六个怪物畏缩在地，毫无声响。

绿珠惊道："道长，莫伤了它们！"

高道长说："无事。"

道长蹲在墙角窸窸窣窣了一番，站起身，走到绿珠跟前，伸出手。手上是一个褪了色的锦囊，打开，里面装着六个象牙骰子，锃亮、油润。

绿珠说:"这是什么?"

高道长说:"就是那六个家伙呀。"

顶赞说:"这不是骰子吗?"

高道长说:"是呀,原来是崔眉州的,那家伙爱之如命,我见过几回。眉州死了之后,便不知去向了,想不到藏到了墙角。"

绿珠说:"给我吧。"

高道长说:"本来就是擒了给你的。"

绿珠收了锦囊,跟着顶赞高高兴兴回家了。

十月怀胎,绿珠辛苦得很。顶赞忙得一天到晚不沾家,大家替绿珠过意不去。可绿珠整天乐呵呵的,心情很好。

大家很纳闷儿,好事的人去观察情况,发现一到夜里,顶赞家里锣鼓齐响,热闹无比。王无忧将这事告诉顶赞,顶赞听了,哈哈大笑,不以为意。

后来,生下了孩子,是男娃,虎头虎脑。绿珠给取名"重六"。

这名字怪,大家百思不得其解。

坐完月子后,绿珠就开始忙前忙后,田里的秧苗,池塘里的鱼,坡地上的牡丹花,忙得陀螺一样。

金花婆婆有回碰到,问绿珠:"你忙这些,重六谁带呀?!"

绿珠笑:"有人呢。"

有个鬼呀!顶赞整天不沾家!

金花婆婆不放心,跑去顶赞家里看,发现重六在院子里玩,周围跟着六个方方正正的小胖子,有的照看,有的端水拿衣服,有的负责翻跟头，小重六乐得直拍手。

金花婆婆恍然大悟:"我说呢!原来如此呀!"

这事儿，慢慢地大家都忘了，或者说，习以为常了。

有一年，重六六岁的时候，一伙乱军进了十字坡，一两千号人，把十字坡团团围住，将老少爷们儿全都赶到村口。

为首的将军豹头环眼，一副凶煞相，说要抓壮丁。大家顿时哭天抢地。贾老六上去说理，差点儿被打死。

将军那天心情似乎不错，说:"那就给你们一次机会，老子我爱博戏，玩遍北军无敌手，你们若是赢了我，那我自断一臂，率军掉头就走;若是输了，嘿嘿，老子屠你们村!"

所谓的博戏，说白了就是玩骰子，六个骰子比大小，若是每个骰子点数都一样，那更大。

将军从腰里摸出六个骰子，吹了口气，甩了甩，丢在桌子上，每个都扔出了"五"!

乱军顿时欢呼雷动。

十字坡人心如死灰。

将军冷喝一声:"动手!"

兵匪子们一个个抽出刀来，饿狼一般就要屠村。

咯咯咯咯!

人群里传出一串笑声。

绿珠那虎头虎脑的儿子，摇摇晃晃走出来，爬到了板凳上。

将军说:"这谁家娃儿?哈哈哈，看着嫩，晚上煮着吃。"

绿珠想去抢,被高道长拦住。

小娃娃站在凳子上,众目睽睽之下,从腰里摸出个锦囊,抓了那六个象牙骰子,往桌上一丢。几千人的目光凝聚到那桌子上,凝聚到那骰子上!

六个骰子,每面都是"六"!

绿珠儿子乐呵呵地将骰子捡起来,一连掷了六把,把把都是如此!

将军目瞪口呆,面色苍白,问:"敢问小神仙高姓大名?"

绿珠儿子拍了一把手,奶声奶气地说:"重六。"

将军说:"我知道你掷出了六个'重六',我问的是你叫什么?"

绿珠儿子说:"我就叫重六!"

将军长叹一声,呛啷一声抽出刀,要断臂。

重六说:"胳膊你自己留着吧,我要也没用,赶紧滚蛋。"

将军双膝跪地,咣咣咣给重六磕了仨响头,带着队伍,灰溜溜离开了。

直到那时,十字坡人才明白"重六"是个啥意思。

是呀,那么怪的一个名字。

第八十四

崔眉州（四）

贾老六踅摸了一年多，最终也没为十字坡的学堂找来教书先生。后生们没有书读，十字坡人接受不了。耕读传家嘛，哪能少得了书。

一帮有头有脸的人聚在贾老六家，商量对策。讨论到了半夜，也没想到合适的人选。

王不愁恼了，说："要是眉州还在，就好了！"

贾老六说："是啊，天底下恐怕再也找不到崔眉州那样既不嫌工钱少又不觉得咱十字坡偏僻的文化人了。"

是啊是啊。大家叹着气，无比怀念崔眉州。

这时候，听见有人走进来，说："那么想崔眉州，就把他叫回来继续教书呗。"

贾老六听了这话，举着拳头站了起来："都死了那么久了，叫个鬼啊！"

不过，他那拳头没落下去。因为走进来的，是宋烂眼。

十字坡土地公公，宋烂眼。

宋烂眼坐下来，喝了一口酒，说："怎么说我也是十字坡管事儿的正神，这么大的事，竟然不找我商量，你们太过分了。"

大家纷纷说抱歉，说人间的事儿，没想起你这个土地公公。

贾老六说："烂眼呀，你刚才啥意思？"

宋烂眼说："这事太简单了，崔眉州现在没托生呢，他字儿写得好，又会写诗，判官很喜欢他，就留下来当助手了。既然学堂里缺先生，把他叫回来不就得了？"

王不愁瞪大眼睛说："可他死了啊！"

宋烂眼说："谁说死了的人，就不能教书？"

王不愁问："可以吗？"

宋烂眼也问："不可以吗？"

贾老六说："你俩别杠了！烂眼，这事儿可行吗？"

宋烂眼说："我去说一说，应该没问题，关键得眉州同意。"

贾老六说："眉州应该不会不同意。"

宋烂眼点了点头，说："行，我现在就去。"

他站起身，转了转，咻的一声，消失不见了。过了一个多时辰，又咻的一声，拉着眉州回来了。

崔眉州还是那个样子，穿着长衫，温文尔雅，满脸是笑。大家拥上去，纷纷打招呼。

"哎呀，眉州，好久不见。"

"眉州啊，我们可想你了！"

"眉州，你好像比原来胖了。"

只有贾老六实在，说："眉州啊，学堂你教不教啊？"

眉州坐下来，呵呵一笑："教啊，不教我为啥跟着宋土地回来？"

贾老六哈哈大笑："那就好！"

十字坡学堂又开张了。

不过和别处不同，十字坡的学堂是白天关门，晚上上课。没办法，谁让教书的先生是个已经死了的人呢。

崔眉州除了教书，也到十字坡来。去春风酒肆里喝酒，或者到贾老六、王不愁、韦无极等人家里玩。时间长了，大家都忘了这家伙是个已经死掉的人。

学堂一直开着，即便是战火纷飞的年月，即便别村的学堂早已荒废，十字坡的学堂依然书声琅琅。

一年又一年，一载又一载，学生们换了一拨儿又一拨儿，十字坡的后生们，出了好多进士，出了好多的官。

可先生，还是那一位。

宋烂眼有次说，崔眉州挺傻的，阴间有好几次晋升的机会，他都主动放弃了，最好的一次，是让他去秦广王那里当判官，他说秦广王那边太远，去了就没法儿教书了，给推掉了。

十字坡人过意不去，大家商量一番，在学堂正门口，给崔眉州塑了一尊像。白铁匠亲自出手，打了一尊一丈高的铜像，栩栩如生。

十字坡一代代的后生们不拜孔子，入学第一天，就拜崔眉州。这事儿把崔眉州弄得挺不好意思，可他也没办法阻止。

用贾老六的话说："眉州啊，这是民意！民意懂不懂？民意大如天！"

第八十五

刘长寿（三）

刘长寿有一次去长安卖梨，因为他那梨好，一车全卖完了，赚了两千钱。

刘长寿很高兴，拉着车子往回赶，想着有了这两千钱，可以按照毛不收说的那样，把药方缺的那两三味名贵药材抓了，治治自己的头疼病。

这是刘长寿的老毛病，也不知啥时候惹下的，一犯病，头疼欲裂、汗如雨下、全身抽搐，求生不得求死不能。

出了长安城门，天已经黑了。刘长寿怪自己光顾着卖梨，没注意时间，于是行走如飞，想尽快赶回去。

从长安城到十字坡，很多地方是荒山野岭，刘长寿越走越急，转过一个山口，头突然疼了起来。

不早不晚，偏偏这个时候疼！

刘长寿拉着车子，勉强走了一里地，实在支撑不下去了——脑袋上就如同有一把把大斧呼呼砍过来，全身冒冷汗，一丝力气都无。

在这地方晕倒，十有八九得喂狼。刘长寿觉得自己要完了。

正绝望呢，忽见前方有灯光，大喜，撑着一口气，来到跟前。

是座小院，篱笆为墙，茅草做顶。刘长寿敲着门，打里头走出来个老太太，六七十岁，老脸枯瘦，愁眉不展。

刘长寿将自己的情况说了一下，求老太太让自己留宿一晚。

老太太说："家里除了我，只有一个小孙子，实在是不方便。"

刘长寿说："妹妹，求求你，不然我这晚上算是熬不过去了！"

老太太叹了口气，说："进来吧。"

刘长寿进了偏房，倒在土炕上，总算是松了一口气。

老太太给端来了热水，又给抱来了被褥。水不好喝，土腥味很重，被褥又硬又湿，还散着一股霉味。

看着老太太为自己忙活，刘长寿感激不尽，跟老太太聊了一会儿，见她唉声叹气，就问怎么了。

老太太说："我家原本人不少，老伴儿当兵死在了高丽，大儿子死在了安西，二儿子死在了河湟，小儿子跟着哥舒翰守潼关，也战死了。就剩下我跟一个小孙子。如今小孙子得了重病，家里穷，拿不出抓药的钱来……唉，这小孙子是我家唯一的后人了，眼见得……"

老太太说着，抹起了眼泪。

刘长寿问："需要多少钱？"

老太太说："大夫说，起码得两千文。"

刘长寿咬了咬牙，把自己的褡裢拿出来，说："我这里有两千文，这一季卖梨得来的，你收起来，明天给小孙子抓药。"

老太太说："这怎么好意思？你这钱也是辛辛苦苦挣来的……"

刘长寿说："哎呀，我那梨明年还会长，小孙子治病要紧。"

第八十五　刘长寿（三）

老太太收起来，抹着泪说："你真是好人。"

刘长寿说："如今这年月，到处战乱，人命如狗，官府指望不上，咱们穷人，就得相互帮衬着活。"

老太太说："我看你，似乎也害着病呢。"

刘长寿龇牙咧嘴，指着自己的脑袋，说："老毛病了，头疼。"

老太太说："倒是巧了，我家有祖传的药酒，专治头疼，我给你倒一碗。"

老太太说完，出去了，过了不久，端着个黑陶大碗进来。刘长寿接过，见这药酒颜色紫红，腥味扑鼻，本想着不喝，又见老太太满脸期待地看着自己，一仰脖，干了。

说来也神奇，虽说味道难闻，但喝下去之后，一股热流涌入四肢百骸，全身热乎乎的舒坦，原本的头疼也慢慢消退，只觉得四肢瘫软，困意袭来，便呼呼大睡。

也不知睡了多久，忽听得雄鸡啼了一声。

刘长寿迷迷糊糊爬起来，发现自己睡在一座荒坟跟前，盖着一床发霉的殓被。坟头上，有一条一丈多长的巨蟒，已被开肠破肚，鲜血滴滴答答落入一个黑陶大碗里。

想起昨晚发生的事，刘长寿"啊呀"叫了一声，一溜烟儿跑回了十字坡。

在村口碰到了高道长，刘长寿赶紧把事情说了一遍。

高道长听完，叹了一口气，说："那户人家我听说过，一家老少都死了，只剩下老太太带着小孙子，后来因为没钱，小孙子也病死了，老太太把小孙子下葬之后，自己上了吊。这年月，人如草芥。"

刘长寿叹息不已。

高道长说:"别怕,没事儿。"

刘长寿点点头,发现褡裢还在身上,打开看,里面的两千文一点儿也没少。

高道长问:"你头疼好了吧?"

刘长寿这才反应过来,说:"不疼了。"

高道长说:"当然不疼了,那么大的蟒蛇。蟒血加蛇胆,对付头疼,应该有效。"

高道长说得不错,自那以后,刘长寿再也没头疼过。

为这事儿,刘长寿用那两千文钱,请来一帮和尚道士为老太太和她的小孙子做了一场法事。后来,刘长寿每次去长安卖梨,都要特意经过那座荒坟,烧点儿纸钱,摆点儿供品,又或者烧点儿小孩子喜欢的玩具。

有一次,刘长寿梦到了老太太。她对刘长寿千恩万谢,说因为刘长寿的功德,她和小孙子能转世投胎了。小孙子个头儿小小的、瘦瘦的,手里拿着刘长寿烧的玩具。

刘长寿说:"好啊,好啊,这是好事儿!"

老太太笑。

小孙子笑,说:"刘老头,你头疼好了吧?"

刘长寿也哈哈大笑,说:"好了,好了,谢谢你们哦!"

刘长寿是笑醒的。醒来后,眼角还挂着泪。

刘长寿想,啥时候能没有战乱,幼有所养,老有所依,大家开开心心、平平安安地活着,就好了。

第八十六

刘长寿（四）

十字坡有两件事情，大家经常取乐。

一个是王不愁家里供驴皮，另外一个就是刘长寿家里拜雷妖。

可刘长寿觉得，即便自己家里拜的那位，是雷部里面一个叫雷部阿三的小妖，但在他心目中，那就是神！

刘长寿说："不说别的，当年我在麦地里，一个天雷没把我劈死，那全是因为我家三爷的恩赐。救命之恩呀！难道不应该拜?！"

刘长寿拜雷部阿三，那绝对虔诚，早晚三炷香，逢年过节还要供奉酒肉，从不间断。

有一次，刘长寿正在吃早饭，听见背后的神像画轴动了动，一回头，见雷部阿三悬空而立，两丈多高，全身漆黑，铺展着一对巨大肉翅，着红裤，腰围虎皮，八面威风。

刘长寿心想，瞧咱家三爷！这叫一个精神！回头继续扒饭，觉得不对劲儿：妈呀，三爷现身了！

赶紧放下碗筷，跪倒磕头。

雷部阿三说:"行啊,老刘,你这日子过得挺滋润啊,有菜有饭的。"

刘长寿说:"天地良心!三爷,我给你的供奉可一点儿没少过。"

雷部阿三说:"知道,知道,你对我,还是很好的。所以,为了奖赏你,今天我要救你一命。"

刘长寿不解:"三爷,怎么了?"

雷部阿三说:"今天你要挨雷劈。"

刘长寿说:"不应该啊!我平日里不做坏事,日行一善,还天天给你老人家上香磕头,雷再劈我,那可太过分了!"

雷部阿三说:"这有什么过分不过分的,雷想劈你,那就劈你。"

刘长寿说:"雷这么不讲道理的吗?"

雷部阿三说:"你别管它讲不讲道理,反正我今天要救你一命,你感不感谢?"

刘长寿说:"我感谢。"

雷部阿三说:"哎,这态度才对嘛。我问你,今天你是不是要牵着你那头牛,去田里干活?"

刘长寿说:"是啊。怎么了?"

雷部阿三说:"那就对了。前些日子,有条乖龙惹怒了雷神,雷神命我惩罚,一雷劈死!"

刘长寿说:"不对啊,三爷,你刚才不是说要劈死我吗?"

雷部阿三咳嗽了一声,说:"哎呀,你别急嘛,马上就要讲到劈你的地方了。你知道乖龙吗?"

刘长寿摇摇头。

雷部阿三说:"乖龙呀,就是一种负责降雨的龙,降雨这事情很辛

第八十六　刘长寿（四）

苦，所以它们经常偷懒逃跑，这时候就要降下天雷，一雷劈死，灰灰了去。"

刘长寿说："我不管什么乖龙，你快说我。"

雷部阿三说："我掐指一算，这条乖龙，正好会在今天中午出现在你的地里，那时候你不正牵着牛在地里干活吗？"

刘长寿竖起大拇指："三爷神算！"

雷部阿三说："乖龙也很狡猾的，它知道会被天雷惩罚，所以往往会躲起来。躲哪里去呢？它最喜欢躲的地方，是牛角里，那里不好找，实在不行，就躲到人的身上，所以有时候不做坏事的人也会被劈到，就是这个原因。"

刘长寿说："那你的意思是，今天那条乖龙会跑到我身上？"

雷部阿三说："不是，会钻到你家牛的牛角里。可你一直都会和牛在一起呀，劈死了牛，你也跑不了。所以我提前告诉你，今天干活时候，你离你家牛远远的，明白不？"

刘长寿说："那我的牛咋办？"

雷部阿三说："注定有那么一劈，横竖都要劈。而且也不一定会给劈死……你要牛还是要命？"

刘长寿纠结再三，咬了咬牙，道："要命。"

刘长寿吃完了早饭，去牛棚安抚了好一会儿，最后摇了摇头，牵着牛出去了。来到田里，他也不耕田了，把牛拴在地中央，自己远远跑到田埂上的一棵大槐树下。槐树距离牛有二里地，足够远了！

等了两个时辰，中午时分，天空突然浓云密布，风雨齐下。随后，一道白光从东南方飞来，盘旋了一阵，似乎躲无可躲，钻入牛角之中。

空中浓云压下，将那牛团团围住，继而一道闪电撕裂长空，天地昏暗，轰隆一声！！！

刘长寿只觉得天都要塌了！耳朵震得什么都听不到，全身剧痛，低头看了看，发现自己毛发枯焦，衣服零碎，自己蹲的地方，赫然变成了一个大坑！

我的妈！不愧是我家三爷，天雷之威，恐怖如斯！转脸望向田地——不对呀！田里禾苗一棵未倒，那头牛安然无恙，正悠闲地吃草呢。

正纳闷儿，听见身后传来哇哇大叫，轰隆作响——

"老刘，你愣着干什么啊！快点儿拉我出来！"

刘长寿站起身，见那棵大槐树被雷击中，中间裂开好几丈的口子，雷部阿三被夹在中间，脸都变形了。

刘长寿走到跟前，大叫："不是说好的嘛，劈那牛，劈那藏在牛角里的乖龙！我特意躲这么远，竟然准确无误就劈过来了，你故意的吧！"

雷部阿三说："哎呀，怎么可能呢！我分明是劈那牛的！老刘啊，我呢，偶尔会失误，实在不好意思，真不是成心要劈你，上次也是这样……"

刘长寿听了，顿时急了，指着雷部阿三，气得五内生烟："哦！原来那一次，不是你救我，而是你失误劈了我！原来如此！你个骗子！"

雷部阿三说："哎呀，先别说这些了，你赶紧找锯子来，把树锯断，放我出来。"

刘长寿转身跑回十字坡，从白铁匠那里借了一把长锯，对着大槐树斜着锯了过去。

雷部阿三说："哎呀！老刘，不是这样锯，你这样，会把我锯成两

第八十六　刘长寿（四）

半的！"

刘长寿说："我就是要这样锯！"

雷部阿三说："哎呀！你成心要锯死我是吧？"

刘长寿学着雷部阿三的语气，说："我呢，偶尔会失误，实在不好意思，不是成心要锯死你。"

雷部阿三说："老刘，我可提醒你，我是雷部正神，锯死了神，你吃不了兜着走！"

刘长寿说："妈妈的，老子八十了，被雷劈了两次都不死，你们能奈我何！"

雷部阿三说："老刘有话好说，我道歉，我道歉总行了吧！"

刘长寿说："我拒绝。"

"那你要怎么着？"

"我很生气！"

"怎么着你才能不生气？"

"你把你那雷锤拿出来，换我劈劈！"

"这不行呀！这是神器，凡人不能用。"

"那我这大锯继续！"

"别呀！"

…………

当天，十字坡人觉得很蹊跷。不知怎么回事，坡南的田地里，天雷轰隆个不停，从中午一直响到傍晚。

天快黑的时候，众人见刘长寿骑在牛背上，扛着个大锤雄赳赳气昂昂地回了村。

牛后头跟着个东西，一团漆黑，焦炭一样，奇惨无比，哭丧着脸，一边走一边说："妈妈的，老刘，我就劈你两次，你劈我一下午！你快把雷锤还我啊……"

第八十七

陈二奎（三）

陈二奎锄地的时候，在花圃的拐角扒拉出一个东西出来。

是一尊石雕。雕的既不是老君也不是佛祖菩萨，是个满脸是笑、挎着花篮的姑娘，挺好看的。只是年月久远，长满青苔，而且下半身已经碎得不像样子。

陈二奎喜欢石姑娘的笑，没用这青石垒墙，而是清洗干净，用树胶把破损的地方粘合起来，放在了苗圃中，还专门搭了个草棚，算是个景儿了吧。

有一次，方相云来，看到雕像，十分惊诧。

方相云说："这雕的是花月之精啊。"

陈二奎问什么是花月之精。

方相云说："就是主管花草的精灵。"

陈二奎说："那就是神仙了？"

方相云说："离神仙还差点儿意思，不过是挺风雅的一个精灵。"

陈二奎对那石雕越发敬重起来，想着自己以种花为生，应该拜一拜，故而买了个香炉，天天上香。

如是几年，花圃里的花，每年都长势喜人，陈二奎越发觉得是自己拜花月之精的原因，遂将那石雕视之如宝。

有一晚，陈二奎恍惚做了一个梦，梦见一位白衣姑娘，挎着花篮，笑盈盈走到近前。

姑娘说："我是花月之精，念你这些年虔诚无比，特赐你仙草。"

醒来后，陈二奎怅然若失，以为只是个梦，但突然闻到房间里芳香无比，自己枕头旁多出了个锦囊，打开，里面有一撮种子。

种子小小的，比芝麻都小，黑乎乎，油光锃亮。陈二奎种花养草这么多年，从来没见过这样的种子。

第二天，他就开垦了一片地，将种子种了下去。悉心浇灌之下，不到半个月便郁郁葱葱。

长出来的东西，有些像蒲草，叶子又细又长，散发着一股馨香，却不开花。等高及人膝，这草开始出现怪异——白天缩到地底下，晚上钻出来。

陈二奎惊讶无比，赶紧去找方相云。

方相云看了之后，说："这是传说中的梦草啊。"

陈二奎问："什么是梦草？"

方相云说："汉武帝的时候，外国曾经进献过，书上的记载，和你这草一模一样。这种草，晚上揣进怀里，就能梦到想梦到的人，和对方说话。汉武帝思念李夫人，就揣着这东西，每晚和李夫人梦里相见，所以取名梦草。"

陈二奎说："好神奇啊。"

这事儿传开了，前来求梦草的人络绎不绝。尤其十字坡的人，几乎每人都来。

王不愁说他想念死去的妻子，一直想要一片回去和妻子一诉衷肠。

春四娘说她想她师父了，要了一把。

刘万川说有个人曾借了他不少钱，后来杳无音讯，他想和对方梦里相见，叫对方还钱。

张道士说他师父当年有个宝贝要传给他，结果还没传就死了，他想问他师父那宝贝藏哪儿去了。

…………

很快，陈二奎的梦草被拔得精光。

他也是好脾气，凡是来人求草，一口答应，半文钱不收，还好吃好喝招待着。

韦无极说："你真傻，这样的宝贝，怎能轻易给人？"

陈二奎说："每个人啊，内心里都有这样那样的小秘密，这些秘密，只有自己知道。你看那些求草的人，说出各种理由，其实我不太相信。春四娘想的未必是她师父，刘万川想的未必是那个欠钱不还的债主，王不愁想的也未必是死去的妻子。我的那些草啊，就像是树洞，让他们将这些埋藏在内心深处的秘密都倾吐出去，多好。"

韦无极听了，挺佩服陈二奎的，但还是说："那也不能全送人啊，起码给你自己留一片。"

陈二奎摇头，说："我要这玩意儿没用。"

韦无极说："你没有想在梦里倾诉的人？"

陈二奎哈哈大笑，摇了摇头，随即看着那尊石雕，看着笑容满面的花月之精，说："我啊，有她就够了。"

第八十八

陈二奎（四）

陈二奎的花圃里种着不少花。但是他最爱的，却是竹子。

陈二奎说，种的那些花，不过是生活所迫，用来做香，赚些银钱，可竹子不一样。大家问有啥不一样，他往往一笑了之，不说。

陈二奎的苗圃外面、房前屋后，种了不少竹子。他的竹子，和寻常的没什么不同，一样的青竿脆叶，一样的亭亭玉立。

他爱之如命，每天都要巡视好几遍，生怕被野兽撅了，被人刨了。

有篾匠花钱想买去做竹编，他不卖；崔眉州爱清雅，想移植一些去学堂，他也不答应。

更奇怪的是，每年九月份，他都给那些竹子上香磕头。

有一次，在春风酒肆，韦无极把陈二奎灌醉了，才把竹子的事儿打听出来。

陈二奎不是十字坡人，老家在梁州。群山之中，土地贫瘠，一年到头辛辛苦苦种地，也不过能勉强填饱肚皮。

有一年，从三月份开始就没下过雨，一直持续了几个月，发生了严重的旱灾，庄稼颗粒无收。老百姓刚开始上山打猎、采野菜，不久之后，动物不是被打光了就是跑走了，野菜挖完了，人们开始啃树皮，然后就饿死了人。

陈二奎说，那时候真惨呀，饿殍满地。他家原本十几口，最后只剩下他自己。

陈二奎说："我爷，我奶，我爹，我娘，后来我兄弟姐妹，一个个的，都活活饿死了。我小弟才三岁，饿得连说话的力气都没了，靠在我怀里，说，哥，我想吃米饭，想吃米饭。说完就死了。"

陈二奎说："那时候，我向老天磕头，求老天赐些米给我，哪怕就一口。我真想讨一口米饭给我弟吃啊，他才三岁。"

陈二奎觉得自己也活不成了。不光他的村庄，不光梁州的村庄，甚至周围的几个州，都是这样。

他从院子里爬出来，往山里爬。他想，山里或许还能有点儿吃的，可爬到一半，便昏倒在路边。

蒙眬中，看见一群小孩跑过来。他们穿着青衣，白白净净的。

其中一个说："陈二奎，你忍忍，明早叫人来山里吃白米饭。"

陈二奎说："山里没有庄稼，哪儿来的白米饭？"

那群孩子说："有！明天早晨就有！"

陈二奎醒来，已经是第二天早晨了。

他站起来，看到原先漫山遍野的翠竹，不管是粗的还是细的，都结出一簇簇雪白的竹实，在风中摇曳。陈二奎揪下来一簇，放进嘴里咀嚼，一股香甜在口中回荡。

他赶紧跑回去，告诉乡亲们——山里的竹子结出白米啦！

饥饿的乡民奔向山里，用陶罐、箩筐将那些竹食采下来，下锅煮熟。煮出来的东西比米粒稍大，微微泛红，吃起来格外香甜。

乡亲们活了！

更多的村庄，更多的百姓，听到这个消息后，纷纷涌进山里。也有更多的竹子开花结籽！

那一年，包括梁州在内，无数百姓因这些竹子活了下来！

第二年九月，漫山遍野的竹子，那些救活乡亲们的竹子，一夜之间全部枯死了。

陈二奎说："漫山遍野啊！正是草木生长的时候，漫山遍野的枯黄！黄色的竹叶随风飞舞，好像下雪！在那样的'大雪'里，跪着漫山遍野的百姓！千万条性命，因为这些竹子才得以存活！"

陈二奎说："也是那一年，我离开了家。临走的时候，我从山里撅出一块竹根，带在身上，到了十字坡，就埋在苗圃外面，没想到竟长出竹子来。这些竹子，是我的救命恩人，是我的乡亲们的救命恩人。"

陈二奎说："你们说，我应不应该给它们磕头上香？"

第八十九

鬼子尤（三）

鬼子尤最好的朋友，是一个鬼。

这事儿他说过很多次。他说这个鬼，只有他自己能看到，别人都看不见。宋烂眼第一个不相信。

宋烂眼说："我可是十字坡的土地，这一带只要不是人间的事儿，都归我管，都要来我这里报到，咱们村有这么一个玩意儿，我怎么会看不到？"

鬼子尤说："你真的看不到。"

宋烂眼说："胡扯八道！这玩意儿要是真的存在，让他来找老子！"

当晚，宋烂眼的土地庙就被扒了。

张道士也不相信。

张道士说："烂眼是没那本事净说大话。贫道乃是修行之人，不怕它来找我，惹恼了我，我一个掌心雷轰得它灰灰了去！"

当晚，张道士安然无恙。

第二天,张道士来到春风酒肆,扬扬得意,说:"你看,我说得对吧,还是怕了贫道。"

大家一起站起来,举着木棒、酒瓶、板凳,差点儿把张道士打得生活不能自理。

张道士不干了:"你们为什么打我啊?"

春四娘说:"你刚才来酒肆,给一帮人下了泻药,贾老六拉得快翻白眼儿了!"

张道士说:"瞎说!我才睡醒爬起来!"随即一想,张道士恍然大悟,"肯定是那鬼变的!"

张道士急了:"那鬼呢?"

春四娘说:"钻进后头茅厕了。"

张道士说:"四娘,你去看看。"

春四娘就去了。

过了一会儿,还不见人回来。张道士一边包扎一边叫唤。

春四娘走进来,端着酒盏。

张道士问:"在茅厕里头不?"

春四娘一脸蒙圈:"什么茅厕里头?"

张道士说:"我让你去茅厕里头看那鬼在不在。"

春四娘说:"我在后厨忙活,根本没出来过。刚才那个我,肯定是鬼变的。"

张道士冷笑一声,操了根棍子,守在茅厕旁边,不久,果然见春四娘露了头。

张道士铆足劲,一棍打下去,随后疯狂连击,一边打一边吼道:

第八十九　鬼子尤（三）

"再狡猾的小鬼儿，也逃不出贫道的手掌心，今日不好好揍你一顿，你不知贫道的厉害！"

春四娘被打得满脸是血，鼻青脸肿。

春四娘何等人？她从地上爬起来，直勾勾地看着张道士，双目喷火。张道士觉得不对劲儿，转过脸，身后端着酒盏的"春四娘"倏忽不见。

那天，张道士被春四娘从早晨揍到傍晚，还被挂在了树上，谁也不敢去劝架。最后还是小高道长出面，才给拖下来。

张道士脑袋肿得猪头一样，哼哼地对鬼子尤说："我信了，信了，以后让它别玩儿这种恶作剧了，挺不好的，真的。"

第九十

鬼子尤（四）

鬼子尤三十二岁那一年，发生了很多事。

先是他爹尤金盆在贩卖丝绸的路上被盗贼杀了，连尸首都没找到。后来家里的人陆陆续续染上怪病，死了十几口。家境败落，原本的锦衣玉食没有了，只剩下他孤零零一个人。

生活所迫，鬼子尤在十字坡南的山坳里立了一口陶窑，烧一些粗陶青瓷，挑到路口摆摊卖，勉强能糊口。

有一天，他在飞龙驿外的十字路口摆摊。那天天气不好，阴沉沉的，飘了一些雪花。行人稀少，客人更是少得可怜，从早晨到傍晚，也不过卖出去两三个陶碗。

有群小儿在驿站门口玩耍，应该是路过的官宦子弟，淘气得要命。其中一个用木杆掘土，忽然"啊"了一声，孩子们喧哗起来。

鬼子尤起身看了一下，发现那孩子掘出来个骷髅头，雪白雪白的。

刚开始孩子们还挺怕，后来就玩儿开了，有个孩子把手里的枣儿塞到骷髅的嘴里，说："给你枣儿吃。"

另一个孩子塞了一头大蒜,说:"光有枣儿不行,再来点儿蒜。"

玩够了,这帮孩子就进驿站了。当时夜幕四合,鬼子尤推着车子想走,听见不远处有叹息声。

对方说:"枣儿挺好吃,就是蒜太他妈辣了!"

鬼子尤吓了一跳,仔细看,发现是那骷髅头喃喃自语。他走到近前,骷髅头寂然无声。

鬼子尤蹲下去仔细瞅了瞅,发现除了那骷髅头,浅土中还有一具尸骨。年头久了,衣服什么的早就烂光了,随葬的只有一柄锈迹斑斑的古剑。

这地方靠着路边,人来人往,骡马拉屎撒尿都在这里。人们都说入土为安,死者为大,虽是一具枯骨,若是这样暴露在外,遭人践踏,鬼子尤有些不忍,便脱下衣衫,将尸骨收殓,打了包,选了林子中的一处偏僻地方,给埋了。

回家之后,吃着饭,一抬头,见对面坐着一个人。这人身材高大,面皮发红,长衫飘逸,英气逼人。

鬼子尤眯了眯眼,问:"你是鬼吧?"

对方有些吃惊,说:"哟!你能看到我?"

鬼子尤说:"我这双眼睛,生下来就能看到一些别人看不到的东西。"

对方站起来,施了一礼,说:"不错,我便是你今日收殓的那具枯骨。我生前是个剑客,行走天下,不料生了重病,死于路边。骨骸荒弃,无人收殓,抛于黄土之下,日日受践踏之苦。蒙你大恩,特来跟着你。"

鬼子尤说:"举手之劳而已,你叫啥名?"

对方说:"你叫我陆无双即可。"

鬼子尤说："这名字挺好听。"

自此，陆无双就在鬼子尤家住下，两人成了好友。

陆无双是个剑客，生前走南闯北，见多识广，经常讲一些各地的趣闻，鬼子尤很喜欢听。有时候，陆无双也指导鬼子尤练剑，还告诉他怎样才能烧出上好的陶器和青瓷。

因为陆无双，鬼子尤觉得日子总算添了些色彩。

后来，因为春风酒肆戏弄张道士那一场，陆无双在十字坡出了名，大家都很喜欢他，有空也让他去春风酒肆跟大家讲故事。陆无双有求必应，逗得大家很开心。

但陆无双说，他最喜欢的，还是和鬼子尤一起，守在群山里烧窑。

那年冬天，鬼子尤烧了一个大窑，为此忙活了一个多月。

窑火熊熊燃烧的时候，他和陆无双坐在山头上，看着终南山，看着山下的十字坡。

鬼子尤说："我记得你是贞观时的人，是吧？"

陆无双说是。

鬼子尤说："死去的人，按理说，应该转世投胎的啊，这么多年，你怎么还是一个鬼呢？"

陆无双说："我不愿意。"

鬼子尤问："为什么？"

陆无双说："因为没意思。"

鬼子尤说："难道做鬼就有意思了？"

陆无双说："虽然凄苦了一些，但能周游天下，因为没有身体的限制，可以穿墙过屋，得以腾高山以观山色，入山林以待风华，挺好。"

他这么一说，鬼子尤也羡慕起来："你这么一讲，我也想做鬼了。"

陆无双摇了摇头，说："也有不好的。"

鬼子尤问："咋不好了？"

陆无双说："鬼，属于妖怪。反物为妖，非常则怪，在世人眼里，毕竟是无法接受的存在。我先前有个很好的朋友，是个修行了八百年的老狐，他喜欢读书，是个博学之士，为人很有风度，从来不干坏事，开了个学堂，教狐子狐孙们做狐狸的道理，还经常帮助人，最后被一位天师给杀了，几十个狐子狐孙也没放过。"

鬼子尤有点儿感慨："为什么呀？"

陆无双说："仅仅就是因为它们是妖怪呀。天师也罢，道士也罢，和尚也罢，术士也罢，甚至普通人也罢，觉得妖怪就是一定要除掉的。"

鬼子尤问："既然如此，那妖怪就应该躲得远远的，离人远远的，躲到没有人烟的地方，就能避免这样的伤害。"

陆无双说："不行。你看，许许多多的妖怪，都会主动去招惹人，然后被干掉。"

鬼子尤问为什么。

陆无双叹了一口气，看着天上的流云，说："因为……寂寞呀。"

鬼子尤愣了。

陆无双说："山林河川，风清月白，固然是好，可时间久了，就会寂寞。你们人类是体会不到的。夜晚，我们站在高岗、树梢，远远地看着一座灯火辉煌的大城，或者一个村庄，里面欢声笑语，热热闹闹的，你知道那时候，我们有多羡慕吗？想找个人说说话，想凑到跟前儿，哪怕看一眼,哪怕感受一下那烟火气。"

鬼子尤说:"是啊。可你们一出现,就会引起惊慌。"

陆无双说:"妖怪基本上都异于常人,常人看了自然觉得惊慌,然后就想办法斩杀。这是无可奈何而又悲哀的事。实际上,它们中很多从来都没有害人之心,不过想跟人说几句话、交往一下而已。"

陆无双又说:"因为这样,所以你看很多妖怪会变成人的模样。相对来说,动物还好一些。植物要难一些,器物更难。可即便是动物,比如狐狸这样有灵性的东西,也需要几百年,中间经过好多次生死,才能转化为人。一千条狐狸中有一个成功,就已经很不容易了。可结果呢,仅仅是因为和人发生了一些事儿,就被杀了。"

鬼子尤说:"好像人和妖怪之间,受伤的,妖怪要多一些。"

陆无双说:"是啊。"

两个人很久不说话。

陆无双说:"其实你知道吗?我经常去十字坡。"

鬼子尤有些惊诧。

陆无双看着十字坡,笑道:"我很喜欢这个村庄。这可能是天底下最好的一个村庄。人和妖怪和谐共处,嬉笑怒骂,不以为意。大家不会因为你是妖怪,就看不起你,就觉得你是怪物,彼此之间,家人一般。"

鬼子尤说:"是哦。"

陆无双说:"我走过很多地方,累了,寂寞了。我觉得,如果能待在十字坡,是我的福气。"

鬼子尤说:"大家挺喜欢你的。"

陆无双哈哈大笑,说:"哟,瓷器烧好了,赶紧出窑!"

鬼子尤飞奔下山，打开窑门往外出瓷器。那一窑烧出来的陶瓷，和以往截然不同，尤其是青瓷，竟开出漂亮的龟裂，美得让人心醉。

鬼子尤很诧异。

陆无双说："哈哈哈，前两天，我看到了一个木精，就在你砍伐木柴烧窑的那片林地。那是一个很胆小的妖怪，一直怯生生地看着你烧窑，但从不敢靠近。这一窑好瓷，应该是它出手帮了你一把。"

鬼子尤说："既然如此，它为什么不出现呢？我请它喝酒。"

陆无双说："它之前受人伤害太深，差点儿死掉，戒心很重。不过，我跟它说过，十字坡人和别处的人不一样。"

鬼子尤说："那它想必也很寂寞。"

陆无双拿着一个青瓷碗放在手里，仔细端详上面薄云般铺展的开片，说："呀！真是美！"

第九十一

陆无双（一）

陆无双还没死的时候，有一年在翠微山待了很长时间。

翠微山上，有翠微宫。那是大唐的皇家行宫，太宗皇帝曾驾崩于此。后来的圣人很少过来，此处逐渐零落，行人稀少，只有一些留守的官员、士兵和宫女。

陆无双喜欢翠微山的风景，故而流连于此，在山间搭一茅棚，不愿离开。

白日呼啸山林，或纵马游猎，或寻访绿林；晚上回到茅棚，喝酒赏月，不亦快哉。

夏日里，炎热烦闷，陆无双出门找纳凉之地，见山上一块条石，洁白如玉，雕龙画凤，先前应是宫殿之物。躺在上面，凉气入体，暑气全消，故而夜夜前去。

有一晚，忽听得林中有人唱歌。歌声悠扬，浅吟低唱，别有味道。

歌词是这样的——秋日凝翠岭，凉吹肃离宫。荷疏一盖缺，树冷半帷空。

陆无双起身过去，见一女子，着宫装，坐于青苔之上，容颜娇美。

陆无双行走天下，从来没见过那么美的女子。他不会作诗，更不会唱歌，便解下腰中横笛，跟着那女子的歌声吹奏。

笛子是师父送的，白玉为之，他跟师父学了很多年。女子闻笛音，转过头来，见到他，莞尔一笑。

第二日，陆无双去。

第三日，又去。

后来，两个人牵着手，躺在那块条石上，一起赏清风明月。

"后来呢？"听到这里，鬼子尤问陆无双。

陆无双说："有一位挚友，被长安县尉抓住，投入大牢，我去营救，花了一个多月才救出来。"

等回到茅棚，那女子再也没来。

陆无双找上翠微宫，打听她的下落。宫中的人都说从来没有这样的女子。

夜晚，陆无双去俩人相会之处，见那块条石被砸成几瓣，应该是翠微宫的人打算修路。他走过去，发现条石周围的泥土一片殷红，摸上去，皆是血。

血从条石中渗出，石中有一圆团，隐隐成胎形。

"我在石头底下发现了白玉笛，我送给她的白玉笛。"陆无双说。

他沉默良久，看着天上的一轮明月，喃喃道："她若是不死，我们的孩子，已经长大成人了。"

第九十二

陆无双（二）

陆无双有一古琴，焦桐为体，红丝为弦，弹奏起来，有忧愁哀怨之声，即便是不识五音的乡间老农，也会闻之落泪。

十字坡人一有机会就请陆无双演奏。生活艰难，哭过之后，心情便会舒畅许多，然后该干吗干吗。

有一次贾老六问，这琴从何而来。

陆无双说，当年他还活着的时候，有一次在扬州游玩，盘缠用尽，在城外的一座破庙里栖身。庙中无庙祝，更无旁人，庭中草木累累，长着一簇簇的高粱，足有丈余。

有一晚，天气炎热，陆无双在走廊上纳凉，忽听得高粱丛中传来阵阵呐喊之声，声细如蚊。他蹑手蹑脚凑过去，发现有一队小人儿，约莫十来个，手指头般大小，赶着牛车，牛、车亦小。小人儿们手持小锯、斧头，在砍伐一根高粱。

在人面前的一根普通高粱，对这帮小人儿来说，俨然是参天巨木，几个时辰也没成功，累得他们汗如雨下。

陆无双见了，于心不忍，摸出腰中刀，一刀将高粱斩断。那帮小人儿见了，大喊一声，狼狈而逃，留下牛、车在原地。

陆无双觉得好笑，用刀将高粱秆斩成一截一截的，装在牛车上，再用狗尾巴草绑牢，便转身回走廊，眯着眼睛打量。

工夫不大，见那帮小人儿悄悄回来，赶着牛车，欢呼雀跃而去。

第二日，小人儿们又来伐高粱。忽有一夜枭凌空飞过，抓住一个小人儿振翅而飞，那小人挣扎不休，呼喊哀号。

陆无双开弓放箭，射中夜枭，救下那小人儿。一帮小家伙儿拜谢而去。

后一晚，又听得呐喊之声。陆无双出门，见百八十小人儿浩浩荡荡而来，抬着一个大酒坛，到了面前。一老者须发皆白，对陆无双拜了拜，说："前有公子赐木之德，后有公子救子之恩，今日特来拜谢，知公子你好酒，特运一车，还请笑纳。"

那酒坛，剖木为之，对小人儿来说极大，对陆无双来说不过盈手一握，两三口便喝完，果真是好酒，唇齿留香。

老人又挥了挥手，四五个小人儿，抬着一个木箱过来。

老人说："我等无甚宝物，只有此寡女丝，世间无二，送予公子。"

言罢，老人再拜，带着小人儿们消失在草丛之中。

那木箱手掌大小，打开之后，见里面装着几缕红丝，似蚕丝，却坚韧无比。

离开扬州后，回长安，身上银钱用尽，陆无双便拿着这寡女丝于绸缎店中卖，屡屡被店主轰出来。

路上遇一胡人，见这红丝，大呼宝贝，愿以两千金买之。陆无双觉得好奇，不过几缕丝，如何价值千金？

胡人说："此乃天地异宝也。蚕这东西，巧于做茧，而做茧之时，最为敏感，可收世间精诚之音于其中。寡女丝者，乃蚕听孤女哀苦之音做茧成之丝也，若缫丝制弦，弹之有感人泣下之音。"

陆无双没有卖掉寡女丝，而是请人做了一尾琴。

琴做成的那天，他在长安的十字路口弹奏，南来北往的人，凡是听到这琴音的，莫不潸然泪下。

贾老六问过高道长那些小人儿什么来头儿。

高道长说应该是木蚕之精。

贾老六说："那哭泣的寡女，又是什么人？"

高道长说："大概是平凡的世间女子吧。生而为人，原本便是不容易的事，兵荒马乱，存活艰难，一家老小不知因什么原因相继死去，只留下寡女，强忍着悲伤，辛苦劳作，夜深人静之时，掩面哭泣，才会有如此悲伤之音。"

贾老六听了，长叹一声，说："这悲伤，就是我等的悲伤啊。"

第九十三

春四娘（三）

春四娘一直挺幸福的。

春风酒肆经营得很好，成为十字坡人每日必去的地方，生意兴隆，口碑也不错，连别的村，都有人大老远跑过来的。

她又在后面买了几块地，盖了一座小院，青砖黛瓦，白墙朱门，挺好看。

感情上，虽说小高道长这不好那不好，但两个人相当融洽，有说有笑有打有闹，令人羡慕。

照理说，春四娘应该挺幸福。

可从上个月开始，不知怎么的，春四娘眉头紧皱，唉声叹气。大家提醒小高道长，让他注意点儿，别出现感情问题。

小高道长觉得有必要跟春四娘谈一谈。

春四娘说："也没什么。"

小高道长说："我还不了解你？你说没什么，那肯定有大问题了。你要是觉得我不合适或者看上了别的什么人，直说，我不介意的。"

春四娘急了："你想什么呢？！我这段时间发愁，是因为我师姐要来了。"

小高道长稍稍放心了一些，说："从来没听你说过，你还有个师姐啊。"

春四娘说："我师父就收了我们两个徒弟，我和她关系并不好。"

小高道长说："你师姐厉害，还是你厉害？"

春四娘说："她厉害。"

小高道长问："那她也是个妖怪？"

春四娘点了点头："她是只蜈蚣，修行比我多了八百年。不光我打不过，估计你和咱爹，也不是对手。"

小高道长问："她来找你干什么？"

春四娘说："我这个师姐脾气很怪，冷酷无情，尤其看不上人类。前段时间，也不知是哪个长舌头，把我在这里的事儿告诉她了，她火冒三丈。"

小高道长说："你开酒肆这事儿？小事而已，用得着火冒三丈吗？"

春四娘捏着小高道长的耳朵使劲儿拧了拧："你傻呀！是咱们俩的事儿！"

小高道长说："我和你谈恋爱，关她屁事啊！"

春四娘说："是啊，可师姐不这么认为，她痛恨人类，怎么能允许她唯一的师妹和人类谈恋爱呢？况且还是和一个道士！"

小高道长也有点儿急了："那怎么办？"

春四娘惴惴不安，说："估计免不了一场腥风血雨。"

第九十三　春四娘（三）

过了七八天，一个中午，突然间狂风大作，吹翻春风酒肆顶上三层茅，阴云密布，飞沙走石。

春四娘说："不好，我师姐来了！"

小高道长说："好大的动静！"

话音刚落，只见长百丈的一道赤光迅疾而来，将春风酒肆彻底掀翻，里面喝酒的一帮人鬼哭狼嚎。

烟尘散去，小高道长见对面站着一人，着一身青色道袍，三四十岁的模样，手持拂尘，肤色洁白，冷面寒目，煞气十足。

这女人，漂亮！

真的，和春四娘不同，和荻花精也不一样，是那种不食人间烟火的冰美人。

春四娘见了她，跟个鹌鹑一样，双膝跪地，说："师姐，你来了？"

女子冷哼一声："我萧南霜没你这样的师妹！不遵师父老人家教诲也就罢了，任性也就罢了，你看你在这里做了何等丑事！"

小高道长一听，立马不乐意了，说："萧师姐，此言差矣！我和四娘两情相悦，你情我愿，怎么就成了丑事了？"

萧南霜冷笑道："你就是勾引我师妹的那个混账？地狱无门你闯进来，今日饶你不得！"

言罢，手里拂尘晃动，变成一把冰冷长剑，直奔小高道长而去。

剑气如虹。

那一剑虎啸龙吟，迅疾如风，便是春四娘想阻止都来不及。眼见得小高道长便要身首异处，只听得一声高喝："住手！"

高道长从天而降，硬生生接下一剑，大声道："这位道友，不分青红皂白便杀我爱徒,太过分了吧？"

萧南霜笑道："连你一块儿杀了，又如何？"随即双脚一跺，化为一道赤芒，霍然攻去。

高道长用手中法尺抵挡，十余个回合便被击飞出去，口吐鲜血。

见高道长受伤，荻花精拼命一般攻去。萧南霜大骂荻花精不知羞耻，身为妖精竟然傍男人，一掌将荻花精打得花容失色，并声称十字坡里的妖怪都不是好玩意儿。

她这几句话算是惹了大乱子——十字坡里群情激昂，贾老六媳妇儿李树精、土地公公宋烂眼、顶赞的捆仙绳、毛不收的徒弟小鹿妖、鬼剑客陆无双……

一帮妖怪愤怒无比，纷纷拿出看家本事，和萧南霜打成一团。

十字坡的妖怪们和十字坡人沾亲带故，它们出手，十字坡人自然不能袖手旁观。贾老六、王不愁、顶赞、金花婆婆、毛不收、鬼子尤……全都摸了家伙上阵。

几百人，不，几百人、妖大战十字坡，那阵势，十字坡开天辟地也是头一回。打得那叫一个天昏地暗、鬼哭狼嚎。

恶战一直持续到当天傍晚。

萧南霜虽受伤不轻，但凭一己之力，竟将几百人、妖打得躺了一地！

春四娘跪在她面前，说："师姐，都是因为我，我听你的，马上跟你离开，你不要为难他们！"

萧南霜说："原本我只想杀你妍头，可这帮混账伤我甚重，不杀干净，难解我心头之恨！"言罢，娇躯一晃，化为一只百丈长的巨型蜈蚣，释放出无边的毒雾，张着血盆大口，当空扑下。

那一刻，十字坡所有人心都凉了——这是要整村死绝的节奏啊。

生死关头，却见一人从南边一溜烟儿奔过来，仰头看天，只高喊了一句什么，那巨大蜈蚣便尖叫一声，收了神通，化为人形，跌落在地。

是张道士。

十字坡人从来没觉得张道士竟然那么帅。

一句"萧南霜，哎呀呀，你露点啦！"救下了十字坡几百口的性命。

萧南霜站起来，满脸通红，恶狠狠地盯着张道士："怎么是你？！"

张道士来到近前，喘着粗气，快把肺给吐出来了，说："怎么就不能是我了？你干吗呢？"

萧南霜突然变得结结巴巴："我，我，我要杀了他们！"

张道士说："哟，这么多年不见，脾气见长，为啥啊？"

萧南霜说："这个小道士勾引我师妹，他们还合伙儿欺负我！"

张道士说："哦，小高和四娘的事儿，我知道，郎情妾意，不算勾引。至于他们欺负你，几百口子被你祸祸成这样，你这是倒打一耙。"

萧南霜说："反正……反正我要杀光他们！"

张道士冷喝一声："胡闹！赶紧跟我走！"

萧南霜搓着双手，垂着头，耳朵都红了，小声说："去……哪儿啊？"

张道士火冒三丈："还能哪儿？家去啊！"言罢，背着手大摇大摆地走了。

萧南霜跟在后面，像个鹌鹑一样，屁颠儿屁颠儿的。

这一幕，大家看得眼珠子掉了一地。

当天晚上，张道士带着萧南霜给春四娘以及大伙儿赔礼道歉。

春风酒肆摆了个露天的酒宴。大家都很好奇，就问张道士和萧南霜到底有何过往。

张道士说："也没啥，有一年在山里碰见了，打了一通，我打不过她，她要吃我，我说吃我也行，这辈子我最喜欢钻研学问，如果能回答我一个问题，吃了就吃了，如果回答不出来或者回答错了，那就得给我做媳妇儿！"

大家哈哈大笑起来。

张道士的狗屁问题，十字坡人十有八九都领教过，简直奇葩。

春四娘好奇得不行："你什么问题把我师姐难倒了？她可修行了几千年，见多识广。"

张道士说："很简单，我给她出了一个脑筋急转弯。"

春四娘问什么急转弯。

张道士喝了一口酒，说："如果有一辆车，赶车的是个王子，乘车的是个公主，请问这辆车是谁的呢？"

酒肆里顿时炸开了锅。有人说是王子的，有人说是公主的。

春四娘说："我师姐怎么回答的？"

张道士说："你师姐很鸡贼，她说不是王子的就是公主的。"

众人齐齐点头："太鸡贼了！那你铁定输了。"

张道士笑嘻嘻地看着萧南霜，说："媳妇儿，你跟他们说结果。"

萧南霜脸红得牡丹花一样，咬牙切齿道："这混账东西，他当时一拍大腿，说了句——说你傻真是抬举你了！我都告诉你了'如果有辆车'，这车，当然是'如果'的！"

众人绝倒。

春四娘说:"既然如此,你俩为何没拜堂成亲?"

张道士说:"主要是因为我,儿女情长这点小事儿,我哪放在心上啊……"

萧南霜美目圆睁:"你怎么不说实话呢?!"

春四娘问:"咋了?"

萧南霜说:"成亲那晚,他黄汤子灌多了,非要让我变身数我有多少条腿儿,我现出原形,这家伙吓得当场昏迷,等我转身去取蜈蚣珠要救他的空当儿,他一溜烟儿逃了……"

春四娘说:"你们俩这也算是有情人终成眷属。"

大家都说是。

春四娘还说:"师姐,既然来了,就别走了,我刚盖了小院,后院留给你和姐夫。"

萧南霜脸又红了:"胡扯啥呢?!"

张道士说:"这怎么能算是胡扯呢!四娘,你一片心意,我领了!"

春四娘说:"师姐,那你的意思……"

萧南霜耳朵也红了,捶了张道士一道粉拳,蚊子一样说:"他说啥……那就是啥呗。"

第九十四

春四娘（四）

春四娘和小高道长感情日好，到了谈婚论嫁的程度。

有一天，两个人坐在春风酒肆的走廊里说话。小高道长剥了个橘子，递给春四娘。春四娘接过，忽然重重叹了口气。

小高道长问为什么叹气。

春四娘说："你我一场，情爱甚好，可想到以后，我便不太高兴。"

小高道长问为何不高兴。

春四娘说："我是蝎妖，只要一心修行，便可不死，你虽修道，可终究是凡人，寿不过百。你死之后，念着往日种种，我岂不难过？"

小高道长说："也是，那就珍惜眼下这好时光。以后的事，以后再说。"

春四娘默默无语。

小高道长说："有件事情，我一直想问你，又怕你不高兴。"

春四娘说："你且讲来。"

小高道长说："你活了这么多年，难道之前没跟凡人谈过恋爱吗？"

春四娘说:"我说了,你可别生气。"

小高道长说:"我不生气。"

春四娘说:"我曾经有个相好,那是百年前了,人有趣,对我也好,我俩过了十年,他被皇帝砍了。那时我痛苦了好些年,才缓过来。"

春四娘说:"你知道吗,思念的苦,可能是世界上最让人煎熬的苦了。"

小高道长没说话。

春四娘又说:"他被皇帝砍了的前一天,我去看他,本想救他出来。他说:'君让臣死臣不得不死,无法。我死无憾,唯独放心不下你。此生能和你一场,我之幸也。都说人死后会托生,愿下辈子,你我再续情缘。'

"临刑前,他拉着我的手说,四娘,来世再见。我问他来世怎么见。他说他脚底板上有颗红痣,若是日后我碰到合眼的、脚底板有红痣的,那就是他。"

春四娘说到这里,小高道长噌地蹦了起来。

春四娘说:"我就说你会生气!"

小高道长把鞋子脱了,举起脚:"我哪里生气了!你且看我脚底板!"

他那长脚底部,赫然有颗红痣。

这时候,萧南霜和张道士就坐在不远处。

萧南霜羡慕得很,说:"你看看人家,天设地造的一双,命中注定。"

张道士说:"这有个屁呀!我问你,你先前谈过恋爱吗?"

萧南霜说:"没有,你是第一个。"

张道士说:"等我死后,也转世投胎,和你再续情缘。"

萧南霜欢喜无比，问："你身上哪里有痣？"

张道士说："老子全身一颗都没有。但有个特征，普天之下，估计只我有。南霜啊，我死之后，你若碰到这般的人，那就是我的转世了。"

萧南霜忙问："什么特征？"

张道士说："我素来放屁极臭，河里放屁可毒死一河鱼虾，屋顶放屁，可熏落满天雷公。我若转世，必是此放屁臭得独步天下之人！"

萧南霜一拳打过去："好好的情爱，被你这货说得如此不堪！"

第九十五

方相云（三）

方相云六十岁这一年，不做官了。

有人说他惹恼了圣人，给罢官了，也有人说是他主动辞职的。

十字坡人不管这些，听了消息，欢天喜地。方相云不做官，那就意味着可以一直待在十字坡他的那个院子里。有他在，十字坡人便觉得这地方高雅起来了。

方相云是坐着辆牛车从长安城回来的。没带啥行李，只有一车的书，还有一个侍从，两个侍女。

贾老六带领大家去迎接。

贾老六说："太仆令，你做官这么多年，咋一点儿财产都没留下呢？别人做官，都是大把的雪花银子。"

方相云说："要那些东西何用？不若两袖清风快活。"

贾老六说："太仆令的境界，就是和我们不一样。"

方相云说："已经不是太仆令了。"

贾老六说："管它呢，这么多年叫顺嘴了。"

方相云回到他的院子里，赏花、看书、弹琴，和以前没啥不同。

十字坡人有空便往那院子里跑，有的送菜送鱼，有的找他聊天，有的蹭酒喝，有的纯粹闲得慌。只要十字坡人去，方相云就客客气气招待，跟对自家人一样。

贾老六有天去，发现方相云坐在走廊里写写画画。

贾老六问："太仆令，你这忙啥呢？"

方相云说："写点儿东西。"

贾老六说："著书立说啊？哎呀，传于后世，青史留名！欸！太仆令，这里面咋还有我的名字呢？韦无极、王不愁……你写的是我们？"

方相云说："是啊，写的就是你们。"

贾老六说："我听说，只有帝王将相才能树碑立传，我们蝇头小民，有啥好写的？"

方相云说："人间烟火，比那帝王将相有趣多了。"

贾老六说："那你写的都是些什么？"

方相云说："就是咱十字坡发生的事儿。"

贾老六不解："咱十字坡一天到晚乌烟瘴气，全是怪谈，没一件正经的！"

方相云说："正因为是怪谈，才有滋味儿。"

那本书，方相云一年就写完了。写完后，贾老六借出来，在春风酒肆让崔眉州给读。

大家听了，都说好。

时间长了，别村也请崔眉州去读，听了的人，都念念不忘。

有一天，方相云背着手在院子里散步，突然听到有人说："太仆令，能不能再写点儿,俺们听得带劲儿呢!"

方相云环顾四周,发现空无一人。

知道对方是妖怪,方相云笑道:"十字坡发生的事儿,都写完了。"

对方说:"天底下何止一个十字坡?能写的实在太多了。别的不说,光咱终南山里面,怪谈就跟草木一样多。"

方相云说:"但我不知啊。"

对方说:"那你等着。"

当晚,终南山动,一股青气如万马奔腾而来。十字坡的大街小巷,脚步声响个不停。

贾老六出门看了一下,吓得转身就回来了——从村口到方相云的院子门前,排着长长的队,全都是奇形怪状的妖怪,争先恐后要跟方相云讲它们的怪谈。

贾老六对媳妇儿李树精说:"真不愧是太仆令,你看这阵势。咱们的孩子,将来一定要读书,读书才有出息啊!"

李树精一脚把贾老六踹下床:"孩子刚睡,你这一咋呼给吵醒了,哪儿跟哪儿啊!"

第九十六

方相云（四）

有天傍晚，方相云从春风酒肆回家，路上走累了，在十字坡南的岗头上休息，见高道长骑着驴子晃晃悠悠过来。

两个人坐下来聊天。

聊的都是些琐事。

方相云问："道长最近干吗呢？"

高道长答："炼丹呢，炼了好几炉，只炼出来两枚，改天我给你送一枚去。"

方相云说："那太感谢了。"

高道长叶问："太仆令最近忙什么呢？"

方相云说："无所事事，所以去春四娘那儿喝酒。"

高道长说："她那春风酿，百里无一。"

方相云说："是啊，就是没喝够。"

高道长哈哈大笑，说："这便不美了，我为太仆令奉酒。"

言罢，高道长从驴背上取下一个瓢，里面空空荡荡。

方相云问:"酒在何处?"

高道长用一张纸盖住,口中念念有词,揭开,满瓢的佳酿,沁人心脾。

方相云喝了,大加赞赏:"此乃仙酿也!道长也喝。"

两个人,一个瓢,一边喝着酒,一边居高临下看景。

已是秋天,天高云淡,芳草萋萋,风吹来,波浪滚滚。远处是青木川,荻花飘散,风清物秀。再远处,是终南山,青黛绵延,顶上有云,升腾铺展。

方相云叹道:"多好的人间啊。"

高道长说:"是啊,多好的人间啊。"

方相云说:"我最近读到两句诗,从长安传来的,觉得很好。"

高道长说:"哦?洗耳恭听。"

方相云道:"晴空一鹤排云上,便引诗情到碧霄。"

高道长品了品,看着面前的景色,说:"真是好诗,和面前这美景倒是匹配。不过可惜,看不到鹤。"

方相云说:"道长赠美酒,我唤一鹤于道长赏,如何?"

高道长问:"鹤从何来?"

方相云从袖子里取出一张纸,又拿出个小剪刀,咔咔剪了一只小小的纸鹤,举掌以气吹之。

那纸鹤悠忽上天,随即扑啦啦化为一鹤,腾然飞去,直上云端。

高道长哈哈大笑,说:"多好的人间啊!"

第九十七

小高道长（三）

天还未亮便起身，清洗一番，老君像前点香，诵经，做早课，烧火做饭，吃早餐。吃完了，天也就亮了。

这是清凉观早晨的流程。

这些事，不管是高道长还是小高道长，都习以为常。

这天早上，如往常一般，师徒两个在老君像下诵《道德经》，念到一半，小高道长突然停了。

高道长微微睁开双目，说："你的心乱了。"

小高道长说："有件事，思量了许久，想跟师父说。"

高道长双腿盘坐："我似乎能猜到。"

小高道长低着头，突然哭起来。

高道长笑道："好好的，哭个甚？说吧。"

小高道长说："师父，我想脱去这身道袍，做个俗人。"

高道长呵呵一笑，说："好啊。"

第九十七　小高道长（三）

小高道长看着师父，有点儿惊讶："师父，你一点儿都不生气吗？"

高道长摇头："没什么生气的。我收养你的第一天，就觉得你这辈子怕不能当一个道士。"

小高道长说："我无父无母，是师父带大，可我的来历，你从来都不说。"

高道长说："也是时候该告诉你了。"

那是许多年前的事儿了。

那时候，高道长四处云游，居无定所，路过一山，名为雁岭。风雨交加，电闪雷鸣，高道长淋得落汤鸡一样，见山腰有座庙，便跑进去躲雨。

庙不大，荒废许久，院中草已及膝。大殿里供奉的是既不是佛祖也不是老君，而是一个提着篮子的女子。想必是地方的神祠。

高道长在大殿里生起火，烤干衣服，躺下睡觉。也不知睡了多久，蒙眬中见一女子款款而来，提着个花篮，容貌倾城。

女子推推高道长，说："道长且起，庙后送你一子。"

高道长哼哼唧唧不应答。

如此几次三番，那女子焦急得很，猛推一把，大声说："道长速去庙后，否则晚矣！"

高道长蓦然醒来，发现是一梦。但思来想去，觉得蹊跷，便披上衣服，往庙后而去。

当时天色破晓，东方泛起鱼肚白，微光翕合。

来到庙后，高道长见一方形巨石，通体洁白，巨石之下，躺着个婴孩，身上裹着襁褓，正咿咿呀呀。雨还未停，淅淅沥沥，一群白雁聚在婴儿身边，以雁翅相接为婴儿遮雨。

高道长啧啧称奇，正要前去，又见林中跳出一鹿，蹁跹而至，来到近前，卧倒，给婴儿喂奶。那婴儿一手揪着鹿耳，一手拽着雁翅，一边吃奶，一边咯咯笑。

少顷，一只如水桶的巨蛇缘巨石而上。群雁惊鸣不肯去，被吃三四，大蛇见婴儿，张口又欲吞噬。高道长急忙上前，一剑斩了蛇头，抱婴儿下山。

高道长对小高道长说："那几天我在山里四处打探，看谁家丢了婴孩，都没有结果。你那襁褓、金丝银线，不像是寻常百姓。不得已，留你在身边。这些年来，你我名虽师徒，实如父子。雁遮雨，鹿喂乳，你终究和常人不同，更不可能如我一样做个道士。"

小高道长说："可我对自己很失望。从小到大，我都以为自己这辈子会修道观心，结道果，得长生。但到头来，竟迈不过情这一道关！"

高道长哈哈大笑："情，难道不好吗？"

小高道长说："道经上写得明白，清心寡欲才能得道飞升，情是最需要斩断的。"

高道长摇头，说："在我看来，情，乃是这世间第一等珍贵之物。"

小高道长睁大眼睛问："师父，难道经书上写的，不对吗？"

高道长说："世上本来就没有绝对的是与非。你想一想，如果没有情，这世界会变成什么样子？"

小高道长呆了呆。

高道长又说："道生一，一生二，二生三，三生万物。万物因情而动容，因情而可爱。别的不说，若是无情，白雁不会为你遮雨，母鹿不会为你喂乳，庙中女像不会为你向我托梦，而那个婴孩，早就死掉了，便不会有现在的你。

"修道者，看破这情，并不是视之为洪水猛兽，而是懂得其珍贵。其实，道也罢，佛也罢，不过是看待世界的一种方式，不必太过拘泥。世间律法、俗人眼光、他人风评，可听听，但切莫被左右。人，应该凭着自己的本心、本性，何必在意他人的眼光呢？

"你打小儿就喜欢看云，我也喜欢。云者，气也，大地上出生，蒸腾而上，升腾舒展，自由自在，不拘一格。做人，也要像云一样，方才自在。"

小高道长挠了挠头："师父，我不过是跟你说个事儿，反倒是你说了这么许多。"

高道长说："哎呀，老了。人老了，就喜欢啰唆。"

小高道长说："我算了算，三天后，是黄道吉日。"

高道长说："那咱们赶紧准备准备，得明媒正娶，不能马虎。"

小高道长说："我和四娘商量了一下，简简单单办了就行。"

高道长说："结婚是人生大事，不能马虎。我跟贾老六说说，让他媳妇儿去说媒下聘礼；花轿的事儿，找白铁匠；吹鼓手张道士可以；宴席嘛……哎呀，这种事情我还是头一回碰到，感觉好复杂呢……"

小高道长看着师父抓耳挠腮的样子，扑哧一声笑了。

第九十八

小高道长（四）

小高道长的婚礼，操办得很热闹。

十字坡家家户户张灯结彩，跟过年一样。清凉观更是贴上了红彤彤的"囍"字，披红挂绿，院子里摆满桌椅，院外满是乌泱乌泱的人头。

张道士说："哎呀，真是，这哪里像个道观啊！祖师爷看了估计要气死。"

萧南霜在旁边对着张道士大腿使劲拧了一把，说："就你话多！这我师妹大喜的日子，你别惹人不高兴。"

这应该是十字坡最隆重的一场婚礼。

主婚人是方相云，媒人是李树精，总指挥是贾老六。宾客盈门，高朋满座，送来的礼物堆成了小山包。

婚礼从黄昏时开始，夜幕四合之后，清凉观差点儿被挤破了。人也罢，妖也罢，精也罢，鬼也罢，怪也罢，聚在一起，觥筹交错，欢声笑语。

小高道长骑着高头大马，韦无极、康昆仑、王无忧、鬼子尤等人抬着轿子，吹鼓手在前鸣锣奏乐，来到春风酒肆，风风光光把春四娘接了回去。

两个人站在一起，男的英俊潇洒，女的艳若桃花，光是看了就让人心生欢喜。

方相云站在高台上，说：“大家安静安静，这马上拜天地了，道观被你们搞得像菜市场一样。”

王不愁在下面嚷："他们拜他们的，咱们喝咱们的，两不耽误嘛！"
众人皆笑。

小高道长和春四娘杵在院子里，木头一样。

方相云高呼："一拜天地！"

二人拜了。

接下来，方相云有些迷糊了——二拜高堂。这俩人，哪有父母啊？

贾老六说："这个简单，一日为师终身为父，小高道长这边儿，就是高道长；四娘那边，我看南霜妹子可以上座。"

大家说好。

萧南霜说："这可不行，我一个大姑娘，还没嫁人呢！"

高道长更是直摆手，说："这个位子，我也不应该坐。"

两个人推来辞去，贾老六火了。

贾老六说："你俩不坐，小高道长和四娘怎么二拜？二拜不了，那就结不了婚，咱们这不是白忙了嘛！"

正在扯皮，忽听得高空中传来长鸣，一群白雁扑闪而下，落于房顶。接着，又听山林嘈杂，二三十头鹿跳跃而来。

高道长对小高道长说："雁为你遮雨，鹿为你喂乳，雁是你父，鹿是你母，可拜！"

小高道长牵着春四娘，对着那雁，对着那鹿，双膝跪地而拜。

不管是雁还是鹿，皆坦然受之。拜罢，雁群齐鸣，众鹿欢腾。

众人感叹。

小高道长双目含泪，说："我总算知道，师父说的情，是什么东西了。"

那天晚上，小高道长喝得大醉。他躺在院子里，一手揪着白雁的翅膀，一手揪着母鹿的耳朵，咯咯直笑。

跟很多年前那个早晨一样。

第九十九

高道长（三）

小高道长结婚之后，清凉观只剩高道长一人。

虽然小高道长和春四娘经常回去看他，但十字坡人发现，高道长似乎一下子老了许多。

有一天，高道长背着双手，抬头看云。

天上的流云来来去去，聚了又散，散了又聚。高道长看了一会儿，转身一把火烧了道观。

大家都很诧异，问为何，高道长不肯说。

第二天，高道长光着膀子往山顶运石头。小高道长要去帮忙，高道长不乐意，说这是他自己的事儿。

风里来雨里去，两年时间，高道长在山顶重新建起了清凉观。

新观比旧观小了许多，只一个小小的院落，三间房供着老君，一间偏房高道长自己住。

建成这天，高道长背着双手，抬头看云。

看着看着，高道长笑了，兀自说道："还是山顶看得清楚。"

第一百

高道长（四）

高道长住在山顶。

一开始还经常下山，渐渐地，下山的次数越来越少，有时候一两个月也难得见一次。

小高道长怕他寂寞，三天两头儿带着春四娘、抱着儿子去看他。每次来，高道长都很高兴。尤其是小高道长的那个儿子，白白胖胖的，高道长一见就笑得合不拢嘴。

高道长说："我在山上挺好，酒肆那么忙，你们别老来。山上风大，孩子吹了容易着凉。"

小高道长说："让你跟我们一起住，你不愿意，还把清凉观烧了，搬山上……师父，你不会生我气吧？"

高道长说："胡扯八道，我生你什么气！我挺好的。以后你们别老来，麻烦。"

小高道长说："荻花还没开，你孤身一人在山上，怕你寂寞。"

高道长说："不寂寞，我有鹅呢。"

"什么鹅？"

"前几天我去青木川，想看荻花开了没有，结果从水里扑腾上来一只大白鹅。"

"哪儿呢？"

"院子里呢。"

洁白如雪，高至人腰，仰头曲颈，向天而歌，真是只好鹅！

高道长说："有这鹅陪着我，你们放心。前几天晚上，山上来了只虎，生生被它一通啄，给赶跑了。昨天贾老六路过，裤子都被扯掉了。"

"好鹅！"小高道长乐道。

有了那鹅，高道长开朗许多。

人们经常看到他在山里四处溜达，那只大鹅雄赳赳气昂昂在前面开路。有时高道长也带鹅来十字坡，那鹅一出现，十字坡所有的狗啊猫啊，皆望风而逃。

那只鹅只认高道长，别人喂东西，不吃，叫唤，不跟。有小偷想偷走，结果被鹅啄得从山崖上跳下，摔断了腿。

后来，长安城的杜尚书看中了鹅，想买来送给王爷，高道长不答应，杜尚书就带人抢走了鹅。

鹅入王府，不吃不喝，瘦得皮包骨头，眼见要死了。王爷没办法，只好又派人送回来。一见高道长，这家伙又吃又喝，十来天就恢复原样，依然是十字坡一霸。

这年秋天，不知道为什么，青木川的荻花一直没开。高道长带着鹅去看，也没回来。

大家觉得奇怪，一起去找。找来找去也没见高道长人影儿，后来小高道长在青木川拐弯处的河滩上，发现了异常。

只见高道长的衣服整整齐齐地叠着，放在沙滩上，旁边散落着几根鹅毛。

小高道长哭得稀里哗啦。十字坡人也哭得稀里哗啦。

后来，方相云来了。他看了看高道长的衣服和鹅毛，背着双手，看着天空，呵呵直乐。

小高道长不乐意了："太仆令，我师父没了，你咋还这么高兴呢？"

方相云说："你师父比我厉害。我原想着能先他一步，可他倒好，牵着媳妇儿，骑着鹅，连声招呼都不打，飞升了！"

那天天气很好。

十字坡周围，群山秀丽。坡上的云，压着山头升腾、铺展，光影翕合。

山长在云里，云长在树里，树长在草里。

好美的人间啊。

（全文完）